U0024716

蒼天行盜

第二輯

卷6

再造強者

石章魚　著

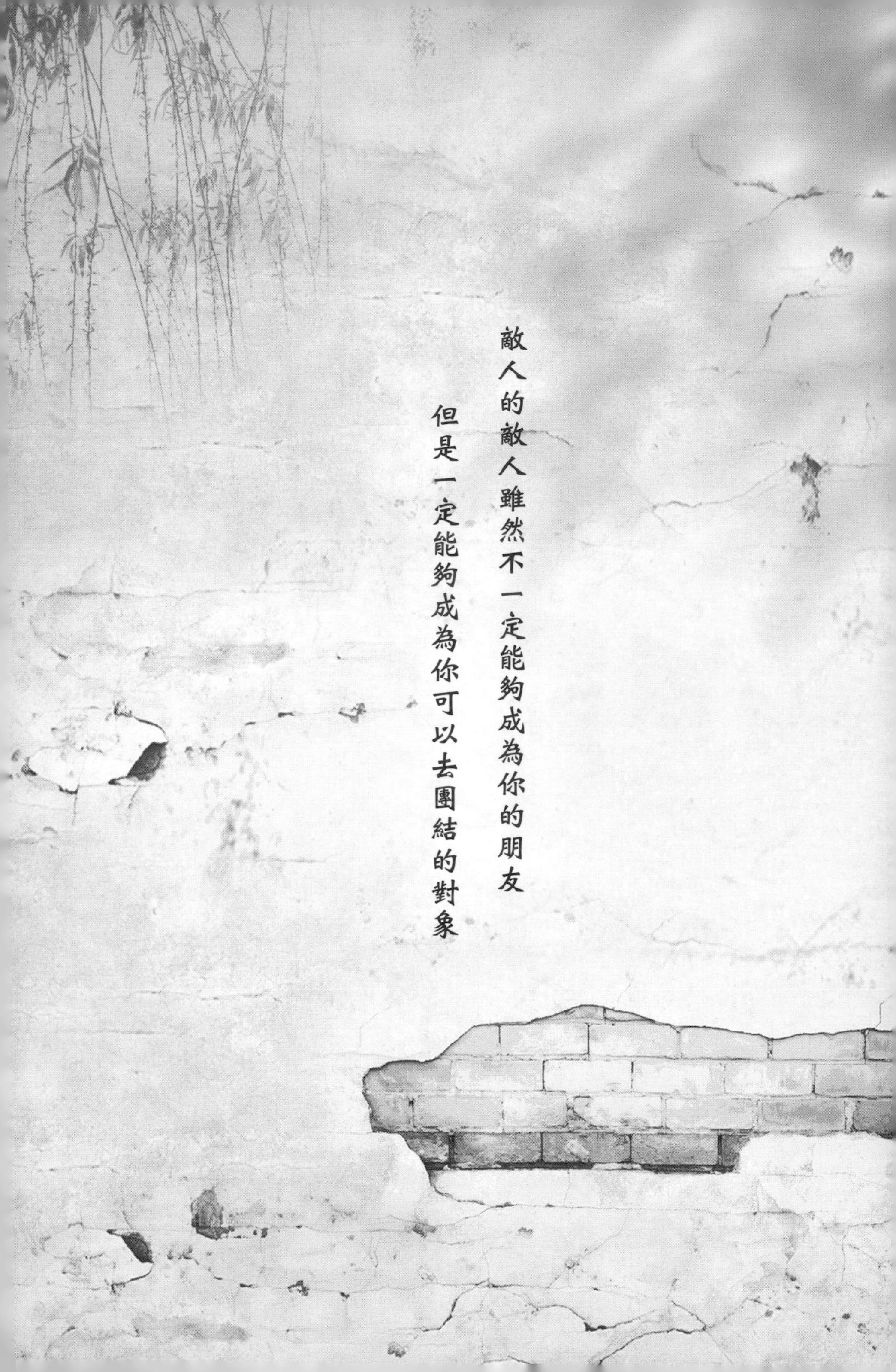
敵人的敵人雖然不一定能夠成為你的朋友
但是一定能夠成為你可以去團結的對象

目錄

CONTENTS

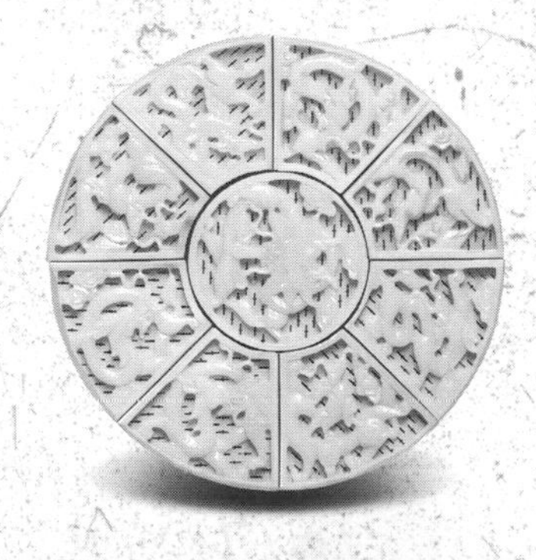

第一章

喪屍病毒

羅獵閉上雙目，自從他在鹽礦被喪屍抓傷後，
他的心境就變得有些浮躁，
好像喪屍病毒將他潛在的野性激發出來，
否則他也不會在鹽礦內無法控制住自己
而錯將林格妮當成了葉青虹。

羅獵站在窗口，通過望遠鏡觀察著通往跳蚤市場的十字路口，林格妮剛才就是從這裡離開的，羅獵猜到林格妮的這次出門應該和基地有關，身為基地成員的她必須要遵守紀律，出於滿足所謂保密原則的需要，她婉拒了自己一起前往的要求。

看到林格妮窈窕的身影終於出現在十字路口，羅獵放下心來，他將望遠鏡放下。

沒多久，林格妮回到了酒店，摘下金色的假髮：「好熱！」

羅獵道：「還沒吃早飯吧？我給你買了漢堡。」

林格妮脫下高跟鞋，赤著腳跑了過來，摟住羅獵在他的唇上吻了一下：「你對我真好。」

羅獵留意到她帶來的那張黑膠唱片：「跳蚤市場淘來的？」

林格妮嗯了一聲，然後打開了封套，從其中找到了一張迷你資料卡，她先利用電腦解讀了資料卡。

電腦上出現了陸明翔被劫持的錄影，羅獵和林格妮望著那段錄影心情頓時變得沉重了起來，林格妮道：「怎麼辦？」

羅獵毫不猶豫道：「去救人！」

羅獵果斷的態度讓林格妮感動，她認為羅獵是因為自己才做出這樣的決定，她輕聲道：「是陸叔叔救了我，又把我撫養長大，謝謝你理解我。」

羅獵笑道：「我這麼做也不僅僅是為了你，其實你這位陸叔叔的爺爺曾經是我的生死之交，無論怎樣我也不能眼睜睜看著他的後輩出事。」

林格妮笑道：「你不說我都忘了你居然這麼老了。」

羅獵笑道：「嫌棄我老人家了。」

林格妮搖了搖頭：「你一點都不老，老當益壯。」

兩人目光相遇，彼此都明白這句話的含義，林格妮俏臉紅了起來：「我去吃飯。」

羅獵道：「我來查查這個卡帕爾古堡的資料。」

林格妮和羅獵按照黑膠唱片上的指引來到了停車場，陸劍揚給他們自由選擇的權力，他們可以選擇前往卡帕爾古堡去救人，同樣也可以選擇不去。其實陸劍揚對林格妮是瞭解的，他知道林格妮一定會去，但是他對羅獵並不瞭解，無法確定羅獵會不會為了自己的事情冒險？

林格妮指了指那輛破破爛爛的福特猛禽，這輛皮卡車應該有歷史了，車雖然老舊不過洗得很乾淨，粗壯的輪胎剛剛換過。林格妮將鑰匙扔給羅獵，羅獵打開車門，來到駕駛座坐下，啟動了汽車，按下後車箱的啟閉按鈕，皮卡車貨箱的擋板緩緩升起，林格妮站在貨箱前方，她發出了一聲歡呼，貨廂內藏著一個小型的軍火庫。

陸劍揚為了他們這次的潛入做足了準備，林格妮示意羅獵趕緊將貨箱關閉，生怕招來別人的注意，她來到副駕的位置坐下，按下密碼打開手套箱，從其中取出一個黑色的盒子。

林格妮打開了盒子，裡面放著一對灰色的手環，她抑制不住心中的驚喜，發出哇嗚一聲歡呼。

羅獵向盒子裡瞥了一眼，他看不出這有什麼值得驚喜的地方。

林格妮道：「這是基地最頂級的戰甲。」

羅獵道：「我們不是有防彈衣了嗎？」

林格妮道：「這是奈米戰甲，我曾經參加過研製，我還以為仍然處於研製階段，沒想到他們已經做出了樣品。」

羅獵道：「樣品？」

林格妮道：「你千萬不要小看了這套戰甲，是用特殊材料做成的，每套戰甲的成本都高達一億美元，如果算上此前的研究經費更是無法估計了。」

羅獵道：「喔，倒是蠻貴重的，你是說，穿上這套戰甲就成了億萬富翁。」

林格妮笑道：「可以這麼說。」她帶上了手環，在開啟初始化之後，手環開始自動和她的神經系統進行匹配。

羅獵專注開車，不時看林格妮幾眼，過去了接近半個小時仍然沒見林格妮的身上出現什麼奈米戰甲，他禁不住有些懷疑，這套戰甲到底是試驗階段，或許失靈了。

就在羅獵暗自琢磨的時候，林格妮的左臂出現了一塊塊銀色甲片，這些甲片迅速組合在一起，將她的左臂完全覆蓋起來，林格妮只是嘗試局部防禦，她又啟動了頭盔，羅獵歎了口氣道：「不要干擾我駕駛。」

林格妮道：「我想我們應當休息一下了。」距離約定的時間還有三個小時，按照他們現在的進程可以提前一個半小時抵達卡帕爾古堡，林格妮要抽出一個小時的時間，和羅獵一起好好適應一下這套奈米戰甲。

卡帕爾古堡位於布拉格的北部，這座古堡歷史悠久卻沒有太大的名氣，孤零零地聳立於荒野之中，方圓十公里內都沒有農莊，周圍的居民都很少到這裡來，更不用說遊客。

根據林格妮查閱到的資料，卡帕爾古堡被稱為詛咒之地，十七世紀之前這裡曾經屬於卡帕爾公爵的領地，周圍有大片的葡萄園，還有五座以葡萄園為生的農莊，可一場席捲歐洲的黑死病讓這一帶所有的居民全部染病身亡，十八世紀的時候，有修女來到卡帕爾古堡重建修道院，最多的時候修道院內有近五十名修女，可是在某個聖誕之夜，所有修女全部離奇死亡。

教廷專程派人過來調查，所有前來調查的人無一例外地離奇死去，這件事越傳越邪，原本居住在卡帕爾古堡周圍的居民全都搬離，很快這裡就廢棄。

二十世紀初第一次世界大戰結束之後，有位富豪看中了周圍的風光，買下了包括卡佩爾古堡在內的大片土地，對古堡進行維修，他高價聘請工人前來，可是在開工不久，就發生了兇殺案，一個工匠趁著其他工友熟睡的時候，用刀割斷了三十九名工友的脖子，然後他自縊於修道院前。

此事震驚了當地教會，甚至驚動了教廷，教廷派出最強大的驅魔師，可這次仍然以悲劇收場，驅魔師在工匠自縊的地方吊死了自己。富豪再也不敢靠近古堡，他在返回巴黎的途中卻遭遇火車失事，富豪全家死於非命。

卡帕爾古堡再度淪為無人問津的地方，直到二戰以後，一群考古學者來到這裡探索真相，可是那支考古隊的成員也接二連三地出事，或發瘋或感染怪病而死，從此以後卡帕爾古堡就被視為禁地，方圓十公里都沒有人敢於靠近。

直到二十年前，有人買下了這片地方，所有人都在等待悲劇傳來，可這位神秘的買家不但沒有遭遇任何的詛咒，反而修復了卡佩爾古堡，但是這二十年來很少有人敢於去造訪這片地方，也無人收到主人的邀請。

羅獵和林格妮驅車駛入了這片荒原的大門，這片荒原被鏽跡斑斑的鐵絲網圍攏起來，鐵絲網內就是當地人心中的禁忌之地，詛咒之地。

皮卡車來到大門前，大門緩緩打開，林格妮道：「鐵絲網只是表像，每隔一段距離就有一個探測儀，可以探測到周圍二十米內任何的生物。」

羅獵驅車駛入大門，道路全都是碎石子鋪成，皮卡車粗大的輪胎碾壓在上面發出沙沙的聲響，就像是在下雨一樣，羅獵並沒有在這條道路上看到新鮮的車轍，低聲道：「好像這裡除了我們以外，沒有其他人過來。」

林格妮搖了搖頭道：「也許有其他的通道，也許他們是通過空中。」根據車內配置的空氣檢測儀，判斷出外面的空氣沒有任何的毒素，甚至比起布拉格市內的空氣都要清新許多，林格妮落下車窗，讓傍晚的風從車窗吹入。

已經是八點三十分，天還沒有全黑，夕陽漸漸沉入遠方的地平線，夜幕就要降臨。

羅獵道：「我們已經來了，他們會不會放了陸明翔？」

林格妮秀眉微顰，根據她對既往綁架事件的分析，綁匪放人的可能性並不大，現在只希望人質仍然活著。林格妮道：「希望明華陽就在這裡。」

羅獵看了她一眼，這些天林格妮說了許多關於她過去的事情，羅獵知道林格妮心中最恨的人就是明華陽，而她最大的願望就是手刃仇人為父母報仇，羅獵也希望明華陽會出現，他並不是要殺死明華陽，因為只有明華陽才有可能延續林格妮所剩不多的生命。

最初見到林格妮的時候，羅獵感到她的外貌和蘭喜妹有些相像，可事實上她的性情和蘭喜妹是全然不同的，林格妮吃了太多的苦，她從小就學會了隱忍，但是她嫉惡如仇眼裡揉不得一顆沙子，而蘭喜妹卻變通得多，蘭喜妹的心中並無善惡的概念，她做事有著她自己的性情，如果說兩人最大的相似之處，那就是對感情極其執著，又偏偏遇上了同一個自己。

落日的餘暉漸漸暗淡，遠方的原野中晃動著幾道身影，林格妮拿起望遠鏡觀察了一下，發現那幾人走路緩慢，目光呆滯，她小聲道：「可能是喪屍！」

羅獵道：「不用理會他們，我們只需準時趕到地方。」

前方的道路突然就變得狹窄，皮卡車已經無法繼續前行。兩人只能選擇下車步行，挑選了武器之後，沿著前方的小徑繼續前進，走入前方的樹林夜幕就突然降臨。

羅獵打開手燈照亮這條道路，林格妮發現兩旁的樹幹上有不少樹皮被剝去，上面用血紅色的顏料畫著古怪的符號。

羅獵道：「虛張聲勢，故意嚇人的。」

林格妮聽出他是在故意安慰自己，笑道：「我可沒那麼膽小，再說有你在我身邊，就算有孤魂野鬼跑出來，你一樣可以保護我。」

樹林中忽然傳來一聲淒厲的嚎叫，羅獵和林格妮同時轉過頭去，兩人抑制住好奇心，快步向古堡走去，畢竟他們今晚的主要任務是營救陸明翔，不可以被外界的其他事情過多的吸引注意力。

走出樹林，就看到前方的古堡，古堡是典型的哥德建築，建築物的尖頂如同一柄柄的利劍指向漆黑的夜幕，天空中烏雲密佈，遮住了月也見不到星。從這裡前往古堡的大門，首先要經過一座吊橋，吊橋也如古堡一樣年月久遠，走在其上鏽跡斑斑的鐵鍊來迴盪動，腳下的木板也發出吱吱嘎嘎的聲響，讓人不禁擔心，這木板隨時都可能斷裂。

吊橋下面是幾近乾涸的河床，最近都沒有下過雨，河床內只剩下不多的幾個水窪，在河床內可以看到星星點點的白骨，不知是人還是某種動物的骨骼。

古堡的大門緊閉，整個古堡所有的窗都見不到一絲燈光，這讓他們不禁懷疑，這裡到底有沒有人？

羅獵抬起手腕看了看時間，距離他們約定的時間還剩下一分鐘，他和林格妮交遞了一下眼神，他們決定等到時間到來。

時間在等待中一秒一秒的過去。

兩人從未感覺到一分鐘竟顯得如此漫長。

一隻碩大的烏鴉振翅從他們的身邊飛過，發出一聲聒噪的鳴叫。

羅獵又看了一眼手錶，右前方修道院的鐘聲準時敲響了。

在分針和時針成為一個標準直角的時候，古堡的大門緩緩開啟。

年久失修的門軸發出低沉且刺耳的摩擦聲，這聲音宛如來自地獄。

羅獵留意到古堡上方的一扇窗口亮起了燈光，燈光慘白，讓人絲毫感覺不到光明的溫馨，反而從心底產生了一種莫名的詭異。

大門後的通道同樣亮起了燈光，他們聽到了緩慢的腳步聲，一個身穿黑袍的男子手中提著一盞古舊的煤油燈，向他們緩步走來，因為他帶著斗篷，低著頭，所以看不清他的面容。

那人在距離他們還有兩米左右的地方停下腳步，操著低沉的德語道：「來了？」他緩緩抬起頭來，燈光照亮他慘白如紙的面孔，他的頭髮和眉毛都是白色，甚至連他的眼珠也是灰白色，這分明是一個白化病人。

羅獵道：「來了！」

白化人道：「主人在等著你們。」他轉身為兩人引路。

林格妮道：「我們的人呢？我們要證實他還活著。」

白化人抬起頭目光投向遠方的塔樓，羅獵和林格妮順著他的目光望去，卻見塔樓的十字架上吊著一個人，那人的身影隨著夜風晃動著，林格妮取出望遠鏡，確定那人的身分。

林格妮很快就驗證，被吊在十字架上的那人就是陸明翔，更重要的是他目前還活著。

白化人道：「現在可以走了？」

林格妮堅持道：「你們先放了他！」

白化人道：「放心吧，他不重要。」

羅獵向林格妮點了點頭，對方現在是不會釋放陸明翔的，因為陸明翔對他們來說還是一張有用的牌，說不定還會用陸明翔的性命來要脅他們。

兩人跟著白化人向裡面走去，走入城堡，身後厚重的大門又緩緩閉合，他們先經過了一個小型的廣場，然後從左側的樓梯進入了長廊，古堡的結構宛如迷宮。

如果沒有白化人的引領，他們肯定要花費一番功夫才能夠找到古堡大廳的位置。

林格妮悄悄啟動探測儀，利用探測儀勾勒古堡的地形，這是為了他們離開這裡做準備。

羅獵心中有些奇怪，直到現在他們沒有看到其他人出現，除了眼前帶路的白化人。

大廳的門同樣是閉合的，白化人來到門前停下腳步，大門緩緩開啟，林格妮認為這大門應當有感應裝置，是他們故弄玄虛，故意製造恐怖氣氛。

白化人止步不前，示意羅獵和林格妮自行走入大廳。

羅獵笑道：「這裡的主人很神秘啊。」說完他昂首闊步地走了進去，林格妮也緊跟他的身邊。

大廳內燈光昏暗，周圍掛滿了油畫人像，這是卡帕爾家族成員的畫像，他們一上來並沒有看到這裡主人的身影，可是正前方的一幅全身人像忽然動了一下，羅獵本以為自己眼花，仔細一看方才發現那人就站在油畫前。

這是一個穿著十八世紀宮廷服裝的女人，她白髮如霜，肌膚也沒有一絲血色，眼睛有些發紅，冷冷望著兩位客人。

林格妮本以為這裡的主人是明華陽，可沒想到只是一個白化病婦人，心中難免有些失望，她望著那白髮婦人道：「您就是這裡的主人？」

白髮婦人一雙眼睛警惕地望著他們，喉頭發出一聲古怪的嘶吼，她伸出雙手，指甲極長，在空中虛抓了一下道：「你們都會死在這裡，我會把你們的心掏出來，我要吃掉你們的心臟！」鮮紅的舌頭從她的嘴唇中探伸出來，她的舌頭竟然是普通人的兩倍長度，有如毒蛇吐信一般在面前舞動。

羅獵低聲道：「怪物，全都是怪物。」

林格妮道：「明華陽在什麼地方？我希望你們能夠信守承諾，放了那個人！」

白髮婦人呵呵怪笑道：「自顧不暇，居然還想著別人？」她突然就衝向了林格妮，猶如一道銀色的閃電，身法之快超乎想像。

羅獵和林格妮從進入大廳的那時起就提防著她有可能發動攻擊，林格妮第一時間掏出手槍，瞄準撲上來的白衣婦人接連射擊，白衣婦人身法快捷到了極點，她左閃右避，躲避著射向她的子彈，因為她的身法太快，所以在空中形成了一道道的殘影。

乍看上去，林格妮射出的子彈如同射中了一個個虛影，可是無一能夠擊中對方的身體，造成真正的傷害。

羅獵一個箭步衝上前去，手中十字劍向白髮婦人刺去，白髮婦人自視甚高，居然憑著一雙肉掌來奪去羅獵手中的十字劍，劍鋒從她的掌心劃過，立刻留下一道觸目驚心的血痕。

白髮婦人來得快去得也快，轉瞬之間已經退回最初站立的地方，一雙灰白色的瞳孔有些驚慌地望著自己受傷的創痕，創痕泛出藍色，許久沒有癒合，白髮婦人伸出鮮紅的舌頭在自己傷口上舔了一下，嘶啞著喉頭道：「你們都要下地獄！」

林格妮啟動了護甲程式，在她的身體周圍迅速覆蓋了一層銀白色的甲冑，右臂瞄準了白髮婦人道：「我倒要看看是誰先下地獄。」一道藍色的光束射向白髮婦人，白髮婦人身軀向左側瞬移，光束射擊在她剛剛站立的地方，將樓梯燒灼出一個碗口大小的洞口。

羅獵還是頭一次看到林格妮展示奈米護甲的威力。

白衣婦人厲聲嚎叫起來，大門緩緩開啟，一個身高足有三米的巨人舉步邁入大廳內，林格妮倏然衝了上去，有了奈米護甲的助力，她移動的速度成倍增加，林格妮的身軀化成一團銀光，揮動右拳向巨人的面孔打去。

巨人的大手一把就將林格妮的右拳抓住，然後成人頭顱般大小的拳頭重擊在林格妮的小腹之上，將林格妮打得如同斷了線的紙鳶一般飛了出去，撞在對面的牆壁上，護甲成功化解了這強大一拳的傷害，林格妮的身體在牆壁上停頓了一下，然後從高處重新俯衝而下，一腳踢在那巨人的下頜之上，巨人被她踢得一個踉蹌，不過他強悍的防禦能力硬生生承受了這次重擊，並沒有被林格妮踢倒在地。

白髮婦人再度向羅獵衝去，羅獵啟動了奈米護甲，在途中林格妮已經幫助他的中樞神經系統和手環匹配，只要利用神經系統發出生物指令，手環就能在瞬間啟動護甲。

然而羅獵接觸這套護甲的時間太短，做不到像林格妮一樣得心應手，他的精神力之強大要超出普通人數倍，所以羅獵能夠做到一心兩用，就算在眼前激戰的狀況下，他可以做到一邊應對面前的敵人，同時還要兼顧林格妮那邊的變化。

可奈米護甲的啟動恰恰需要全神貫注，羅獵沒有做到專注，所以他無法將正確的生物指令傳達給護甲的智慧中樞，白衣婦人瞬間已經來到羅獵的面前，羅獵唯有揮動十字劍，白髮婦人剛才被十字劍劃傷之後心存忌憚，所以她這次的攻擊並沒有傾盡全力，為自己的撤退留出三分餘地。儘管如此移動的速度也是極其驚人，躲過羅獵的劈斬，身軀翩若驚鴻般繞行到羅獵的背後，尖利的右爪向羅獵的後心抓去。

羅獵的反應一流，可惜在他穿越時空來到當今時代之後，他身體的靈活性明顯減退，看到白髮婦人從自己的眼前消失，羅獵就知道不妙，預料到她會繞到自己的身後進行突襲，於是下意識地向前跨出一步，身體前傾，正是這個提前預感做出的迴避動作讓羅獵躲過了致命一擊。

白髮婦人的五指抓住羅獵的衣服，嗤啦一聲，將羅獵的外套和襯衣撕裂出五道裂痕，羅獵心中一驚，要知道他的這件襯衣可以擋住常規子彈的射擊，可在白髮夫人面前卻如此不堪一擊。

林格妮看到羅獵遭遇危險，第一時間捨棄了那巨人，身體凌空飛掠而起，猶如一支射出去的利箭，向白髮婦人撞去。

白髮婦人明明站在那裡，眼看著林格妮就要撞在她的身體上，她瞬間移動，原地只剩下一道虛影，林格妮撞了個空，就要撞中羅獵的時候，她的身體不可思議地轉折垂直上升，足底噴射出兩道藍光讓她自如上升到大廳的頂部。

白髮婦人陰森森望著空中的林格妮，暫時捨棄了對羅獵的繼續攻擊。

羅獵這才轉過身來，背後火辣辣疼痛，已經被白髮婦人抓傷。地面震動了一下，卻是那三米高度的巨人向前跨出一步，蠻牛一樣的雙目死死鎖定在羅獵的身上，他爆發出一聲大吼向羅獵衝了過去。

林格妮在空中高呼道：「集中精神，啟動護甲！」她從高空中俯衝了下去，巨人抓起一旁的大理石裝飾柱，原地轉了一圈向林格妮砸去。

林格妮在空中靈活轉身，躲過砸向自己的大理石裝飾柱。

白髮婦人卻如同鬼魅般升騰到半空中，利爪抓住了林格妮的右腿，她手指收縮，試圖穿透林格妮的護甲，刺入她的肉體，可這身奈米護甲卻是集合基地最頂尖科技的產物。任她如何努力，尖利的指甲都無法穿透這身奈米護甲。

林格妮一伸手抓住了婦人飄散的白髮，然後揚起拳頭狠狠擊中了她的面門，婦人的面容被這一拳打得扭曲，她瘋狂地撲向林格妮，將林格妮撞擊在大廳的牆壁上，衝擊力之大讓林格妮身後的牆皮簌簌脫落。

羅獵舉起戴著手環的右手，集中精力！內心中召喚護甲儘快啟動，可越是在緊急狀況下，護甲越是無動於衷。

眼看那巨人已經衝到了自己的面前，巨人大吼一聲，足有成人頭顱大小般的拳頭向羅獵面門砸去，這次他要將對手一拳砸成肉泥。

關鍵時刻黑色的護甲從羅獵的右拳開始迅速擴展到他的整條右臂，這讓他的臂膀看起來也粗壯了許多，巨人全力擊出的一拳被羅獵覆蓋護甲的右掌擋住。

羅獵也感到不可思議，這身護甲居然可以發揮那麼大的力量。

巨人也不是傻子，看到羅獵佈滿護甲的右臂他彷彿明白了什麼，馬上又揚起右拳向羅獵打去，羅獵的左臂也迅速覆蓋了護甲，這次他又用左掌擋住了巨人的拳頭。

羅獵的身高已經不矮，可是在巨人的面前仍然如同一個孩童一般，巨人的兩次進擊都被他擋住，心中憤怒到了極點，他抬腳向羅獵踢去，此時羅獵終於掌握了啟動奈米護甲的竅門，他的周身迅速覆蓋上一層黑色護甲。

巨人一腳踢中了羅獵的身體，羅獵騰空倒飛了出去，他的身體撞擊在屋頂天花板上，而後他就像一顆出膛的炮彈般衝向巨人。巨人望著這如同回力球般反彈回來的羅獵明顯有些發懵，他實在想不到這廝是怎麼這麼快就回來的。

羅獵的右拳甩鞭一樣擊中了巨人的下頷，這一拳打得極重，奈米護甲增強了羅獵揮拳的力量，瞬間達到他原來力量的十倍左右，蓬！羅獵聽到巨人下頷骨清脆的碎裂聲，然後看到兩顆大門牙飛了出去，巨人的一雙大眼也被這一拳打成了鬥雞眼，巨人搖晃了一下碩大的頭顱，想要清醒過來，可是沒等他恢復清醒，羅獵的第二拳又砸在了他的鼻樑上。

巨人只感覺到一陣天旋地轉，再也無法站住，轟然倒在了地上，他身軀龐大，倒地的動靜也是非常驚人。

林格妮和那白髮婦人以快打快，兩人出手的速度都奇快無比，時而地上時而空中，因為出手太快，她們的身體化成了兩道銀白的光芒。

巨人跌倒之後，那白髮婦人虛晃一招，向樓梯上逃去。

林格妮並沒有追趕，來到羅獵身邊，卻見那巨人的身體正在以肉眼可見的速度縮小，很快就變成了正常形態，竟然是剛才為他們引路的白化人。羅獵的兩次重擊讓白化人受傷頗重，短期內已經沒有了再戰的可能。

林格妮抓住他的脖子道：「說！明華陽在什麼地方？」

白化人冷冷望著林格妮，他發出瘋狂的大笑。

林格妮照著他的面門又給了一拳，打得白化人昏死過去。

兩人沿著樓梯向上走去，來到二層，發現有長廊和後方的建築相通，剛才那白髮婦人應當是通過這條途徑逃走了。從長廊上朝塔樓的方向望去，可以看到陸明翔仍然被吊在那裡。

林格妮道：「先去救人！」

羅獵點了點頭，他們本以為古堡內會埋伏不少人，可是一路走來，除了剛才見到的兩名異能者，並沒有看到其他人出現。

陸明翔被吊在修道院的鐘樓上，修道院位於古堡的西北，從古堡的側門走出，需要沿著一條小路走上高崗才能夠抵達修道院，走入這條小路，發現兩旁全都是墳塚。

卡帕爾家族以及以後死去的許多人都被埋葬在這裡，在羅獵看來活人要比死人可怕得多，他們經過這片墓地的時候，聽到陣陣響鈴聲，開始的時候只有一個鈴鐺響，可很快就變成了兩個三個，最後他們周圍所有的墓碑前的鈴鐺都響了起來，而且鈴聲響起的節奏越來越急促。

他們加快了腳步，爭取儘快通過這片墓園，可就在他們來到墓園中途的時候，一隻手臂從地底探身出來，抓住了羅獵的足踝。

羅獵抽出軍刀，一刀就將這條乾枯的手臂斬斷。

林格妮那邊也遇到了凶險的狀況，兩名喪屍從黑暗中一前一後向她撲了過來，林格妮雙槍在手，瞄準兩名喪屍的頭部同時開了一槍，喪屍的身體重重摔落在地上。

槍聲響起的同時，墓園中一個個喪屍從地底爬出，林格妮過去只在恐怖電影中看到這樣的情景，想不到他們居然可以在現實中遇到，槍膛內的子彈很快就打完，她的雙手斜行伸出，兩柄閃爍著水銀般光芒的奈米彎刀出現在她的右手中。

林格妮對奈米護甲的使用已經到了隨心所欲的地步，羅獵看在眼裡心中非常的羨慕，他也凝聚精神力向護甲的智能中樞發號施令，羅獵想要一把長劍，雖然十字劍是一把利器，可畢竟只是短劍，不適合這種場面的肉搏。

林格妮嬌叱一聲，雙刀交叉劈砍，如同剪刀般將攻擊她的喪屍腦袋砍掉。

羅獵心念念著長劍，可出現在手中的卻是一把小小的水果刀，望著這比十字劍還要短上一截的奈米刀，羅獵真是哭笑不得，暗歎道：「就不能大一些？」

在羅獵專心傳達武器指令的時候，一名喪屍從後方抱住了他，不等羅獵掙脫開來，十多個喪屍一個接著一個撲了上去，如果羅獵沒有奈米護甲防護，此刻恐怕早就成為這些喪屍的美食。

喪屍們一個個張大了嘴巴，惡狠狠咬在羅獵的奈米護甲之上，可它們很快就意識到低估了護甲的堅韌程度，又高估了它們牙齒的破壞力，竟然有五名喪屍的牙齒被護甲硌掉。

林格妮雙刀上下翻飛，宛如砍瓜切菜般將靠近她的喪屍盡數斬殺，反觀羅獵卻被喪屍層層包圍。林格妮正準備前去幫忙的時候，突然聽到羅獵爆發出一聲大吼，圍攏在他身邊的喪屍被一股強大的力量震得四仰八叉，羅獵的雙手中多了一柄大得誇張的大刀，刀長兩米，寬有一尺。普通人別說使用這把大刀，就算是正常舉起都難。

可羅獵卻將這把大刀揮舞得行雲流水，他也不知道怎麼召喚出了一件這麼古怪的兵器，本來擔心自己的力量拿不起來，可奈米護甲提升了他的力量，羅獵一刀揮出，四五顆腦袋就滾落下去，殺傷力之大效率之高讓羅獵喜出望外。

墓園內數百個喪屍瘋狂向兩人發動攻擊，羅獵和林格妮先會合到了一起，然後他們相互掩護，向修道院一路殺去，奈米戰甲的最大優勢就是不必擔心喪屍傷到他們，畢竟羅獵此前在廢棄鹽礦的時候就被喪屍抓傷而感染了病毒，抓傷他的喪屍就是林格妮的父親，正是因為這次受傷才發現林格妮的體內擁有喪屍病毒的抗體，而他們兩人之間的關係也因為這次受傷而突飛猛進。

剛開始的時候羅獵對這身奈米戰甲還缺乏信心，可在接連的實戰中發現奈米戰甲的防禦力極其強大，非但可以阻擋住刀劍子彈，還可對強力攻擊進行緩衝，攻擊的時候，戰甲會配合使用者的出擊放大其攻擊的力量。

兩人殺出一條血路，離開墓園之後，那些喪屍就停下了腳步，似乎墓園存在一道無形的邊界，它們不敢向前。林格妮的一雙彎刀重新融入到戰甲內，羅獵看到她收起了彎刀，也將意念集中發出指令，可那柄大刀仍然在手中紋絲不動。

林格妮看到他的樣子不由得笑了起來，她輕聲道：「操縱戰甲最忌諱的就是三心二意，你不要想其他的事情，集中精神就能夠做到。」

羅獵閉上雙目，其實他自從在鹽礦被喪屍抓傷之後，他的心境就變得有些浮躁，好像喪屍病毒將他潛在的野性全都激發出來，否則他也不會在鹽礦內無法控制住自己而錯將林格妮當成了葉青虹。

林格妮站在那裡接連向墓園開槍，又殺了十多名喪屍，轉身望去，羅獵總算將那把誇張的大刀收了回去。

兩人抬頭看了看被高高懸掛在鐘樓十字架上的陸明翔，林格妮道：「我去救人，你來掩護。」

羅獵道：「一起去……」他的話還沒有說完，林格妮已經一飛沖天，她曾經參加過奈米戰甲的研製，所以很快就熟悉了這套戰甲系統，防護和攻擊只是這套戰甲最基本的功能，她並不指望羅獵第一次使用戰甲就可以利用這套戰甲翱翔空中。當然這兩套戰甲也只是實驗品，目前還存在許多的缺陷，無法提供長距離的飛行，這也是林格妮來到修道院之後才決定發出飛行指令救人的原因。

羅獵望著林格妮凌空飛起，也是一陣心旌搖曳，甚至也產生了嘗試的想法，羅獵意識到自己在鹽礦受傷之後，他的性情變得有些衝動，失去了過去的沉穩，現在的他更像是一個血氣方剛的年輕人。

林格妮已經飛到陸明翔的高度，近距離確認面前的是陸明翔無誤，她靠近陸明翔，右手抓住他的手臂，左手射出一道鐳射光一下就將繩索切斷。

就在此時，一道紫色光線突然從鐘樓上射出，林格妮出於本能，第一時間利用身體護住了陸明翔，紫色光線擊中了奈米戰甲，林格妮感覺瞬間失去了和戰甲的聯繫，她的身體被一股強大的力量擊中，林格妮的右手無法抓住陸明翔，陸明翔從高處墜落下去。林格妮嘗試著重新控制住戰甲，可沒等她和戰甲的智慧系統連通，又一道光線擊中了她。

陸明翔驚恐地發出一聲大叫，眼看著自己向堅硬的石板地面迅速靠近，林格妮雖然割斷了繩索，可是並沒有割斷捆住他雙手的繩子，他在空中很不幸地保持著頭朝下的姿勢，陸明翔彷彿看到自己腦漿迸裂的場景。

羅獵一直都在關注著上方的變化，林格妮接連被藍光擊中，她的身體呈拋物線狀飛向遠方的墓園，而陸明翔直奔下方而來，羅獵在瞬間就做出了決定，他只能選擇先救陸明翔，不僅僅因為陸明翔離自己較近，而且陸明翔的身上沒有任何的防護，僅憑著肉身從這麼高的地方摔下來，最後只能是死路一條。

陸明翔感覺自己必死無疑的時候，羅獵斜刺裡衝了過來橫向抱住他的身體，如果沒有這身奈米戰甲，羅獵冒險將高處落下的陸明翔抱住，就算陸明翔僥倖不死，羅獵也得被砸出重傷。

奈米戰甲很好地緩衝了陸明翔下墜的衝力，同時又保護了羅獵，羅獵橫向衝出十多米，停下腳步，將陸明翔放下，陸明翔驚魂未定，羅獵將捆住他的繩索扯斷，然後塞給他一把鐳射槍。

此時一道藍光向他們射來，羅獵一把將陸明翔推開，自己也同時後撤，藍光擊落在石板地面上，竟然將地面轟出一個一米直徑的大坑，羅獵首先想到的不是自己的安危，而是林格妮接連被擊中兩次，縱然她穿著奈米戰甲，也無法保證她不受到一點傷害。

羅獵向陸明翔做了個手勢，想要躲開對方的射擊，最好的辦法就是進入修道院內，陸明翔馬上明白，他舉槍向修道院內衝去。

羅獵大吼道：「妮妮！」

林格妮的身影從墓園中出現，她凌空飛向鐘樓，羅獵這才放下心來，從林格妮的動作來看，她應該沒有受重傷，藍光接連射向林格妮，林格妮有了準備，她的身體在空中不斷變換，靈活躲避著對方的射擊，右臂伸向前方瞄準了鐘樓的視窗，看準機會，鎖定鐘樓內的目標，一道紅色的粒子光束從窗口射了進去。

鐘樓在被紅光擊中後發生了爆炸，沙石漫天，鐘樓的尖頂如泰山壓頂般向下砸來，羅獵慌忙衝向修道院，林格妮在空中迴旋躲過鐘樓的尖頂，滑翔飛入修道院內，居然趕在羅獵和陸明翔的前方進入了大門。

修道院的大門在身後緩緩關閉，羅獵忽然發現自己身上的奈米戰甲竟然開始解除防禦，轉瞬之間就消失得乾乾淨淨，羅獵並非發出指令，以為是系統錯誤，再看林格妮那邊也是一樣。

陸明翔這時候才知道是誰救了自己，他心中又是慚愧又是感激，一時間不知說什麼才好。

林格妮道：「有什麼話以後再說，咱們先想辦法離開這裡。」

羅獵拍了拍手環，林格妮低聲道：「我的戰甲能量系統遭到破壞。」她牽起羅獵的手腕看了看道：「你的應該沒什麼問題，這兩套戰甲還處於試驗階段，所以彼此的智慧中樞系統有所聯繫，互為感應，所以你才會被動解除防禦。」她將失去能量的戰甲暫時關閉。

羅獵卻將手環解下來遞給了她，林格妮愕然道：「幹什麼？」

羅獵道：「你戴上，你比我更能發揮出戰甲的威力。」

林格妮心中一暖，知道羅獵是為了保護自己，她搖了搖頭，羅獵道：「少廢話，讓你穿上就穿上，咱們今天能否闖出去，全都要靠你了。」

陸明翔道：「他說得不錯，現在不是謙讓的時候。」

林格妮狠狠瞪了他一眼，陸明翔接下來想說的話咽了回去，他問心有愧，如果不是為了自己，人家也不會身涉險境。

林格妮終於還是接受了羅獵的好意，在這種時候將優勢資源發揮出最大的威力是正確的抉擇。

陸明翔目光和羅獵相遇，他不好意思地笑了，這已不是羅獵第一次救他了。

羅獵道：「打起精神，咱們倆個大老爺們不至於讓女孩子保護吧？」

陸明翔點了點頭。

三人商量之後，準備從原路退出去，既然救了陸明翔，他們的目的就已經達到，沒必要繼續留在這裡糾纏，林格妮本來打算救出陸明翔之後馬上給陸劍揚發出求援信號，可真正進入這片禁忌之地，方才發現周圍應該存在極強的遮罩系統，任何信號都發不出去。

羅獵和陸明翔合力拉開修道院的大門，方才露了一條縫，他們就馬上將大門重新關上，因為外面正有數百名喪屍向這邊靠攏，已經將門外的道路徹底封鎖。

剛才羅獵和林格妮有奈米戰甲防身，所以他們可以有恃無恐地殺出一條血路來到這裡，可現在一套戰甲已經損壞，僅憑著林格妮的戰甲無法同時保證兩人的安全，他們必須另謀出路。

陸明翔道：「有後門，他們就是從後門把我帶過來的。」

羅獵讓陸明翔帶路，三人來到大廳，卻看到在聖母像前，一名身穿黑袍的修女正在跪地祈禱。

林格妮記得這修道院早已荒廢，怎麼會有修女？她示意羅獵和陸明翔原地等待，先行向祈禱的修女走去。林格妮來到那修女的旁邊，輕聲道：「SISTER！」

那修女並不理會她，林格妮又大聲喊了一遍，相信她應該聽到了，可仍然沒有對她進行任何回應。林格妮伸手輕輕拍了拍那修女的肩頭，那修女這才轉過臉來，她生著一張慘白的面孔，雙目漆黑如墨，竟然沒有任何的眼白，林格妮被她的樣子嚇了一跳。

此時腳下的地面忽然開裂，林格妮猝不及防掉落下去，林格妮落入地洞之後，地面又迅速合攏，修女和林格妮的身影同時失蹤。

羅獵和陸明翔因為隔著一段距離，想要營救已經來不及了，兩人來到剛剛林格妮消失的地方，羅獵用力敲擊著地面，根據手的回饋來看，隔層很厚，單憑人力很難將之擊破。

陸明翔道：「一定有打開地洞的開關。」

羅獵點了點頭，而此時修道院的大門被外面的喪屍撞擊開來，幾百名喪屍向大堂內湧入。

羅獵和陸明翔舉起鐳射槍同時施射，兩人槍法都很準，槍槍爆頭，他們一邊打向修道院的後門撤退，畢竟他們缺少戰甲的防護，如果落入喪屍的包圍圈，很難保證不受傷，喪屍造成的外傷並不可怕，真正可怕的是喪屍病毒的感染。

林格妮墜落到地下，隨後那修女就撲到了她的身上，張口向林格妮的頸部咬去，林格妮一拳擊中了她的嘴巴，強有力的一拳直接洞穿了修女的頭顱。她將修女的屍體推開，照亮上方，這地洞深度只有十米左右，林格妮開啟右臂的微型導彈系統，轟擊在閉合的頂部，讓她詫異的是，微型導彈並沒有將頂部洞穿。

她聽到水流聲，紅色如血的液體正從周圍牆體的縫隙中向下流淌，很快就淹沒了她的足踝，林格妮升騰而起，她一拳擊中地洞的頂部，上方的地面都因她的一拳顫動了一下，可是她仍然沒能將這堅固的封鎖層打開。

紅色的液面迅速抬升，林格妮利用戰甲的智慧系統分析者著液體的成分，液體具有一定的腐蝕性，不過應該無法侵蝕奈米戰甲，真正讓林格妮感到害怕的是液體的溫度在不停上升。

林格妮的身體橫向支撐在洞壁之上，向戰甲的智慧中樞發出指令，她的右臂護甲隱去，露出腕錶，摁下腕錶上的緊急按鈕，一道纖細的紅色光束射出，林格妮右臂旋動，慢慢將頂部切割出一個圓形。

後門也被蜂擁而至的喪屍堵住，羅獵和陸明翔不得不重新退回了大廳，兩人背靠背向周圍射擊，雖然他們的槍法都很厲害，幾乎槍槍都不落空，無奈殭屍數量眾多，數量還在不斷增加著。

蓬！一個一米直徑厚達一尺的合金頂蓋從地面升騰而起，剛好站在上面的喪屍隨著合金頂蓋飛了起來。一身黑色護甲的林格妮凌空飛起而後圍繞羅獵和陸明翔低空俯衝盤旋，她以身體作為武器，接二連三地撞擊在周圍喪屍的身體上，喪屍被她撞得不停飛起，她的加入讓羅獵和陸明翔壓力驟減。

林格妮抓住一名喪屍直接就將它塞入了自己破洞而出的洞口，那喪屍掉落在紅色的液體中，馬上被高溫的液體燃成灰燼。林格妮戰鬥力爆表，雙手不停抓取喪屍塞入那洞口之中。

羅獵和陸明翔的精準射擊也在迅速減少著喪屍的數量，大廳內的喪屍很快就剩下寥寥幾個，三人沒有戀戰，從後門向外撤出。

來到外面，林格妮向空中射出一顆紅色的信號彈，在資訊無法傳出的狀況下，只能用這種最傳統的方式給出信號，希望陸劍揚能夠收到他們的求援信號，儘快帶著援軍前來。

卡帕爾古堡的高處，從不同的角度升起了六門粒子炮，粒子炮鎖定了剛剛衝出修道院後門的三人。

一名身穿黑衣的男子坐在輪椅上，他從手中平板電腦的螢幕上看到了三人的動向，在他的身後站著一名白化人，那白化人道：「萊特先生，已經鎖定了。」只要這黑衣人一聲令下，六門粒子炮就會同時發射，就算這三人再神通廣大，也無法從火力的中心逃脫。

萊特放大了畫面，他並沒有按下發射鍵。

白化人又道：「有一架不明飛行物闖入禁地。」

萊特道：「我們走！」

白化人愕然道：「難道就這樣放過他們？」

萊特道：「殺掉他們不是目的，更何況……」他停頓了一下，唇角泛起冷酷的笑意：「我想我們已經找到了。」他的目光停頓在電腦上，畫面中身穿黑色戰甲的林格妮一刀砍下了喪屍的頭顱。

這架直升機屬於當地警方，因為他們接到了報案，所以過來巡視，直升機已經來到了卡佩爾古堡的上方。

兩名飛行警員正在觀察下方狀況的時候，突然一架三角形的飛行物從下方升起，這黑色三角形的飛行物直接撞擊在直升機上，直升機被攔腰撞成兩段，在空中就發生了爆炸，一個巨大的火球向地面墜落。

林格妮一手抓住羅獵一手抓住陸明翔，帶著他們向前方飛起，躲過這從天而降的火球，此時更大的爆炸聲發生在卡佩爾古堡，三人循聲望去，卻見卡佩爾古堡和修道院在這次爆炸中已經淪為一片廢墟。

羅獵三人不敢停留，他們快步離開城堡的範圍，向他們預先停車的地點跑去。

林格妮負責斷後，她發現那些喪屍正瘋狂追趕上來。

直到進入皮卡車的車廂內，陸明翔方才意識到自己真的獲救了，羅獵啟動汽車，林格妮和陸明翔從窗口向外射擊，避免那些喪屍爬上他們的汽車。羅獵踩下油門從前方喪屍的佇列中碾壓過去，林格妮在副駕摁下按鈕，皮卡車貨箱的頂蓋緩緩打開，兩門粒子炮暴露出來，她啟動了粒子炮，兩道藍色光束向後方射去，窮追不捨的喪屍在炮火中成片倒下。

皮卡車駛入大路，捲起一片塵煙，後方的喪屍也越來越遠，直到不見。

陸明翔長舒了一口氣，他脫險之後想說的第一句話就是：「謝謝！」

林格妮解除了護甲，她整理了一下長髮，向陸明翔道：「這句話你應該對你爸說。」

陸明翔聞言心中慚愧且感動著：「我爸……他也來了？」

林格妮看了看時間：「再過兩個小時，我想你就能夠見到他。」

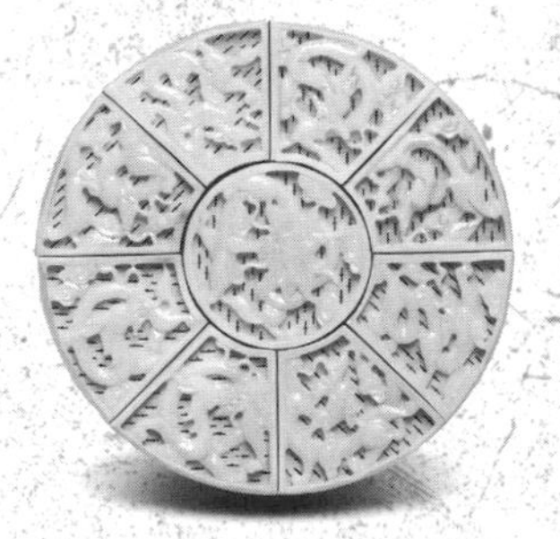

第二章

連通過去唯一的紐帶

林格妮看到羅獵憂傷的目光，
意識到麻雀是羅獵連通他過去的唯一紐帶，
羅獵感傷的不是麻雀離去，而是他可能再也回不去了，
如果羅獵真的無法回去，而自己卻要面臨死亡，
將來羅獵將會遭受一次怎樣的打擊，
這個世界上還有誰會陪伴他，誰會疼他愛他關心他？

陸劍揚在約定地點等待，既然他將這件事交給了羅獵和林格妮，就會對他們報以絕對的信任，可骨肉連心，那種不安和牽掛是他無法控制的。終於那輛皮卡車出現在他的視野中，陸劍揚按捺不住心中的激動，他迎了上去。

汽車在他的身邊停下，陸明翔率先推開車門跳了下去，來到父親面前，給了他一個有力的擁抱。

「爸，對不起！」

陸劍揚用力在他的肩頭拍了拍：「回來了就好！回來了就好！」

羅獵和林格妮微笑望著這父子重逢的場景，兩人都被這種骨肉情深的場面感染了。

陸劍揚來到他們面前，林格妮將兩枚手環遞給了他：「還需要改善，不過已經能打八十分了。」

陸劍揚笑了起來：「其實你們出來之前我就想將這套裝備給你，可惜當時還有一個最關鍵的環節沒有完成。」他並沒有收回手環，而是道：「相關資料我會回饋給研發小組，他們會根據這次實戰的不足進行改善，最終的改善和維修方案我會儘快推送給你，以你的能力應該可以解決問題。」

林格妮聽出陸劍揚已經決定將這兩套奈米戰甲送給了他們，也是非常開心，畢竟擁有了奈米戰甲她和羅獵就能夠如虎添翼。

陸劍揚看了看羅獵，他想起了一件重要的事情，將一個事先準備好的文件袋遞給了羅獵。

羅獵帶著好奇打開了文件袋，從裡面取出一份因年月久遠早已泛黃的房契。羅獵一眼就認出這房契是屬於麻雀的，早在他和麻雀最初認識的時候，麻雀為了雇用他前往蒼白山，就以這本房契作為報酬，所以羅獵對這份房契再熟悉不過，只是他雖然接受了麻雀的委託，可最後並沒有收下麻雀的這份酬勞，畢竟這是麻博軒留給女兒的唯一財富。

羅獵拿著房契心中卻頓時明白了什麼，他盯住陸劍揚的雙目道：「她是不是……」

陸劍揚沒有隱瞞，點了點頭道：「是，她本來不想我告訴你的。」

羅獵的內心中湧現出難言的悲哀，麻雀走了，他感覺突然就失去了和過去世界的紐帶，也許自己真的回不去了，沉默好一會兒方才道：「什麼時候的事？」

陸劍揚道：「一周前。」

羅獵意識到自己無法參加麻雀的葬禮了，其實就算是來得及，他也不會去，他不想接受這個現實，正如他來到這個世界後很少去主動查詢自己家人的下落，一百多年的時間可以改變很多，不是每個人都有麻雀這樣的幸運。

也許麻雀自己並不認為長壽是一種幸運，她有太長的時間生活在孤獨和寂寞中，這些年來支撐她一直勇敢生活的信念或許是自己有朝一日的回歸，而自己對她在感情上似乎太過吝惜了。

陸劍揚望著羅獵，不知應該怎樣安慰他，最後只說出了四個字：「節哀順變。」

羅獵點了點頭：「我有幾句話想單獨對你說。」

陸劍揚指了指不遠處的河邊，兩人走了過去，在河畔停下腳步，河水清澈見底，兩旁綠草茵茵，遠方山巒起伏，四野空曠無人，抬頭望空中白雲悠悠，平整的河面倒映出和天空一樣的情景，於是淺淺的小河也被賦予天空深刻的內涵。

陸劍揚本以為羅獵會問麻雀的事情，卻想不到羅獵的話卻是圍繞林格妮展開的：「你還有沒有辦法治好妮妮？」

陸劍揚內心一怔，他馬上就明白羅獵一定知道了林格妮生命只剩下不到一年的秘密，長歎了一口氣，搖了搖頭道：「當年她被天蠍會擄走，明華陽以她的性命作為要脅，讓她父母為他做事，她父母並沒有屈服，後來雙雙遇害，我在天蠍會轉移的途中救出了她，那時她已經被做了多次實驗，我本以為她活不長，可是這孩子毅力過人，居然憑著頑強的意志活了下來。」

他看了羅獵一眼：「我想盡了一切辦法，可是因為我能力有限，至今無法阻止她病情的發展。」

羅獵道：「還有沒有辦法？」

陸劍揚道：「解鈴還須繫鈴人，最大的希望就在明華陽的身上，如果說這個世界上還有一個人能夠救治妮妮，那麼只能是他。」他停頓了一下道：「這才是我派妮妮出來執行這次任務的初衷。」

羅獵點了點頭道：「我會抓住明華陽。」

陸劍揚道：「現在或許不用你們去找明華陽，他已經開始主動尋找你們。」

羅獵知道陸劍揚所說的都是事實，在鹽礦的事情之後，天獻會就開始主動尋找他們，這次抓住陸明翔，以陸明翔為人質最終的目的還是想逼迫他們現身。

陸劍揚道：「妮妮的血液中含有克制喪屍病毒的抗體，我想明華陽很可能發現了這個秘密，所以他會不惜代價來找到妮妮。」

羅獵道：「這樣說來，她的處境豈不是非常危險？」

陸劍揚道：「所以，我想讓你們暫時中止這次任務，至少在我們還沒有正式將喪屍病毒抗體血清研製成功之前先躲起來，保證妮妮的安全。」

羅獵道：「你們究竟是在擔心妮妮，還是擔心她擁有的抗體？」

陸劍揚道：「兼而有之，如果明華陽知道妮妮身上擁有喪屍病毒的抗體，他會想盡辦法毀掉妮妮，因為如果抗病毒血清被我們研製出來，喪屍病毒這一殺器在他的手中就發揮不出應有的威力。」

羅獵道：「明華陽始終沒有將喪屍病毒大範圍使用，估計不是他心慈手軟，而是他也沒有控制喪屍病毒的方法，所以他不敢將病毒大規模傳播出去。不過卡佩爾古堡就有不少的喪屍在活動，形勢並不像你想得那麼樂觀。」

陸劍揚道：「我剛剛收到消息，卡佩爾古堡遭遇了火災，警方派往當地的直升機失事墜落，我想明華陽在那裡暴露之後已經將之清場，抹去了所有的痕跡。」他向遠處的林格妮看了一眼道：「我會給你們提供一個相對安全的地方藏身。」

羅獵道：「為什麼要藏起來，藏多久？」

陸劍揚搖了搖頭道：「我目前還無法回答你。」

羅獵道：「那你告訴我，妮妮還有多長時間？」

陸劍揚被他問住了，林格妮的生命只剩下不到一年的時間，對她而言每一天都無比珍貴，自己讓林格妮暫時藏起來避免被明華陽找到，在羅獵看來他的出發點未必是好意。

陸劍揚道：「這是上頭的決定，你們在鹽礦之後，她將喪屍病毒的事情通報給我，這種狀況下我必須要上報給上級。」

羅獵道：「所以你們就決定將妮妮藏起來？」他搖了搖頭道：「確切地說應該是控制起來，因為她對所有人來說都是無價之寶，對你們來說她是治癒喪屍病毒的希望，對明華陽來說如果抓住了她就能夠徹底掌控喪屍病毒的使用，他可以進行有選擇的殺戮。」

陸劍揚歎了口氣道：「我是為了她的安全著想。」

羅獵淡然道：「你們一定擁有妮妮的血樣，其實通過她的血樣應該就能夠研製出對抗喪屍病毒的血清，又何必那麼麻煩要將她藏起來？別說什麼為了她的安全著想，你們是擔心她被明華陽找到！」

陸劍揚被羅獵說中了心思，此時他唯有選擇沉默。

羅獵道：「你不是為了她的安全，是為了國家安全！」

陸劍揚道：「如果她落在明華陽的手中，喪屍病毒很快就會大面積爆發，就算我們能夠先行研製出血清，也無法跟上病毒擴展的速度。」

羅獵道：「如果被妮妮知道你的想法，她一定很傷心。」

陸劍揚握緊了雙拳，這幾天他的內心飽受煎熬，如果不是兒子被劫持的插曲，就早已啟動控制林格妮並將她帶回國內的程序，陸劍揚始終舉棋不定，他這次前來其實帶著雙重任務。

羅獵道：「我不管你怎麼想，這件事我管定了。」

陸劍揚道：「你知不知道你們將會面臨什麼？」

羅獵道：「我不在意你們會不會提供幫助，妮妮救了我，我欠她一條命。」

陸劍揚靜靜望著羅獵，他終於明白為何他的祖父會為這樣一個人甘心出生入死，也明白了麻雀為何要等待一生，陸劍揚道：「我可能也會受到監控，以後只能靠你們自己孤軍奮戰了。」

羅獵淡然笑道：「我已經習慣孤獨。」

陸劍揚道：「保重！」他向羅獵伸出手去，羅獵和陸劍揚握了握手，陸劍揚低聲道：「手環上有跟蹤器，妮妮知道破解的方法。」

羅獵拍了拍陸劍揚的肩膀，陸劍揚笑了起來，以羅獵的年齡本不應該對年長之人做出這樣的舉動，可是在輩分上陸劍揚還應當稱他一聲爺爺。

羅獵和林格妮驅車遠去，陸劍揚父子二人望著那輛車消失在道路的盡頭，這才上了停在一旁的奧迪車，陸明翔道：「爸，我好羨慕他們。」

陸劍揚啟動了汽車道：「**每個人都有屬於自己的命運**，記住，不要提起任何與他們相關的事情。」

林格妮在放大鏡下將手環分離，用鑷子小心夾出了其中的定位單元，又將新的換上，羅獵將那兩個定位單元徹底毀掉。縱然如此，他們還是馬上選擇了離開，除了必要的東西之外，一律丟棄，就連那輛裝滿武器的皮卡車也被兩人合力推入了小湖之中。

羅獵指了指前方的山巒，翻過這座山就能夠抵達格米西小鎮，他們可以從那裡乘車離開。

爬到半山腰，又見到一面小湖，湖水清澈見底，遊魚歷歷可數。兩人決定暫時在這裡休息，林格妮在湖邊洗了洗臉，抬起頭，看到羅獵正在不遠處給自己偷偷拍照，林格妮嬌羞道：「有什麼好拍的？又不是沒見過。」

羅獵道：「見過，什麼都見過。」

林格妮羞紅了臉，拿水去潑他，羅獵笑著躲開，林格妮追逐上來一不小心腳下打滑，整個人失去平衡落入了水裡，羅獵知道她的水性，本來以為林格妮很快就會浮起來，可等了一會兒看到林格妮居然一動不動，他頓時有些慌了，顧不上脫去衣服就跳了下去，奮力游到林格妮的身邊，林格妮這才露出水面，格格笑了起來，羅獵知道她是故意捉弄自己，佯怒道：「看我怎麼教訓你。」

林格妮道：「那得看你追不追得上我。」她展臂向對岸游去，林格妮在水中游泳的姿態很美，就像是一條美人魚一般，羅獵被激起了好勝心，劈波斬浪向林格妮追去，夏日的湖水仍然有些涼，林格妮在湖心放慢了速度，羅獵追了上來，笑道：「我看你往哪裡逃？」

林格妮非但沒逃走反而迎了上來，擁住羅獵主動親吻他的面龐，他的嘴唇。

羅獵擁住林格妮，望著宛如出水芙蓉般的她，關切道：「你沒事吧？」

林格妮搖了搖頭，可眼中分明蕩漾著晶瑩的淚光。

羅獵道：「是不是哪裡不舒服？」

林格妮道：「我什麼都明白，從今以後我只為你活。」

羅獵內心劇震，他不由得想起了蘭喜妹也曾經對自己說過這樣的話，這樣毫無保留的愛是他生命中不能承受之重。以林格妮的智慧又怎能覺察不到他們現在的處境，如果沒有羅獵在她的身邊，她一定會感覺到整個世界都背棄了自己。可羅獵就在她的身邊，正因為羅獵的存在，她感覺到自己已經擁有了整個世界。

湖邊支起了帳篷，羅獵和林格妮決定在這寂靜無人的空山中好好休息一天，哪裡都不要去，什麼都不要想。重新換上乾爽衣服的林格妮躺在羅獵的懷中，感受著溫暖的陽光，吹著輕柔的涼風，聽著樹林中悅耳的鳥語，這是她有生以來最幸福的時光。林格妮甚至想到，就算現在死去，她也不會有太多的遺憾。

羅獵道：「麻雀去世了。」

林格妮抬起頭，看到羅獵憂傷的目光，她忽然意識到麻雀是羅獵連通他過去時代的唯一紐帶，羅獵感傷的或許並不是麻雀離去本身，而是他很可能再也回不去了，她又想到，如果羅獵真的無法回去，而自己卻要面臨死亡，不久以後的將來羅獵將會遭受一次怎樣的打擊，這個世界上還有誰會陪伴他，誰會疼他愛他關心他？

愛一個人就會全心全意地為他著想，林格妮小時候就知道自己的生命比多數人要來得短暫，為了活下去，她承受了比普通人多得多的痛苦，這些痛苦的經歷讓她早已看淡了生死，她不怕死，支撐她活下去的最大心願就是為父母報仇，可現在她卻意識到自己擁有了活下去的欲望，為羅獵而活！

林格妮道：「你還有機會見到她。」

羅獵愣了一下，馬上就明白了她的意思，不錯，自己還有機會見到麻雀，如果可以回去的話，麻雀在另外一個時空中仍然活著，自己只是提前來到了這裡，先一步看到了結局。在他曾經生存的時代，周圍人會不會都認為自己已經死了，會不會因為自己而傷心？

羅獵站起身，撿起一顆小石子用力向湖中扔了出去，小石子飛出很遠，在湖心墜落下去，平靜無波的湖面因此而泛起一圈一圈的漣漪，羅獵的腦域也隨之興起波瀾。

林格妮猜測到他此刻紛亂的心境，並沒有打擾他，開始著手準備屬於他們兩人的晚餐。

羅獵終於平靜了下來，只要他一息尚存就必須要堅持活下去，他應該還有機會，至少他見到了龍天心，來歐洲又遇到了年輕時的母親，就算麻雀離開了自己，龍天心背叛了自己，母親離開了自己，還有林格妮在自己的身邊默默陪伴著，羅獵轉身看了看林格妮，林格妮也在關心地望著他。

她指了指面前的食物，只有麵包和幾片火腿，他們隨時都可以開飯。

羅獵道：「我需要冷靜一下。」

林格妮咬了咬櫻唇道：「是不是我應該走開一會兒？」

羅獵搖了搖頭，他脫去外衣，只穿著一條褲衩重新跳入了小湖裡。

林格妮沒料到他會有這樣的舉動，快步來到小湖邊，望著已經游遠的羅獵，心中忽然產生了一種被他拋棄的失落，林格妮就這樣站在湖邊靜靜望著，不知為何，她開始流淚，林格妮討厭自己現在多愁善感的樣子，明明羅獵說他要去冷靜一下，自己為何要如此患得患失。

林格妮在湖邊等待了十多分鐘，總算看到羅獵回來，他的手中還拎著一條一尺多長的鱸魚。

林格妮趕緊擦乾眼淚，生怕被他看到自己流淚的樣子，羅獵笑道：「你那麼瘦，應該增加一些營養了。」

林格妮笑顏逐開道：「你自己想吃，還要打著我的旗號。」

羅獵道：「生火，烤魚！」

夜幕下的山谷，一堆篝火熊熊燃燒著，他們發現並不是一無所有，扔下那輛皮卡車的時候，林格妮從裡面還特地帶出了一瓶白蘭地，羅獵望著笑靨如花的林格妮，灌了一口白蘭地，吃一口烤得外酥裡嫩的魚肉，有酒有肉有美人相伴，上天對待自己還算不錯。

他將酒瓶遞給了林格妮，林格妮也喝了一口，篝火的映照下，她的俏臉燦若朝霞，越發顯得嬌豔動人，羅獵盯著她的俏臉，林格妮從他的目光中敏銳捕捉到了其中的火焰，羞澀地垂下頭去，小聲道：「你的樣子不懷好意。」

羅獵笑了起來：「有嗎？」

林格妮點了點頭道：「就像是　頭大灰狼。」

羅獵道：「那你就是一隻待宰的羔羊。」

林格妮靠在他的肩頭，柔聲道：「你的羔羊。」

羅獵又喝了一口酒。

林格妮道：「我要找到明華陽。」

羅獵點了點頭，這是林格妮一直以來的願望。

林格妮又補充道：「我要好好活下去，我不想留下你一個人……」

羅獵望著她，林格妮沒有看他，卻已經淚流滿面，羅獵低下頭去輕吻著她的俏臉，吻掉她臉上晶瑩的淚水。

對林格妮來說，羅獵已經是她世界的全部，對羅獵來說，林格妮也已經成為他在這個世界上不可或缺的一部分。望著身邊秀髮如雲的林格妮，羅獵的唇角露出一絲會心的微笑，他拉了拉毯子，將林格妮裸露在外的雪白肌膚蓋好，然後悄悄離開了帳篷。

今晚的月亮格外明亮，月光如水，將整個山野映照得亮如白晝，風不大，卻足以吹皺小湖的一泓碧水，月下的小湖泛起魚鱗一樣的銀色光芒。

羅獵始終在思考著一個問題，如何扭轉局面，陸劍揚離去時的那番話足以表明態度，林格妮在有關部門的眼中已經成為了最大的隱患，認為她是一把雙刃劍。從開始想讓她去對付明華陽，到現在卻變成了擔心她被明華陽抓住並利用。

羅獵看出了陸劍揚的悲哀和無奈，於公他應當將林格妮控制起來，可是他又不能違背良心，所以才放了他們一馬，羅獵推測到陸劍揚很可能會因為這次的行為而遭到處分。

其實這些人的擔心並不是毫無道理的，如果林格妮真的落入明華陽的手中，明華陽從她身上提取血液並研製出對抗喪屍病毒的血清，那麼明華陽將會無所顧忌，他會利用喪屍病毒擾亂這個世界。

羅獵聽到輕盈的腳步聲，知道林格妮來到了自己的身後，他沒有回頭，林格妮溫軟的嬌軀抱住了他，然後用毯子將他們的身體裹在了一起。

羅獵道：「吵醒你了？」

林格妮搖了搖頭：「我其實沒睡。」

羅獵笑了起來：「裝睡啊！」他轉過身將林格妮擁入懷中，林格妮的下頜枕在他的肩頭，小聲道：「你有心事。」

羅獵點了點頭。

「說給我聽聽。」

羅獵道：「接下來的路不好走。」

林格妮道：「我也在想這件事，明華陽一定會傾盡全力找我，可一定會有人阻止。」雖然陸劍揚並沒有當面向她說明她目前的處境，可是在分別之後，羅獵的所作所為她看得清清楚楚，她知道自己已經和基地切斷了聯絡，基地一定會在明華陽找到她之前清除這個隱患。

羅獵道：「會有不少人阻止，不一定是基地。」情報六處在維也納的出現就證明他們已經引起了歐洲多國情報部門的注意，匹夫無罪懷璧其罪，林格妮是無辜的，可是因為她擁有了可以對抗喪屍病毒的體質，所以就成為各方爭先追逐的目標。

羅獵不由得想到，如果陸劍揚早就知道林格妮是這樣的體質，他會不會派她出門執行這次的任務？

陸劍揚敲門走入了辦公室內，他並非基地的最高領導，對於最近發生的一系列事情，他必須要有個交代，其實他在回來的飛機上已經寫好了一份報告，他也將報告在第一時間遞了上去。

房間大部分處於黑暗中，光照局限於其中的一張椅子上。

陸劍揚恭敬道：「將軍！」

陰影中傳來了一個低沉的聲音道：「坐！」

陸劍揚在椅子上坐了下來，望著對面高大的身影，從心底產生了一種壓迫感，他不喜歡這樣的見面方式，更不喜歡這張椅子，坐在這裡，坐在這黑暗房間不多的光明中，他有種被聆訊的感覺。

「報告我看過了。」

陸劍揚道：「對不起將軍，我沒能完成這個任務。」

黑暗中的將軍搖了搖頭道：「不是不能，而是不想。」

陸劍揚道：「我絕沒有徇私的意思。」

將軍道：「人誰沒有私心？林格妮是你撫養長大成人，你也一直將她當成女兒看待。正因為此，我才做出讓你將她帶回國內的決定。」

陸劍揚道：「將軍，我大意了，我並沒有想到他們會自行離開。」

「自行離開？」將軍冷哼一聲，將一疊檔案扔在了桌面上：「一直以來，我對你都抱以絕對的信任，可你此次的表現卻讓我失望了。」

陸劍揚道：「一個月前林格妮已經從基地辭職，她不再是基地的成員。」

「知不知道我最欣賞你什麼？」

陸劍揚沒有說話，他的目光垂落下去望著自己交叉的手指，陸劍揚來此之前已經對可能發生的狀況做出了心理準備，他非常平靜，對任何結果他都會安然接受。

「你行事縝密，心理素質極強，是基地中最有大將之風的人，在任何狀況下你都能夠保持冷靜，三個月前，我就向上層推薦了你，在我退下來之後由你正式接替我的工作。」

陸劍揚道：「謝謝將軍器重，可我並不適合做管理工作，我更喜歡從事研究。」

「別忘了你是我一手提拔起來的，我雖然在三年前就已經不再過問基地具體的事務，可並不代表你可以騙過我，林格妮辭職這件事就證明你早已為將來可能發生的事情做好了準備，讓她切割和基地的關係，又為她安排了一個和基地無關的人員作為搭檔，從基地查不出你和他們歐洲之行的任何關係，可我仍然知道他們背後的金主是誰。」

陸劍揚道：「將軍如果這麼認為，我也不想辯駁。」

「我給你一個機會，你親自安排把林格妮和羅獵帶回國內，必須要保證他們在我方的嚴密監控之下。」

陸劍揚道：「我做不到，不是不想，而是沒有這個能力。」

將軍顯然沒有料到他會這樣乾脆利索的拒絕，沉默了片刻之後方才道：「你應當知道這樣做的後果，你的前程，甚至包括你在基地所做的一切成績，都會被徹底抹去。」

「將軍要讓我離開基地嗎？」

將軍道：「你何時把問題想得那麼簡單了？你可以拒絕，但是針對他們的行動不會終止，如果因為林格妮的事情而造成的任何後果都需有人承擔這個責任。」

陸劍揚道：「我會承擔！」說出這句話的時候，他感覺心頭舒服了許多。

「你承擔得起嗎？」

陸劍揚淡然道：「無論承擔得起還是承擔不起，總得有人承擔不是嗎？」

將軍道：「我可以給你一天的時間考慮。」

陸劍揚道：「不用考慮，將軍，謝謝您一直以來對我的幫助，可是我的確無法說服自己，離開基地以前我想跟您說幾句話。」

將軍沒有任何的表示。

「明華陽早已研製出了喪屍病毒，他一直沒有將喪屍病毒大規模使用是因為他擔心一旦病毒擴散會無法控制，控制林格妮在你們看來或許是未雨綢繆的措施，但是有一點我希望你們能夠明瞭，林格妮正是在接受明華陽人體實驗後才產生的抗體，就算我們控制了林格妮，明華陽也未必不能研製出抗體，並進行大規模的使用，還有，任何的病毒都會在時間的推移過程中出現變種，目前我們也無法確定明華陽的研究到了怎樣的階段，就算從林格妮的血液中研製出抗病毒血清並大規模生產使用，也無法保證這血清會全面有效。」

將軍冷冷望著陸劍揚，他承認陸劍揚的話有些道理，但是他們必須要儘早從根源上控制，事態一旦失控結果就不堪設想。

陸劍揚道：「有證據表明從獵風科技盜走機密資料的亨利已經加入了天蠍會，此前出現了不少的異能者，他們應該都和這一事件有關，也就是說就算沒有喪屍病毒，一樣會有其他的事情來威脅到我們生存的世界，想要徹底解決問題必須儘快清剿天蠍會，剷除明華陽。」

將軍淡然道：「我記下了，基地的事情不勞你費心。」

陸劍揚站起身來，向將軍敬了一個標準的軍禮。

將軍緩緩站起身，也回敬了一個軍禮，就算是送別吧，目睹他一手栽培的接班人就這樣離開，他內心中的滋味並不好受。

陸劍揚轉身離開，在拉開房門之後又道：「我敢斷言，針對他們的行動一定會失敗。」

羅獵從睡夢中醒來，發現身邊伊人已經不見蹤影，他穿好衣服離開了帳篷，看到林格妮正在湖邊草地上準備早餐，陽光明媚，空氣清新，這幽靜的山谷宛如世外桃源一般美麗。

清晨的湖面就像是一顆深沉的藍寶石鑲嵌在山谷之中，湖面的上方漂浮著一層淡淡的晨霧，牛乳般細膩潔白，晨風輕動，又如輕紗一般隨風蕩漾。

林格妮採了不少的野果，她向羅獵笑了笑：「懶貓，都九點半了，說好的一早出發呢？」

羅獵向林格妮伸出了三根手指，林格妮的俏臉紅了起來，抓起一顆櫻桃向羅獵扔了過去，羅獵一張口準確將櫻桃咬住，林格妮向他豎起了拇指：「你好厲害！」說完她就不好意思地笑了，這句話會不會讓羅獵有其他方面的理解，不過她說的全都是事實。

羅獵洗漱之後，來到林格妮身邊，現在的她就是一個溫柔體貼的小女人，絲毫不見揮刀血戰喪屍的強悍和霸道。林格妮遞給羅獵自製的野果三明治，柔聲道：「快吃，吃飽了我們還要趕路。」

羅獵接過三明治大口大口吃了起來，林格妮感歎道：「這裡好美，我都不想走了，真想一輩子待在這裡。」

羅獵道：「那就住在這裡，我逢年過節都來看你。」

林格妮嬌嗔道：「我一個人才不要，你去哪裡我就去哪裡，我就要跟著你煩死你。」

羅獵笑了起來，他也喜歡這裡，可是他們註定無法在這裡長久停留，陸劍揚臨走時候的那番話絕非危言聳聽，他們接下來的路會更加難走。

林格妮將修好的手環遞給了羅獵，親手幫他戴上，柔聲道：「戴上這手環，你就跑不掉了。」

羅獵笑道：「你在裡面裝了定位儀？」

林格妮點了點頭道：「你能找到我，我也能找到你，可是別人找不到我們。」

羅獵道：「有了這套戰甲，我們可以放手和明華陽一搏了。」

林格妮道：「我有一個計畫。」

就算他們的奈米戰甲擁有著超人一等的戰力，可僅憑著他們兩人也難以和明華陽的天蠍會抗衡，他們需要尋找盟友，而最合適的盟友就是明華陽的敵人，**敵人的敵人雖然不一定能夠成為你的朋友，但是一定能夠成為你可以去團結的對象。**

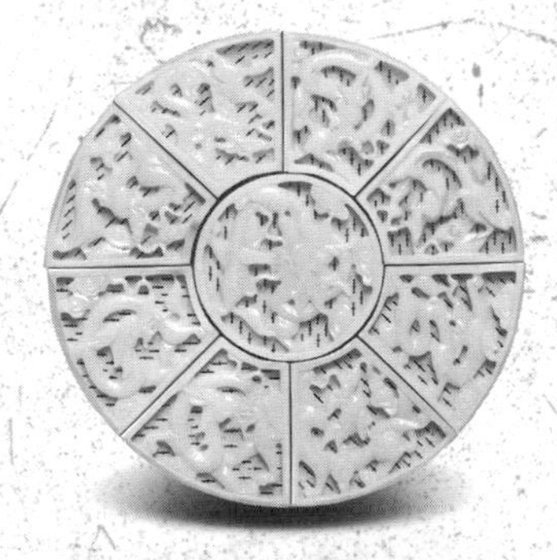

第三章

不為人知的黑名單

林格妮道：「龍天心的手中有一份不為人知的黑名單，
名單上都是接受過治療的人。」
如果真有這樣一份黑名單，就意味著存在大量潛在異能者，
在獵風科技被襲擊後，這些人的後續治療也成為了問題，
他們隨時都可能因為化神激素的作用而發生身體異化。

布拉格老城依舊遊人如織，科恩坐在廣場的長椅上漫不經心地餵著鴿子，過去他妻子和兒子還活著的時候他們就經常到這裡來，他和妻子通常就坐在這張連椅上，望著兒子歡快地在廣場上奔跑，現在只剩下了科恩自己，科恩的每天都在痛苦中度過，他之所以會有今天，全都是天蠍會造成的。

科恩是東歐兄弟會的首領，在妻兒遇害之後，他性情變得越發冷血殘忍，他擁有了一個不雅的稱號——屠夫。從這個綽號不難推測出他的為人，他只有坐在這裡的時候，才會流露出幾分溫柔的目光。

一個留著絡腮鬍帶著棒球帽的男子來到科恩的身邊坐下，科恩忍不住看了一眼這冒失的傢伙，他認為這十有八九是外地的遊客，如果是本地人很少有人會有這樣的膽子，熟悉他的人看到屠夫科恩肯定會避之不及，更不用說主動來到他的身邊坐下。

「天氣不錯！」男子主動搭訕道。

科恩點了點頭，算是對他搭訕的回應。

男子向科恩伸出手去：「你好，科恩先生，我叫羅獵！」

科恩愣了一下，聽對方一口就叫出他的名字證明對方認識自己，顯然是有備而來，他的印象中卻沒有這個名字，他也從未見過這個人，羅獵？看這名男子的外貌應當是黃種人。

科恩沒有和羅獵握手，目光仍然望著在他們面前閒庭信步的鴿子：「我看起來很溫和是不是？」

羅獵笑了起來：「人都有兩面性，屠夫也不例外。」

科恩的唇角露出一抹陰冷的殺機：「看來你想領教一下。」

羅獵道：「我來找你，是想跟你合作。」

科恩有些奇怪地望著羅獵，跟自己合作？難道他不清楚是在與虎謀皮？我科恩是出了名的不講信用。

羅獵道：「有沒有聽說卡帕爾古堡的事情？」

科恩自然聽說了，他的消息很靈通，不過也是在卡帕爾古堡毀於爆炸和火災之後才知道這座古堡和天蠍會有關，聽說是警方接到了報警，出動了直升機，直升機恰恰在古堡上方失事墜落，從而點燃了整個古堡，這次的事情讓關於古堡的詛咒再次大範圍傳播。

科恩關心的不是詛咒，他認為自己早已被上天詛咒了。

羅獵接下來的話成功吸引了科恩的注意力：「我做的。」

科恩望著羅獵，他的表情將信將疑。

羅獵道：「卡帕爾古堡是天蠍會的產業，真正的主人就是明華陽。」

科恩道：「你跟我說這些有什麼意義？」

羅獵遞給他幾張照片，科恩接了過去，看到照片上的行屍走肉，他嘲諷道：「恐怖片？」

羅獵道：「這些喪屍都是我在卡帕爾古堡拍到的，天蠍會一直在研究喪屍病毒，而且已經取得了成功，摧毀卡帕爾古堡的爆炸是他們自導自演的，因為他們擔心其中的秘密會暴露。」

科恩道：「你闖入了卡帕爾古堡？」

羅獵點了點頭。

科恩道：「天蠍會到處找的人原來是你？」

羅獵道：「聽說天蠍會拿出了一大筆賞金，你該不會對此心動吧？」

科恩道：「沒有人嫌錢燙手。」

羅獵道：「聽說你是最瞭解明華陽的人。」

科恩道：「就算是吧。」

羅獵道：「你恨他，卻沒有能力將他殺掉，這些年你一直都在等待，希望有一天你的實力能夠超越他，將天蠍會一網打盡。」

科恩道：「如果我這麼想，明華陽不會讓我活到現在。」

羅獵道：「那是因為他目前不想引起太多的關注，不過我可以告訴你，你永遠不會等到機會，你和明華陽之間的實力差距會越來越大。」

「住口！」科恩憤怒地吼叫道，他猶如一頭被觸怒的雄獅，隨時都可能衝出去撕碎眼前這個狂妄的傢伙。

羅獵道：「明華陽已經掌握了喪屍病毒，一旦他將病毒擴散，整個歐洲乃至整個世界都會遍佈行屍走肉，我不是在危言聳聽，就算你有十倍於他的力量，也無法和他抗衡。」

科恩道：「你跟我說這些又有什麼用處？我想你找錯了人，來錯了地方！」

羅獵道：「我的手裡有治癒喪屍病毒的血清，也只有我能夠剷除明華陽。」

科恩呵呵冷笑道：「如果你真的可以做到，就不會來找我。」

羅獵道：「明華陽為人狡詐，我必須尋求一個瞭解他的人合作，只有鎖定了他的位置，我才可以將他剷除。」

科恩道：「於是你想到了我？」

羅獵點了點頭。

科恩將手中的鴿食全都灑到了地上，一群白鴿爭先恐後地圍攏到附近啄食，科恩拍了拍雙手站起身來，他向羅獵道：「明天，明天這個時候我會給你答覆，還在這裡。」

羅獵微笑道：「希望能夠聽到你的好消息。」

科恩大步走過廣場，來到馬路旁，一輛黑色的勞斯萊斯轎車準時出現並停在他的面前，科恩上了轎車，轎車內坐著一位美麗的女郎，她透過車窗望著仍然坐在連椅上的羅獵。

科恩恭敬道：「是他嗎？」

龍天心點了點頭道：「是他！」雖然羅獵黏了一臉的大鬍子，可她還是一眼就認出了他。

科恩遞給龍天心幾張照片，這些照片是羅獵剛才給他的，科恩無法辨別真偽。龍天心之看了一眼就道：「明華陽研製出了喪屍病毒。」

科恩道：「我要殺了他！」

龍天心道：「以你現在的實力根本做不到。」

科恩沒有反駁，在龍天心的面前他表現得非常的恭敬，如果不是龍天心他活不到現在，妻兒遇害之後，他借酒澆愁，得了肝癌，後來發生了多臟器衰竭，明華陽之所以放過他並不是心懷仁慈，而是認為像科恩這種人活著比死了更加痛苦。科恩是獵風科技的高級客戶，他接受了基因治療，雖然為了治療花費了巨大的代價，可他畢竟活了下來，只要活著，他就有復仇的希望。

獵風科技有一份黑名單，這份名單只有龍天心掌握，並不存在於獵風科技的任何資料庫中，任何人都查不到，科恩就是其中之一。

科恩低聲道：「我應當答應跟他合作嗎？」

龍天心道：「為什麼不？」停頓了一下又道：「如果這個世界上有人可以殺掉明華陽，他肯定是其中的一個。」

科恩搖了搖頭道：「我不會假手任何人，我要親手殺掉明華陽。」

龍天心打量著科恩：「決定了？」

科恩點了點頭：「決定了，就算付出再大的代價我都心甘情願。」

龍天心將一個小巧的密碼箱遞給了科恩：「想要跟他對抗，你首先要讓自己變得強大。」

陸劍揚將一束百合花放在麻雀的墓碑前，他沒能來得及參加老人家的葬禮，望著墓碑上的照片，陸劍揚回憶起老太太生前對自己無微不至的關懷和照顧，心中一陣難過。

天空飄著細雨，陸劍揚就這樣站在雨中，他的一生中很少像現在這樣彷徨，一直以來他都擁有明確的目標，為了實現目標而努力半生，可現在所有一切都不復存在了，他離開了為之奮鬥半生的基地，從現在起他只能做一個局外人。

陸劍揚想起自己對老太太的承諾，他答應要保護羅獵，可現在他已經無能為力了。

「對不起！」陸劍揚低聲道。

老太太的照片仍保持著和藹可親的笑容，這笑容永遠定格，再也不會改變。身後響起腳步聲，陸劍揚轉過身，看到麻國明父女打著傘朝這邊走來，他的手中也拿著一束百合花，麻燕兒獻花之後和陸劍揚打了聲招呼，然後知趣地離開先行去了停車場。

麻國明道：「知道你會來。」

陸劍揚道：「沒能趕上送老太太最後一程，得過來跟她說聲對不起。」

麻國明道：「聽不到了。」

陸劍揚歎了口氣道：「是啊，聽不到了。」

麻國明將雨傘向陸劍揚傾斜了過來，陸劍揚擺了擺手表示自己不用打傘，於是麻國明也收起了傘，陪著他在細雨中站著。

陸劍揚道：「你沒必要陪我淋雨。」

麻國明道：「舒服！」他向奶奶的遺像看了一眼道：「一直感覺奶奶就像是我們的雨傘。」

陸劍揚深有同感地點了點頭。

麻國明道：「聽說你休長假了？」陸劍揚離職的事情還是他聽女兒說的，不過事關機密，麻燕兒也說得不太清楚，以她現在的地位只知道陸劍揚休了長假。

陸劍揚道：「是啊，這些年我整天埋頭工作，幾乎沒怎麼享受過生活。奶奶說得對，我應當抽時間多陪陪家人，給自己放個大假，到處去走走看看。」他心中卻明白，自己現在的處境微妙，雖然離開了基地，仍然處於監控之下，想要自由自在的到處去走走，也只能是癡人說夢罷了。

麻國明道：「希望是你真實的想法才好。」他們相交莫逆，彼此可謂是非常的瞭解，雖然麻國明並不清楚陸劍揚真正的工作是什麼，可他也知道陸劍揚因為這次的歐洲之行惹上了很大的麻煩。

陸劍揚道：「當然是！」

麻國明道：「以你的才華，在任何地方都可以做出一番成就。」

陸劍揚笑了起來：「我有什麼才華？老了，現在已經是年輕人的世界了。」

麻國明道：「最重要是明翔沒事。」

陸劍揚點了點頭，這也算是他心中最大的安慰了。

麻國明道：「我聽燕兒說，明翔被停職了。」

陸劍揚知道兒子被停職的原因，他微笑道：「對他來說未嘗不是一件好事，年輕人總得遇到幾次挫折才會成熟。」

麻國明道：「我才不這麼看，如果明翔遇到了麻煩，大不了退伍，我的公司始終給他保留了一個職位。」

陸劍揚道：「國明啊國明，你始終在打我兒子的主意。」

麻國明道：「他不僅僅是你的兒子，還是我未來的女婿，我這麼大的家業總得有人繼承吧？我女兒被你騙到你的部門去工作，你總得讓我找回來一點平衡，趁著這個機會乾脆就讓明翔過來跟我經商。」

陸劍揚道：「這話你可別跟我說，說了也沒用，他的事情他自己做主，如果他願意我沒意見。」

麻國明道：「那小子跟你一個熊樣，倔得很，死要面子活受罪，我早就讓他來我公司了，他怕人家說閒話。」

陸劍揚道：「不僅僅是如此，他對經商沒興趣。」

麻國明道：「經商怎麼了？我說你們爺倆是不是特別看不起商人？」

陸劍揚道：「你今天是專程來跟我吵架的？想吵架咱們換個地兒，省得打擾了老太太的清淨。」

麻國明道：「走！酒量上見輸贏，今天我非把你喝趴下不可！」

「誰怕誰啊！還不知誰先趴下呢！」

科恩比預定時間晚了十五分鐘，來到約定地點，看到羅獵正在那裡餵鴿子，科恩道：「蠻有閒情逸致。」

羅獵沒有抬頭：「總得找點事情消磨時光，我發現餵鴿子也蠻有意思，只要拿著鴿食，牠們就會眾星捧月般圍著你。」

科恩笑了笑，他聽出了羅獵對自己的嘲諷，這是將自己當成了鴿子？科恩暗想，誰是鴿子還不一定呢。他在羅獵的身邊坐下，點燃了一支香煙，抽了一口，吐出一團濃重的煙霧：「你的建議我仔細考慮了一下，我答應你。」

羅獵抬頭看了看科恩，向他伸出手去，科恩這次沒有拒絕，他和羅獵握了握手：「合作愉快！」

望著科恩灰藍色的雙目，羅獵忽然產生了一種陌生的感覺，他感覺到科恩的身上發生了一些變化，整個人的氣質和昨天似乎有所不同，究竟哪裡不同羅獵也說不太清楚，眼前明顯就是科恩，可為何會產生這樣奇怪的感覺呢？

科恩鬆開羅獵的手：「想要讓明華陽難受就必須要擊中他的要害，我查到他有一個秘密基地，這個基地位於地中海，始終在移動。」

羅獵馬上聽懂了他的意思：「在一艘船上？」

科恩發現龍天心對羅獵的推崇並不是沒有原因的，自己並沒有把話說明，他就已經領會了自己的意思，科恩點了點頭：「一個好消息，根據我的情報，亨利很可能就在這艘船上。」

羅獵道：「還是先說說壞消息。」

科恩道：「這個移動基地戒備森嚴，船上很可能有多名擁有特殊能力的人。」

羅獵道：「異能者？」

科恩點了點頭：「亨利從獵風科技盜走了核心科技，他將這些本用於醫療的科技用來犯罪，那些異能者應該是他一手製造的變異人種！」

羅獵道：「你已經找到了這艘船？」

科恩搖了搖頭道：「如果我找到這艘船，早就將它摧毀，何必等到現在？」

羅獵道：「那你打算如何定位？」

科恩笑了起來，他的表情就像是一頭狡黠的老狼：「不是你說你的手裡有可以治癒喪屍病毒的血清？」

羅獵道：「是啊！」

科恩道：「只要我們將消息散佈出去，就算我們不去找天蠍會，他們也會主動找上門來。」

羅獵道：「你打算和他正面衝突？」

科恩道：「你當誘餌，我來佈局……」他停頓了一下方才道：「確切地說應該是你們，據我所知，你好像還有一個搭檔吧？」在他看來羅獵只是送上門的鴿食，他要利用鴿食去引誘明華陽和天蠍會上鉤，雖然龍天心對眼前的這個人推崇備至，可科恩並不那麼看，他感覺到自己的身體內充滿了磅礡的力量，這力量讓他產生了前所未有的自信。

羅獵這次清晰感覺到了科恩和昨天的變化，這種變化幾乎稱得上脫胎換骨，羅獵不露聲色道：「說說你的具體計畫。」

科恩道：「你明天中午十二點去這個地方，到了這個地址，自然會有人跟你接應。」

羅獵從他手中接過一張明信片，明信片上印著派特農神廟，羅獵向科恩點了點頭道：「很有名氣的地方。」

科恩微笑道：「總得找個地標性的建築，雅典風景不錯，權當是一場旅遊。」

羅獵道：「你會去嗎？」

科恩道：「會！」

羅獵起身向廣場的另外一側走去，科恩道：「時間很緊，千萬別耽擱。」

林格妮站在高處觀望著廣場的方向，她看到羅獵離去，科恩並沒有馬上就走，他在原地停留了一會兒，這才慢悠悠走向一旁的教堂，走入小巷後消失在林格妮的視野中。

羅獵並沒有直接和林格妮會合，他來到途中的一家頗有名氣的餐廳，點餐之後，拿起一旁的雜誌看了起來。

林格妮在十五分鐘後走入餐廳，找到羅獵在他對面坐下，將用來遮陽的墨鏡取下，小聲道：「那老狐狸很狡猾，用來跟蹤他的微型無人機被他發現了。」

羅獵笑了起來：「先吃飯。」

林格妮看到送上來的烤豬肘，驚歎道：「你胃口真好！」

羅獵道：「據說是布拉格能排名前三的餐廳，我看了看菜單，還是這些東西，不過烤豬肘倒是不錯。」

吃飯的時候林格妮用手機訂好了晚上前往雅典的機票。

羅獵喝完一扎啤酒之後又叫了一扎，他將科恩給他的奇怪感覺告訴了林格妮。

林格妮小聲道：「你是不是懷疑，科恩是異能者？」

羅獵點了點頭。

林格妮道：「根據我的調查，科恩和明華陽的恩怨起因是明華陽殺死了他的妻兒，就算明華陽從亨利那裡得到了化神激素也不可能提供給科恩，沒有人會希望自己的仇人變得強大。」

羅獵道：「別忘了亨利又是從什麼地方得到了化神激素。」

林格妮道：「你是說龍天心？」

羅獵端起面前的啤酒喝了一大口，他的感覺應該不會錯。

林格妮搖了搖頭道：「不可能，針對獵風科技的名單我搜索了好幾遍，其中並沒有科恩的名字。」

「沒有名字未必代表他沒有接受過治療。」

林格妮恍然大悟道：「我只是調查他的資料，卻並未查看過他的健康檔案。」她馬上就開始聯網查詢。

羅獵暗歎林格妮是個工作狂，可她的性情就是如此，對工作向來認真。

羅獵還沒有喝完面前的這杯啤酒，林格妮的結果已經查詢出來了，科恩幾年前得過肝癌，根據他的健康檔案顯示，他在一家德意志醫院接受了肝移植手術。

林格妮道：「難道說這份病歷是假的，他真正接受的是基因改造？」

羅獵喝完那杯酒，拿起紙巾擦了擦嘴道：「有些人的身分是見不得光的。」

林格妮倒吸了一口冷氣道：「這樣說來龍天心的手中應該還有一份不為人知的黑名單，名單上都是接受過治療的人。」她意識到這件事的嚴重性，如果真有這樣一份黑名單，那麼就意味著可能存在著不為基地所掌握的大量潛在異能者，在獵風科技被襲擊摧毀之後，這些人的後續治療也就成為了問題，他們隨時都可能因為化神激素的作用而發生身體異化。

羅獵道：「我現在總算知道我們找錯了人。」科恩只是龍天心手中的一顆棋子，龍天心其實一直都潛伏在暗處，羅獵想到了查理大橋上自己的畫像，龍天心原本應當是準備和自己談判的，不知為何她放棄了想法。

林格妮道：「龍天心才是整件事的罪魁禍首。」

羅獵道：「想要解決這件事，也許我們只能跟她合作。」

飛機晚點三個小時，他們離開雅典機場的時候已經是午夜零點。

兩人叫了輛出租車，將酒店位置告訴了司機，進入市區的時候，發現正在戒嚴，員警嚴密盤查著過往的車輛，因為糟糕的經濟狀況，這裡的治安這兩年開始變得糟糕，新移民和原住民之間的矛盾越來越大，進入這個月以來，已經接連發生了幾起大規模衝突，據司機所說，明天開始一場席捲全城的大罷工就會開始。

司機的語氣中充滿了惋惜和無奈，他是土生土長的本地人，當然希望回到安定祥和的過去。

距離酒店還有五百米左右的地方，街道已經封鎖，卻是有鬧事者剛剛在附近點燃了幾輛汽車，員警封鎖了快車道正在進行處理，目前汽車已經不能通行。

羅獵和林格妮決定下車步行，林格妮付了車費，兩人取了旅行袋，沿著人行道經過出事的地方，三輛汽車堆在道路中心，仍然在熊熊燃燒著，員警一邊組織人員滅火，一邊指揮秩序，讓路過的人們從一旁小路繞行。

羅獵印象中的歐洲並不是這個樣子，看來任何國度都逃脫不了盛極必衰的道理，清末民初之時歐洲列強爭先恐後地掠奪中華財富，那時無能的清政府和北洋政府只能忍氣吞聲逆來順受，誰又能想到一百多年後，中華已然崛起，而因工業文明飛速發展的歐洲卻不斷沉淪下去。

兩人就快離開小巷的時候，三道黑影衝上來想要搶走林格妮的背包，林格妮抬腿就將一人踹飛，羅獵都不用出手，她又接連兩拳，將剩下的兩個擊倒在地。三名劫匪也算瞎了眼，居然還這兩人下手，這還是林格妮手下留情，不然一定要了他們的性命。

羅獵和林格妮快步走向前方燈火明亮的地方，奧林匹克酒店的門前也有不少的警衛在值守，整座城市都籠罩在一種緊張的氣氛下。

林格妮去前台辦理入住手續的時候，羅獵趁機觀察了一下大廳，沙發區一位圍著白色紗巾穿著藍色波西米亞長裙的美女也正朝他看來，她向羅獵報以嫵媚的一笑。

羅獵現在的樣子可稱不上英俊瀟灑，他化了妝，膚色黧黑，一臉的絡腮鬍子，粗糙得就像地中海岸邊歷經風吹日曬的礁石，羅獵還以禮貌的一笑，然後迅速收回自己的目光，非禮勿視的道理他還是懂得的。

林格妮很快就辦好了入住手續，來到他身邊挽住他的手臂先在他的面頰上親了一口，然後向那位波西米亞美女看了一眼，是示威也是在宣示主權，羅獵真是哭笑不得，林格妮的觀察力果然出眾，耳聽六路眼觀八方，就連辦理入住手續的時候也沒閑著。

兩人走向電梯，林格妮小聲道：「異域風情，魂兒都被勾走了吧？」

他們走入電梯，電梯門就要關上的時候，有人又摁下了電梯，正是剛剛那位波西米亞美女，她走入電梯，向羅獵笑了笑，嬌聲道：「三十九樓，麻煩了。」

林格妮道：「需要刷卡的。」

波西米亞美女笑了起來：「我知道。」她並沒有拿出房卡，因為林格妮和羅獵就住在三十九層。

波西米亞美女向後站了一些，她站在了羅獵的左側，羅獵成為她和林格妮之間的分割線。

羅獵望著不斷攀升的數字，一旁波西米亞美女忽然用熟練的中文道：「兩位是中國人，我叫艾迪安娜，過去曾經在燕京大學留學四年。」她主動向羅獵伸出手去。

林格妮在羅獵之前已經將手伸了出來，和她握了握手道：「我叫陸美琪，他是我丈夫林龍，很高興認識你。」

電梯的門打開了，羅獵禮貌地做了個女士先請的手勢，艾迪安娜和林格妮先後走出了電梯。

羅獵隨後離開了電梯，艾迪安娜已經向右走去，臨行前向兩人擺了擺手。

羅獵和林格妮的房間在另外一側，林格妮望著她婷婷嫋嫋的背影，小聲道：「難道你沒覺得不正常？」

羅獵道：「累了，趕緊回去休息！」

羅獵當然覺得不正常，這個艾迪安娜顯然在故意接近他們，可他們初到貴地，對周圍的狀況還不清楚，羅獵認為在明天見到目標之前沒必要展開行動。

林格妮佈置好安防系統，她催促羅獵去洗澡。

羅獵進入浴室之後，林格妮悄悄來到了露台之上，迅速啟動奈米戰甲，貼著三十九層的牆壁宛如壁虎般爬行。

好奇害死貓，女人的好奇心通常要比男人更大，那位美豔的波西米亞美女已經引起了林格妮的強烈好奇，侵入酒店的電腦，查閱客人基本資料並不是困難的事情，尤其是對林格妮這種高手來說，不過酒店錄入的身分未必真實，至少她和羅獵現在所用的證件和身分全都是假的。

林格妮認為這樣的情況同樣可能發生在那位波西米亞美女身上，借著夜色的掩護她很快就來到了三九〇六房間的位置，房間的窗簾緊閉，從外面看不清裡面的狀況，林格妮釋放出一顆奈米機器人，機器人的大小只有米粒般大小，形態如同蜘蛛，擁有一個高度集成智慧單元的腦袋，和六條機械腿，奈米機器人從陽台房門的縫隙爬了進去。

林格妮從頭盔內部投影接收著奈米機器人回饋的投影。

機器人迅速來到了室內，這間套房的格局和他們入住的房間大致相同，波西米亞美女正在洗澡，林格妮發出指令，奈米機器人迅速進入了浴室。

林格妮心中興起惡作劇的念頭，這次一定要拍兩張照片回頭讓羅獵飽飽眼福，然後測測他的生理指標，看看他會不會心動。奈米機器人沿著牆壁爬升，從上方拍攝浴缸內的女郎。

傳送到林格妮頭盔投影的圖像將她嚇了一跳，浴缸內根本不是剛才所遇的波西米亞女郎，竟是自己，她赤裸身軀一絲不苟，跟自己的外貌幾乎一模一樣。

林格妮怒火填膺，對方竟然可以模仿自己的容貌。

赤身裸體的女郎忽然從投影中盯住了林格妮，林格妮內心一怔，對方歪了歪頭，忽然一巴掌拍了過來。

林格妮頭盔內瞬間陷入一片黑暗之中，她知道對方已經發現了奈米機器人，由此可見對方的洞察力是極其驚人的，林格妮慌忙轉身向自己的房間趕去。

她轉身之時，下方突然傳來爆炸聲，卻是下方街道的一輛汽車被燃燒瓶擊中，燃燒後發生了爆炸，她被這聲爆炸吸引注意力的時候，突然感覺上方傳來一陣腳步聲，抬頭望去，卻見一個身穿黑色夜行衣的忍者正沿著垂直的玻璃幕牆向自己急速奔來，那忍者看到被林格妮發現，竟然一躍而起，雙足脫離了玻璃幕牆直墜而下。

林格妮尚未來得及離開，就被對方的雙腳踹中了身體，奈米戰甲雖然卸去了大半力量，可是她也無法保持繼續吸附在牆壁之上，身體脫離玻璃幕牆向下墜落。

忍者踢完林格妮這一腳之後，雙手平貼在幕牆之上，身體因慣性滑行了一米左右的距離馬上停止住下滑的趨勢，他的雙足再度站立於玻璃幕牆之上，雙手重獲自由，抽出背後的太刀。

林格妮沿著玻璃幕牆滑落了接近二十米，方才利用雙掌停止住下墜的趨勢，她迅速發出指令，從戰甲的背後射出一顆穿甲彈，忍者凌空劈斬，將那顆穿甲彈準確無誤地磕飛，穿甲彈在三十一層的位置爆炸，如同有人在空中放了一顆禮花。

羅獵洗完澡出來，並沒有在房內看到林格妮，他有些詫異道：「妮妮？」穿著浴袍準備去拿手環，卻聽到外面響起了門鈴聲。

羅獵從監視器中看到是林格妮出現在門外，有些無奈地搖了搖頭，暗忖她一定出去查探那個波西米亞女郎，女人的好奇心真是太強，尤其是吃醋的女人。

羅獵拉開房門，林格妮顯得有些不太高興，羅獵將房門關好道：「怎麼了？發生了什麼事情？你看樣子不太高興啊？」

林格妮歎了口氣，她來到羅獵面前，抓住了他的浴袍前襟，將他拉到自己的近前，踮起腳尖去吻羅獵的嘴唇。

羅獵望著她的雙眸，就在她即將吻上自己嘴唇的時候忽然轉過身去，林格妮嬌嗔道：「幹什麼？」

羅獵道：「我去倒杯酒，這種時候喝酒才有情調。」

羅獵微笑轉身向臥室走去，林格妮一把拖住了他的手臂，嬌柔道：「酒櫃不是在這個地方嗎？」

羅獵望著眼前的女子，她的樣貌、聲音和林格妮幾乎一模一樣，可是羅獵卻感覺到她身上的一股古怪的氣息，這是他對異能者獨特的感覺，羅獵攬住她的肩頭道：「我又改變主意了，等不及了，現在就想跟去臥室。」

「討厭啦，你好色啊！」林格妮嬌滴滴道。

羅獵的手環和十字劍全都在臥室，他並沒有馬上拆穿對方，因為如果現在被對方意識到自己已經識破了他的身分，恐怕自己會處於危險之中，在沒有奈米戰甲和十字劍的前提下，自己的實力未必能夠和眼前的異能者對抗。

羅獵在她的豐臀上拍了拍，雖然和林格妮一樣彈性十足，不過好像比她的更大一些，羅獵道：「我現在就想要你……」擁住假林格妮的肩頭推開了臥室的房門，羅獵突然將她橫抱而起，然後將她拋到了大床之上。

幾乎和林格妮一模一樣的異能者香肩裸露，酥胸若隱若現，臉上的表情勾魂攝魄，嬌滴滴道：「來嘛……」

羅獵估算了一下自己距離十字劍的距離，正準備去拿手環和十字劍，臥室的窗口突然被撞出一個大洞，身穿銀色奈米戰甲的林格妮宛如一顆炮彈般破窗而入，抓住床上的異能者狠狠向門外摔去，異能者的身軀撞碎了臥室的門板，躺倒在外面的地板上，不過她瞬間就站立了起來。

林格妮揚起了右臂，鐳射光束蓄勢待發。

異能者很快就變成了波西米亞美女的模樣，她幽然歎了口氣道：「只是開了個玩笑而已，你不去惹我，我又怎會來報復你？」

羅獵這會兒也取回了他的手環，來到林格妮身邊，望著她道：「幸虧你及時趕到。」

艾迪安娜格格笑道：「真是羨慕你有個這麼厲害的老公，只可惜人家還沒有嘗夠滋味，你就回來了！」

林格妮怒道：「去死！」鐳射光束瞄準了艾迪安娜射出。光束直接射在了大床之上，將大床的中心燒出了一個大洞，再看前方哪裡還能見到艾迪安娜的身影。

艾迪安娜的笑聲從外面傳來，他們兩人循聲追趕出去，卻見房門開啟，艾迪安娜就這樣從他們的眼皮底下溜走。

羅獵低聲道：「她不但可以模仿你的樣子，還能夠隱形。」

林格妮餘怒未消：「反正你又沒吃虧。」

羅獵真是哭笑不得，他向林格妮道：「我和她之間什麼都沒有發生。」

林格妮道：「和我又有什麼關係？」此時他們從監控看到有警衛正朝著他們所在的房間而來，羅獵讓林格妮在房內等待，他出門向酒店方面解釋了一下，酒店看到室內一片狼藉的狀況，又看到臥室窗戶上被撞出得大洞，對羅獵有外來者闖入的說法並沒有產生懷疑，更何況現在正是多事之秋，酒店方面也沒有報警的打算，而且報警對酒店的聲譽沒有任何好處，如果讓客人知道酒店存在安全方面的問題，酒店的生意只會雪上加霜。

羅獵對艾迪安娜的事隻字不提，酒店反覆道歉之後，又為兩人更換了房間。兩人搬入酒店總統套房的時候，下方街道又發生了衝突，羅獵透過窗戶向下看了看，這座文明古國正陷入混亂和無序之中。他意識到林格妮從進入房間內始終保持沉默，於是去酒櫃前，倒了兩杯白蘭地，將其中一杯遞給了林格妮。

林格妮的表情仍然顯得有些不悅，不過她還是接過了這杯酒，來到落地窗前，望著混亂的街道，小聲道：「你當真分不清楚？」

羅獵笑了起來：「怎麼分不清楚？她跟你不一樣。」

林格妮一口氣將那杯酒喝完：「哪裡不一樣？」

羅獵的手輕輕在她玉臀之上拍了拍道：「她這裡比較大。」

林格妮怒道：「原來你喜歡大屁股的女人。」

羅獵笑道：「但是遠不如你挺翹緊致，比不上你漂亮。」

林格妮道：「你和她到底有沒有……」實在是有些問不出口。

羅獵哈哈大笑起來：「妮妮，她是故意在氣你，難道你聽不出來？」

林格妮道：「她真是可惡，竟然模仿我的樣子。」

羅獵道：「敵人的手段總是無所不用其極，對了，你還沒有告訴我，剛才發生了什麼？」

林格妮道：「不如我重播給你看。」

羅獵重播看完剛才發生的狀況，也是有些後怕，如果自己沒能識破艾迪安娜的偽裝，後果不堪設想。

林格妮道：「想什麼？是不是後悔剛才沒有將錯就錯？」

羅獵搖了搖頭道：「有什麼好後悔的，有正版的狀況下誰會用盜版？」

混亂的街道，一位身穿藍色長裙帶著白絲巾的波西米亞美女昂首闊步走在街頭，一群在街邊打砸汽車製造混亂的肇事者看到有人過來，暫時停止了破壞，當他們看到出現在這午夜街頭的竟是一位美女，其中幾人馬上吹起了響亮的呼哨。

波西米亞女郎被他們吸引了注意力，朝著吹呼哨的人甜甜一笑。

幾人同時向她圍攏了過來，為首的那人道：「這麼晚了，一個人走在街上可不安全。」

艾迪安娜向他拋了個媚眼道：「我的確有點怕，你會不會保護我？」

那人哈哈大笑起來，他得意地向兩旁看了一眼，在他看來這女人應當是個悶騷的娘們兒，走過去，展開臂膀搭在艾迪安娜的肩膀上：「你那麼漂亮，我又怎能忍心拒絕呢，有什麼要求我都能滿足你。」

艾迪安娜嬌滴滴道：「真的？」

那人點點頭，周圍同伴充滿羨慕地望著他，主動送上門來的豔遇可不多見。

艾迪安娜媚眼如絲道：「我會弄死你的。」

那人愣了一下，旋即大笑道：「弄死我吧，小野貓，你現在就弄死我吧！」

艾迪安娜忽然抓住了他的手腕，猛然擰轉，只聽到喀嚓一聲脆響，那人手臂的骨骼已然被她折斷，手臂骨折的劇痛讓他發出撕心裂肺的慘叫。

艾迪安娜對他的慘叫聲卻無動於衷，抓起他的身體，將這廝高大魁梧的身軀原地拎起，用力扔向前方熊熊燃燒的汽車，等周圍眾人反應過來時，那人的身軀已重重砸在汽車的火焰中，而後他的身體又從車頂滾落下去，周身都是燃燒的火焰，他慘叫著如同沒頭蒼蠅一樣亂衝亂撞，沒走出幾步就躺倒在地上氣絕身亡。

艾迪安娜攤開雙手，一臉無辜道：「你們都聽到了，是他讓我弄死他的。」

死者的六名同伴此時方才醒悟過來，眼前這個看似嫵媚美豔的女郎其實是蛇蠍心腸的殺手，他們揮舞著棍棒向艾迪安娜圍攏過去，其中一人還掏出了手槍，瞄準艾迪安娜叫囂道：「賤人，我看你是不想活了！」周圍幾人認為他們已經掌握了主動，叫道：「把她拖到巷子裡面，讓她知道我們的厲害。」

艾迪安娜歎了口氣，她的身體突然向握槍的人衝去，那名握槍的歹徒趕緊扣動扳機，子彈瞬間脫離槍膛射向目標，可是艾迪安娜卻以驚人的應變能力躲過了那顆子彈，然後她的拳頭就狠狠砸中了那名握槍者的面門，快如奔雷的這一拳將對方的面部骨骼打得碎裂。

其餘幾人原本準備包圍艾迪安娜，可是當他們見識到她如此驚人的戰鬥力，馬上就放棄了包圍她的打算，一個個爭先恐後地準備逃離。

而此時一個黑衣蒙面的忍者從陰影中出現，手中寒光在暗夜中劃出幾道光弧，將意圖逃亡的幾人盡數斬殺。

艾迪安娜收回拳頭，冷冷望著那名忍者：「黑隼，誰讓你多事？」

黑隼沒有說話，虛張左手的五指做了一個緩緩向上的手勢，在他們的前方，那輛燃燒的汽車隨著他的這一動作也在冉冉上升，黑隼猛然向前一送，燃燒的汽車從五米高度的地方翻滾著向前方的路口落去，擊中了一輛閃爍著警燈呼嘯而來的警車。

兩人走出酒店，看到大街上一片狼藉，一場前所未有的罷工潮席捲了整個城市，街道上佈滿了垃圾，隨處可見被燒毀的汽車，砸爛的店鋪，員警雖然沒有加入到這場罷工中，可是警力嚴重不足，政府不得不動用軍隊對這座古老的城市進行警戒。

不遠處的廣場上集結了大量的市民，他們正在抗議。

仍然不停有遊行的隊伍向廣場方向走去，羅獵和林格妮離開酒店的時候，酒店的工作人員好心提醒他們，現在最好就是待在酒店內，外面的狀況已經變得不受控制，而且這種狀況可能會越來越壞。

周圍連計程車都不見一個，想起昨晚從機場過來途中司機說過的話，今天所有公共交通包括計程車都已經罷工，整座城市事實上已經接近停擺。

大街上隨處可以見到荷槍實彈的軍警，他們的神情都頗為緊張，這幾天來城中大大小小的暴力事件此起彼伏，他們已經疲於奔命，已經失去公信力的政府不得不向盟國求援。

羅獵他們本想穿過憲法廣場，可這條路線被封鎖了，他們只好繞行，雖然多走了一些冤枉路，不過這樣做最大的好處就是避免和遊行集會的民眾正面相逢。尤其是憲法廣場，已經集結了數萬民眾。

雖然早就過了開門的時間，衛城仍然沒有對外營業，這也是出於保護這片近三千年歷史人類文明瑰寶的目的，兩人尋找了一處軍警疏於防守的隔離地帶，翻越柵欄進入其中，沿著山坡一路向上。

羅獵直奔派特農神廟，林格妮則選擇了另一條路線，她負責觀察周圍狀況，盡可能發現周圍風吹草動，在昨晚的襲擊事件發生之後，他們變得謹慎許多。

衛城遺址和外面就像完全不同的兩個世界，羅獵頂著地中海強烈的正午陽光，來到了神廟的前方，距離他和科恩約定的時間還差五分鐘，羅獵在高大石柱的陰影下站著，放眼向四周望去，他並沒有在周圍看到任何人的身影。

耳邊傳來林格妮的聲音：「你的右前方一百五十米，兩點鐘方向，有兩名巡邏的警衛。」她比羅獵所處的位置更高，所以監視的範圍更廣。

羅獵藏身在石柱後方，果然沒過多久就看到兩名警衛經過了神廟，這兩人只是例行巡視。

等他們走遠之後，羅獵又抬起手腕，距離約定的時間只剩下一分鐘了，羅獵心中開始產生了一個預感，難道科恩今天會放自己的鴿子？

林格妮也沒有發現目標，小聲道：「我還沒有看到有人出現，看來目標不會準時現身了。」

羅獵沒有說話，因為他產生了一種危險感，這種感覺出自於內心的直覺，羅獵的手落在腰部，距離十字劍很近，他慢慢轉過身，沒有看到任何的人影，他擰開了水瓶蓋，好像準備喝水，卻將礦泉水向前方潑灑了出去。

水的軌跡在空中發生了變化，勾勒出一片透明的輪廓。

林格妮也因羅獵這突然的舉動意識到了什麼，從望遠鏡中，她看到一個窈窕的身影出現在羅獵的面前，那位昨晚所遇的波西米亞女郎竟然憑空就出現在了羅獵的面前。

她的頭上仍然包裹著白色的紗巾，不過長裙的顏色變成了紅色，在周圍景致的襯托下猶如燃燒的一團火焰。

不過這團火焰剛剛讓羅獵潑上了水，艾迪安娜有些鬱悶地望著羅獵道：「這就是你給我的見面禮？」

羅獵道：「在暹羅潑水也是一種歡迎客人的方式。」

艾迪安娜向周圍看了看道：「你妻子藏在什麼地方？」

羅獵道：「她和這件事無關，有什麼話你對我說。」

艾迪安娜嫣然笑道：「昨晚她是不是吃醋了？」

羅獵冷靜觀察著艾迪安娜，此女擁有著幻化成他人形狀和隱形的超能力，這樣的危險人物如果處在自己的對立面，絕對是一個莫大的威脅。

艾迪安娜道：「你們昨晚是不是做了好多次？」

羅獵真是哭笑不得，此女妖氣十足，竟然問出這樣的問題，在遠處偷聽的林格妮聽到這裡也不禁羞澀難耐，心中暗罵艾迪安娜真是不知廉恥。

羅獵微笑道：「我們夫妻之間的事情好像沒必要向你交代。」

艾迪安娜道：「夫妻？假夫妻吧，你以為我不清楚你們之間的關係？」

羅獵打斷她道：「誰讓你過來的？」

艾迪安娜咬牙切齒道：「我要殺了她，是她先招惹我的。」

羅獵知道這些異能者大都存在性格上的缺陷，艾迪安娜的這番話讓他警惕，他平靜道：「如果你敢對她不利，我保證你一定會是先死的那一個。」

艾迪安娜笑了起來：「僅憑著一套奈米戰甲，就以為可以戰勝我？」她搖了搖頭，向羅獵伸出手去：「拿來！」

羅獵愣了一下，旋即明白了她的意思，將科恩交給他的明信片拿了出來，艾迪安娜也拿出了另外的一張，兩張明信片疊合在一起，在他們的面前出現了一張全息地圖，艾迪安娜低聲道：「你仔細細看清楚，牢牢記下了，後天凌晨目標會出現在愛奧尼亞海域。」

羅獵的地理知識非常淵博，一看就知道艾迪安娜所指的位置位於城市南部海域的愛奧尼亞海盆，這一區域是地中海最深的地方，因為歷史上這裡曾經出現了多次詭異的船隻失蹤事件，所以被稱為地中海的惡魔三角。

全息地圖在艾迪安娜的手上消失，她將兩張明信片收回，然後打量著羅獵道：「我還是喜歡你留著絡腮鬍的樣子。」

羅獵道：「那我以後每天都會刮鬍子。」

艾迪安娜笑了起來，她向羅獵走近了一步，羅獵沒有退卻，目光盯住她海洋般深邃的雙眸，艾迪安娜卻從內心中生出一種畏懼，因為羅獵的目光擁有著強大的穿透力，瞬間讓她產生了被他看破心思的想法，艾迪安娜馬上迴避了羅獵的眼神，輕聲道：「我要得到你。」她將那兩張明信片都交給了羅獵。

羅獵道：「我對你沒有任何興趣。」

艾迪安娜搖了搖頭，手指豎立在烈焰紅唇前方做了個噤聲的手勢，她的身體就在羅獵的眼前慢慢消失。負責巡邏的警衛又轉了回來，羅獵藏身在石柱後方，那些例行公事的警衛沒興趣進入神殿搜查的，現在這座動盪的城市到處都是人心惶惶。

林格妮意識到了什麼，轉身望去，只見她的左前方艾迪安娜突然就出現在那裡，她抬起手，在脖子上做了一個切割的動作，然後露出一個殘忍的笑容。

林格妮朝她點了點頭，然後舉起右手模擬了一個開槍的動作。

羅獵和林格妮會合後從另外一側離開了衛城，雖然林格妮嘗試利用奈米無人機跟蹤艾迪安娜，可是對方擁有隱身能力，行蹤神出鬼沒，無人機也無法準確鎖定目標，自然無法跟蹤追擊。

離開衛城，林格妮從山坡上眺望下方宛如藍色寶石的港灣，輕聲道：「你說她是不是在碼頭？」

羅獵道：「她擅長變化外表，是個麻煩啊。」

林格妮道：「如果她再敢變成我的樣子，我就殺了她！」

第四章

阿諾的後人

羅獵和林格妮來到水上飛機旁，打開艙門，
一股濃重的機油味道差點沒把林格妮熏得閉過氣去，
不僅僅是柴油味道，還混雜著酒精和煙草的怪味，
機艙內亂成一團，眼前景象讓林格妮氣不打一處來，
這就是基恩所謂的狀態良好。

艾迪安娜沿著舷梯走上了一艘白色的遊艇，遊艇的甲板上將自己包裹得嚴嚴實實的龍天心正觀望著地中海的風景。

艾迪安娜來到她的身邊恭敬垂手而立。

龍天心喝了一口冰鎮橙汁，將杯子落在白色的桌面上，目光仍然盯著藍色的海面：「你的話很多。」

艾迪安娜噤若寒蟬道：「主人，我……我只是按照你吩咐的去做。」

龍天心道：「真的這樣嗎？」

艾迪安娜道：「我對主人的忠心日月可鑒。」

龍天心有些厭煩地站起身來，她緩步走向憑欄，雙手撐在憑欄上，留給艾迪安娜一個完好無暇的背影，龍天心道：「我能造就你，一樣可以毀掉你。」

「明白……」艾迪安娜的聲音已顫抖起來，她對龍天心有種說不出的懼怕。

龍天心道：「離那個男人遠一點。」

「是！」

遊艇駛入海中，從龍天心現在的角度已經可以看到衛城的剪影，腦海中浮現出羅獵的樣子，心中忽然生出一陣莫名的煩躁，她意識到艾迪安娜仍然沒有離開，怒道：「你還有事嗎？」

艾迪安娜道：「沒有，只是他們擁有奈米戰甲，想要對付他們並不容易。」

龍天心冷冷望著她道：「誰說我要對付他們了？趁著我沒有改變主意之前給我滾開！」

艾迪安娜交給羅獵的兩張明信片，一張是科恩給他的，另外一張是港灣的照片，港灣內停泊著十多架水上飛機，利用圖像搜尋引擎，羅獵和林格妮並沒有花費太多的時間就鎖定了港灣的具體位置。

兩人走上水上飛機所在的碼頭，談了幾家，可對方一聽說他們要去的地方馬上就拒絕。最後他們在一架略顯陳舊的飛機旁停下，羅獵在飛機周圍並沒有找到人，按照機身噴塗的號碼撥通了電話。「你好，驕陽水上航空公司，我們公司提供以下服務：一，飛機租賃，二水上貨運運輸，三……」悅耳的女聲不知疲倦地接連播報著。

羅獵直接摁下了九轉人工服務，在響了數聲之後，電話那端傳來一個沙啞的聲音道：「你好，我是基恩條頓！」

羅獵說出想要租用他飛機的事情，對方讓他等等接著就掛上了電話。

大概過了五分鐘左右，看到一旁的船屋裡面走出來一個擁有著金色頭髮的高大男子，那男子向羅獵他們揮了揮手，下船之前不忘拿出一個不銹鋼酒壺灌了一口，搖搖晃晃走下船屋的時候，一個踉蹌險些跌倒在沙灘上。

林格妮道：「是個酒鬼。」

羅獵笑了笑，讓林格妮在原地等著，他迎了過去。

那男子顯然宿醉未醒，一邊打著哈欠，一邊竭力睜大惺忪睡眼，他向來到自己對面的羅獵伸出手去道：「羅先生？我是基恩條頓……那架飛機就是我的。」

羅獵道：「驕陽水上航空公司？」

基恩條頓點了點頭道：「不錯，我就是董事長。」

羅獵道：「如果我沒猜錯，貴公司只有一架飛機吧？」

基恩又打了個哈欠：「是，我還是機長。」他的手明顯有些顫抖，擰開小酒壺趕緊灌了一口，羅獵望著那個酒壺，內心中卻有些發熱：「我們準備去愛奧尼亞海域。」

基恩愣了一下：「什麼時候？」

「後天凌晨。」

基恩拿出手機查看了一下天氣，根據天氣預報，那段時間無風無浪天氣不錯，他朝遠處的林格妮看了一眼，然後道：「兩個人五萬歐元。」

羅獵道：「你的這架飛機恐怕也不值這個價格。」

基恩狡黠笑道：「如果你們還能夠找到其他人願意帶你們去那裡，就不會找我，現在我改主意了，六萬歐元。」

羅獵望著這個坐地起價的傢伙居然沒有生氣，他點了點頭道：「給你七萬，不過你要保證帶我們往返，還有在我們執行合同期間你不能飲酒。」

基恩道：「六萬五千歐元，你不可以限制我飲酒。」

羅獵笑了起來，對方的神態和氣質讓他想起了一個久違的朋友，他指了指基恩的酒壺道：「酒壺不錯。」

基恩道：「我曾祖父留下來的。」

羅獵道：「明天中午我們會過來，你提前做好飛機的維護，務必保證最佳的飛行狀態。」

基恩向羅獵伸出大手，羅獵把林格妮叫了過來，林格妮聽說他以七萬歐元的價格租用了那麼一架破飛機，簡直是不可思議，不過既然羅獵已經說定，她也只能忍痛給了三萬歐元的訂金，剩下的三萬五千歐元必須要等他們回來之後才付。

離開港灣，林格妮仍然對此表示不解：「七萬歐元足夠買下他那架破飛機了，而且他分明是個酒鬼。」

羅獵笑了起來：「他為了喝酒，特地把價格下調了五千歐元。」

林格妮道：「更證明他酒癮大，你居然將這麼重要的事託付給了酒鬼。」

羅獵道：「我感覺沒看錯人。」

林格妮道：「看來我要儘快熟悉一下那架飛機的資料了。」

城內的情況越發混亂了，憲法廣場正在發生一場大規模的衝突。羅獵和林格妮繞開事發路段，兩人步行返回了酒店。

酒店門前的警衛比起他們離開的時候又增加了一倍，在反覆確認過兩人的身分之後方才允許他們進入酒店大堂，兩人剛剛進入大堂，就有肇事者向酒店內投擲石塊和燃燒瓶。

酒店前台退房的旅客很多，這裡混亂的治安狀況讓不少人都選擇提前離開。

林格妮最關心的是艾迪安娜有無離開，問過後知道三九〇六房間的客人一早就退了房，現在房間處於空置狀態，事實上現在酒店多半房間都處於空置。

回到房間內，林格妮開始從網路上調查相關的資料。

而羅獵開始準備行裝。

這一天並不太平，不過還好他們所在的酒店並未受到太嚴重的衝擊，利用在酒店的時間，林格妮對手環進行了更新和改造，將手環和他們的手錶合二為一，這個構想最初是羅獵提出的，其實工藝並不繁雜，只是將手環的功能單元分離之後排列入銶帶的內置空間內，這樣不但可以化繁為簡，而且防禦力和防水能力都有了很大的提高。

林格妮改裝手環的時候，羅獵將十字劍也進行了重新改造，十字劍並不方便使用，羅獵的知識已經可以將其中的地玄晶成分分離出來，將這些材質均勻分佈到兩人隨身攜帶的武器上，必須要將這珍貴的有限資源發揮出最大的力量。

羅獵面前的桌面已經擺滿了武器，林格妮忙完手環的改造，來到他的身後，體貼地為他按摩著雙肩，柔聲道：「累了一天了，休息一下。」

羅獵將軍刀插入鞘中，欣慰道：「完工了。」利用十字劍遊離出來的地玄晶成分，他一共改造了兩把太刀，兩把軍刀，十柄飛刀，二十顆子彈。如果科恩提供的資訊準確，那麼他們這次應該可以找到明華陽的海上基地，可以預見，基地內應當存在相當數量的異能者，單憑著一把十字劍他們的戰鬥力還遠遠不夠，這些武器應當可以應付幾十名異能者了。

林格妮道：「這些武器擁有和十字劍同樣效力嗎？」羅獵畢竟是將十字劍內部的地玄晶成分利用化學方法遊離出來，她擔心這樣做會不會影響到殺傷效果。

羅獵道：「這柄十字劍工藝非常的古舊，裡面的地玄晶並沒有和十字劍達到真正意義上的融合，我用化學方法將地玄晶遊離出來，然後在武器表面形成均勻的塗層，就連這柄十字劍威力也要比過去強大。」

林格妮讚道：「你真是無所不能。」

羅獵笑道：「只是活得長一點，經驗豐富了一些。」

林格妮將改造好的手錶遞給了他，羅獵起身發出指令調動出了奈米戰甲，感覺和過去並沒有任何的不同。

林格妮道：「只可惜這套戰甲的能量源不夠理想，無法長時間提供戰鬥的需要，如果我們能夠找到優異的能量源，這套戰甲完全可以幫助我們長時間的飛行，根本不需要花冤枉錢去雇傭那破爛的水上飛機。」她對羅獵花了那麼多的冤枉錢仍然耿耿於懷。

羅獵道：「那酒壺……」

林格妮好奇地望著他：「什麼酒壺？」問完之後方才意識到羅獵所指的酒壺應該是基恩手中的酒壺，林格妮對酒壺並沒有特別留意，印象中那酒壺只是有些古舊，應該是有些歷史了。

羅獵道：「那酒壺是我送給一個朋友的。」

林格妮聽他說完頓時明白了，難怪羅獵會那麼痛快地答應對方的要求，她小聲道：「你是說，那個酒鬼可能是你朋友的後人？」

羅獵笑了起來：「他的曾祖父叫阿諾條頓，也是整天喝得酩酊大醉，不但愛喝酒還喜歡賭博，不過阿諾的駕駛技術絕對是超一流的。」

林格妮道：「如此說來，他們家喝酒都是遺傳。」

羅獵點了點頭道：「現在仔細想想，他和阿諾長得真有點像呢。」

基恩躺在船屋的甲板上睡得正香，忽然感覺船身被重重敲擊了幾下，他一個激靈坐了起來，看到背著行囊出現在自己面前的羅獵和林格妮，基恩有些不滿地嘟囔著：「這才幾點？你們是不是早到了？」抬起手腕看了看時間已經是午後兩點了，馬上改口道：「不是說中午來的嗎？怎麼這麼晚？」

羅獵道：「城裡到處都在戒嚴，我們也是繞了不少的冤枉路才出來。」

基恩道：「怎麼樣？有沒有打起來？」他的表情顯得非常興奮。

林格妮道：「你怎麼好像對這個國家一點感情都沒有？」

基恩打了個哈欠，用大手捂住嘴巴道：「干我屁事，我又不是這裡人，我是英格蘭人。」

林格妮向羅獵看了一眼，看來這個基恩是他故友阿諾後代的可能性越來越大，那個阿諾不就是英格蘭人嘛，難怪他對這個國家沒有感情，英格蘭早在十多年前就已經脫歐了。

羅獵道：「飛機準備得怎麼樣了？」

「飛機狀態良好，我還加滿了油。」

基恩將飛機的鑰匙扔給了羅獵：「你們先把東西放下，我還要把我的船屋好好收拾一下。」

羅獵和林格妮來到水上飛機旁，打開艙門，一股濃重機油味差點沒把林格妮熏得閉過氣去，應該說不僅僅是柴油的味道，其中還混雜著酒精和煙草的怪味，林格妮放眼望去，機艙內亂成一團，地板上隨意扔著鞋子和酒瓶，眼前的景象讓林格妮氣不打一處來，這就是基恩所謂的狀態良好，加滿了油，希望他沒把酒精給加進去，其實這倒不用擔心，就基恩那嗜酒如命的性子根本不捨得浪費酒精。

林格妮想去找基恩算帳，羅獵攔住她道：「自己動手豐衣足食，別管他了，咱們清理一下，回頭扣他錢。」

一句話提醒了林格妮：「我扣光他！」

基恩在一個小時後才晃晃悠悠來到自己的飛機旁，將腦袋探入機艙內看了看，他幾乎不能相信自己的眼睛，機艙內被整理得井井有條，一塵不染，如果不是他在外面確認了飛機的型號，幾乎以為自己走錯了地方。

林格妮將一大包垃圾遞給了基恩：「去，送垃圾桶裡。」

基恩抱著垃圾送入了垃圾桶，摸了摸自己的腦袋，怎麼感覺自己變成了外人，這飛機明明是他自己的啊。

羅獵又檢查了一下飛機的外周，一臉懵逼的基恩來到他的身邊，輕輕拍了拍他的肩膀道：「這飛機是我的啊。」

羅獵道：「誰說不是啊？可你不肯整理，我們得為自己安全負責吧？」

基恩道：「我沒錢給啊！」他有種不好的預感。

羅獵笑道：「我像那麼小氣的人嗎？」

基恩搖了搖頭，心想你不像，可你老婆像，這兩口子分明是女的管錢啊。

羅獵道：「距離咱們約定的起飛時間還有十五分鐘，你準備好了嗎？」

基恩道：「我的飛機！」

「知道，我問你準備好了嗎？」

基恩突然有種被他侮辱的感覺：「我的飛機我還要準備？沒人比我更熟！」

他在駕駛座坐下，還別說，真有點陌生了，這儀表盤擦得那麼乾淨讓他都有點不忍心下手了，林格妮在副駕的位子上坐下，看到基恩猶猶豫豫的樣子忍不住道：「我說你到底會不會開飛機啊？你該不是個騙子吧？」

基恩道：「坐後面去，別在這兒影響我工作。」

林格妮道：「我還差你錢啊，我是你雇主！」

基恩瞪大了眼睛：「怎麼了？」

林格妮道：「沒事，你不讓我坐這兒，我還不樂意呢。」她嫌棄基恩身上的酒味兒，回到後面來到羅獵身邊坐下，甜甜一笑。

羅獵幫她繫上了安全帶。

基恩道：「你們還欠我三萬五千歐。」

林格妮將頭枕在羅獵的肩上：「知道了，從沒見過那麼小氣的男人。」

基恩霍然轉過身去怒視林格妮，卻發現她已經閉上眼睛睡了，羅獵向他眨了眨眼，示意他不要跟女人一般見識，基恩有些無奈地搖了搖頭，將自己的不銹鋼酒壺放在旁邊，然後開始進行臨飛前的檢查。

基恩一旦投入工作中，他的眼神就變得專注，一舉一動也都變得非常專業，在確信系統一切正常之後，他啟動了引擎，飛機在水面上劃出兩道雪白的水線。

剛剛還閉著雙眼的林格妮也被飛機啟動時巨大的轟鳴聲給驚醒了，這哪是飛機，簡直是噪音製造機，飛機在水面上滑行時整個機身劇烈抖動著，讓人禁不住擔心它還沒有飛上天空就會在這水面上散了架。

基恩提醒道：「請坐在你們的位置上，在飛機爬升過程中不要解開安全帶，我是本次航班的機長基恩條頓，我會帶著你們體驗一次終身難忘的奇妙旅行。」

飛機在經過一段滑行之後終於離開了水面，轟鳴著飛上了天空。升空之後，噪音瞬間減小了許多，震顫也神奇消失了。

羅獵讚道：「機長水準不錯。」

基恩得意洋洋道：「不是我吹，整個歐洲你們找不到比我更優秀的飛行員。」

林格妮道：「不是我們說大話，放眼全球也找不到比我們膽子更大的乘客。」

基恩道：「這我倒是認同，兩位一看就是不怕死的人。」

羅獵道：「你這麼喜歡喝酒，如何考下的飛行執照？」

基恩道：「不是我吹，我八歲就會開飛機了，我們這個家族都有飛行的天賦。」

羅獵道：「條頓家族。」

基恩道：「是啊，是啊，說起來我們家族也是極其輝煌的，我的曾祖父參加過一戰和二戰，立下了不少戰功，對了，他還去過你們的國家，是個中國通。」

羅獵道：「阿諾條頓！」

基恩有些驚奇地轉過頭來：「你知道他，哈哈，我就說吧，他是個大名人，大英雄。」

羅獵其實在看到不銹鋼酒壺的時候就推斷出基恩和阿諾的關係，雖然阿諾早已不在人世，可是見到他的後人，內心中仍然充滿了溫暖，羅獵道：「你知不知道他在中國曾經有不少的朋友？」

基恩道：「當然知道，他最好的朋友就是……一個叫瞎子的人！」

林格妮望著羅獵忍不住笑了起來，看來這個阿諾並沒有把羅獵當成最好的朋友，羅獵也笑了起來，的確，瞎子和阿諾之間更投緣一些。

基恩道：「還有……他還有個最佩服的人叫羅獵！」

林格妮握住羅獵的手，每次聽到別人談起羅獵過去的事情，她都會感到由衷的驕傲，畢竟她就在羅獵的身邊，她是他的女人，無論她的生命還剩下多少天，她都以羅獵為榮，他是她的幸運，更是她的驕傲。

羅獵道：「我也姓羅，你說的羅獵是我……的曾祖父！」

基恩哈哈大笑，他的笑聲中充滿了質疑，這個世界上哪有那麼湊巧的事情？這傢伙故意跟自己套關係，莫不是想要賴帳？想到這裡基恩頓時警覺了起來。

羅獵道：「你的那個酒壺，瓶蓋裡是不是刻著一行小字：不要告訴瑪莎！」

基恩愣住了，除了自己家人之外，應該沒有外人知道這酒壺的秘密，就算自己的家人也不是都知道這個秘密，想不到他居然知道，基恩道：「你知道……」

羅獵道：「我當然知道，我不但知道這裡面有一行小字，我還知道這酒壺曾經救過你曾祖父的性命，他在蒼白山冒險的時候曾經胸部中彈，幸虧是這酒壺幫他擋了那顆子彈，所以他將酒壺視為他的幸運物，能夠保留到現在也是這個原因。」

基恩對羅獵的身分已經深信不疑了，他感覺到如果繼續談下去恐怕自己就不好意思收錢了，畢竟他們的曾祖父是親密無間的朋友。

羅獵道：「你的曾祖母就是你曾祖父在中華歷險的時候遇到的，她叫瑪莎，是塔吉克族人。」

基恩道：「你叫羅……」

羅獵笑道：「我叫羅烈，熱烈的烈，起這個名字的原因是因為我想成為像我曾祖父一樣的人。」

林格妮聽到這裡忍不住捏了捏羅獵的手指，真是狡猾，他和他口中的曾祖父根本就是一個人。

基恩道：「如此說來，咱們算得上是世交了，你是不是一早就知道我的身世，所以才會找上我？」

羅獵在這一點上當然不能說實話，他笑道：「是啊，不然放著那麼多的飛機我們不找，非要找你這架破破爛爛的飛機？」

林格妮補刀道：「飛行員還是個酒鬼，開價又比其他人高好幾倍。」

基恩有些尷尬了，他分辯道：「你們要去的是愛奧尼亞海域，那裡被稱為魔鬼地帶，雖然的確有不少的飛機，可是我相信沒有人會答應你們前往的，哪怕是你們開再高的價格。」

羅獵道：「你不用誤會，我們可沒有要少給你錢的意思，既然已經達成了協定，我們就會按照約定付款，絕不會少你的一分錢。」

基恩放下心來，他笑道：「友情是友情，生意歸生意，當然我也不是不念舊情的人，這樣，我答應你們，一定會平平安安把你們帶回去，而且啊，回去之後我請你們好好吃一頓海鮮大餐。」

林格妮道：「海鮮大餐就不用了，不過這次你可能要多等我們一些時間。」

基恩道：「怎麼？你們不是旅遊觀光？」

羅獵道：「我們會在海上停留一段時間，少則五六個小時，多則一天。」

基恩道：「你們之前可沒有跟我說會那麼久。」

羅獵道：「說了你未必肯來。」

基恩道：「希望天公作美。」他並不是一個毫無準備之人，臨來之前特地查閱了當地的天氣和海況，根據他瞭解到的情況，從現在開始到以後的四十八小時天氣都保持晴好的狀態。

飛機在飛行兩個小時之後，已經抵達了預定的地點，林格妮從空中俯瞰，目力所及的海域內並沒有看到任何的船隻，她再次確定了艾迪安娜提供的地圖，他們現在的位置確定無誤。

羅獵讓基恩在這裡降落，在下方有一片突出海面的岩礁，岩礁的中心還有一個潟湖，應該是個很好的落腳地點。

基恩操縱飛機平穩地停靠在礁盤內的潟湖中，他充滿好奇地問道：「我說羅先生，你們來這裡做什麼？」

羅獵笑了笑沒說話。

基恩神神秘秘道：「讓我猜猜，尋寶是不是？」沒等羅獵回答，他就點了點頭道：「一定是，我聽我爺爺說過，過去我曾祖父就是一個大冒險家，他和你曾祖父是搭檔，幹過許多轟轟烈烈的大事。」

羅獵道：「算不上什麼轟轟烈烈，你可以找個地方先休息，這邊的事情就不需要你介入了。」

羅獵越是這樣說，基恩越是好奇：「咱們是世交啊，你們有事我又怎能不幫忙？不如你們算我一份，找到了寶貝總得往回拉是不是？你們看這樣行不行？我加入你們，找到了寶貝咱們三人平分。」

林格妮道：「我說你這人怎麼貪得無厭呢？我們給過你傭金了。」

基恩道：「我可以不要傭金，剩下的三萬五千歐我不要了。」

羅獵一聽就知道林格妮沒說錯他，這廝太貪心，認為他們兩人是過來探寶的，所以想加入其中分一杯羹。

林格妮道：「你不是已經收了三萬？」

基恩咬了咬牙道：「我也不要了，我跟你們一起去探寶。」

羅獵道：「基恩，看你的年齡應該比我小，我就叫你一聲老弟，實話對你說，我們真不是去探寶。」

羅獵越是這樣說，基恩越是認定他們是去探寶，只不過人家不願意帶上自己，基恩道：「你們要是不答應，我就把飛機開走，我不回來了，到時候我看你們怎麼走？」

林格妮道：「你跟著去探寶，飛機怎麼辦啊？到了晚上漲潮，萬一飛機漂走了，我們誰都別想走。」

基恩道：「沒事的，我看過地形，海浪再大對這裡的影響也微乎其微，我就把飛機留在這裡，等咱們找到了寶貝，我再回來開飛機，再說了，我飛機上有充氣快艇，你們總得要個搬運工，這麼著，我讓一步，我只要兩成，你們夫婦倆占八成還不行嗎？」這廝討價還價是一把好手。

林格妮道：「你想加入也行，不過得先把錢還給我。」

基恩咬了咬牙，將已經捂熱的三萬定金還給了林格妮。

羅獵和林格妮心中都想笑，這個基恩如果知道他們今晚的目的是過來打怪，不知要作何感想？羅獵提醒基恩道：「我醜話說在前頭，有可能咱們一夜暴富，也有可能空手而歸，你現在後悔還來得及。」

基恩道：「不後悔，我絕不後悔，反正你們去哪兒，我就去哪兒。」

羅獵道：「會用武器嗎？」

基恩道：「笑話，我過去是特種兵。」打開飛機的底艙，從裡面端出了一把衝鋒槍。

林格妮道：「你還私藏武器？」

「有持槍證的。」

羅獵遞給他一把軍刀：「你今天的任務是負責望風和接應，其他的事情不用你過問。」

基恩道：「小瞧我？」

羅獵道：「不是小瞧你，大家各司其責吧。」

夜幕降臨，基恩看到兩人仍然沒有任何的行動，心中不由得感到奇怪，他本以為他們是要潛入海底尋寶，根據現在的狀況看來應該不是，基恩不由得有些擔心自己是不是做錯了選擇，如果他們兩人當真不是尋寶，自己豈不是弄巧成拙？

就在基恩內心彷徨不已的時候，天空中烏雲密佈，黃豆大小的雨點紛紛落了下來，基恩摸了摸腦袋，有些鬱悶道：「天氣預報明明說沒有雨的。」

羅獵道：「天氣預報就沒有準確的時候。」時間已經來到了晚上十一點半，林格妮利用望遠鏡觀察著周圍的海面，她終於在正西方向的海面看到了一個黑點，擴大望遠鏡的倍數，確定那是一艘巨大的輪船，船上沒有光，宛如黑漆漆的一座小山突然就出現海平面上。

林格妮將望遠鏡遞給了羅獵，羅獵看過之後，基恩眼巴巴地湊了上來，想從羅獵的手中要來望遠鏡，羅獵道：「你就在這裡守著，不管發生了什麼事情，你都不要介入。」

基恩就算不用望遠鏡也能夠看到從正西方向駛來的黑色大船，他愕然道：「你們該不是要去打劫吧？」轉念一想根本沒有任何的可能，那艘船分明是萬噸巨輪，船上船員眾多，而且通常會配備武器，就憑著他們夫婦兩人想要去劫持這麼大一條船，簡直是癡人說夢。

基恩很快就發現了那艘船的詭異之處，這麼大一艘巨輪竟沒有一絲燈光，猶如海上漂浮的一座小山，又像是一座巨大的鋼鐵城堡，基恩顫聲道：「幽靈船……幽靈船……」他望著羅獵道：「你們不是去尋寶……你們是去探險……」

羅獵笑了起來，林格妮已經向奈米戰甲發出了指令，她的周身瞬間佈滿了亮晶晶的銀色護甲，羅獵也隨後裝備了戰甲，林格妮為戰甲加入了一個新的功能，戰甲可以根據周圍的環境而調整色彩，這等於多了一層保護，林格妮向羅獵道：「看看咱們誰先到船上。」說完她騰空飛起，羅獵道：「等等我！」

基恩蹲在礁石上，目瞪口呆地望著凌空飛走的兩人，用力眨了眨眼睛，看到他們腳下拖動形成的四條藍白色的光芒，基恩喃喃道：「我一定是喝多了。」他想起了什麼，從懷中摸出他的小酒壺，咕嘟咕嘟灌了兩口。

基恩抬頭望去，卻見空中一個三角形狀的飛行物低空掠過，也朝著那艘巨輪的方向飛去。

基恩又灌了口酒，然後揚起手給了自己一個嘴巴子：「太貪心了你！」

羅獵和林格妮幾乎同時落在巨輪的甲板上，甲板上空無一人，這艘巨輪沒有一絲光亮，難怪基恩剛才稱它為幽靈船，難道這艘船上果然是幽靈在駕駛？

兩人沿著甲板向船頭走去，甲板銹蝕嚴重，船上遍佈牡蠣和海草，所看到的一切都證明這艘船廢棄已久，可是一艘被廢棄的船又是如何在海中漂浮了那麼久？又是依靠什麼能量在驅動行進？

林格妮利用探測儀探測這艘船的生命信號，可是她很快就發現整艘船存在著一層強大的遮罩，探測儀搜尋的範圍只限於甲板之上，而無法進入內部。

兩人正在尋找入口的時候，看到空中一架三角形的飛行物懸浮於船頭上方兩百米的空中，這是一架小型隱形飛機，擁有垂直起降的能力，飛機的艙門打開，從機艙內三道身影一躍而下。

因為不知道對方是敵是友，羅獵和林格妮在發現隱形飛機之後第一時間於暗處隱藏。從飛機上一躍而下的三人都帶著低空緩降裝置，在距離輪船甲板還有二十米左右的時候緩降裝置發生了作用，他們的身形同時停頓了一下，然後慢慢降落在甲板上，宛如一片枯葉落在其上，沒有任何的聲息。

羅獵已經認出中間的那人就是艾迪安娜，其實想想也並不意外，畢竟這艘巨輪的資訊就是她告訴自己的。

羅獵和林格妮交遞了一個眼色，他從黑暗中走了出去。

三名降落者同時舉起武器瞄準了羅獵，羅獵舉起雙手，打開了頭盔，露出自己的面部。

艾迪安娜三人也都穿著黑色的護甲，林格妮利用遙感分析對方護甲的成分，這三人身上的護甲雖然不如她和羅獵裝備的先進，可是防禦能力也相差不多，林格妮暗忖，在這群人的背後必然有著財閥的強力支持。

艾迪安娜向羅獵拋了一個媚眼道：「很準時啊！」

林格妮也從黑暗中走出，來到羅獵的身邊充滿警惕地望著對方三人。

羅獵道：「既然早就準備來，為何還要故弄玄虛？」

艾迪安娜道：「因為我們原來沒準備過來，現在才決定。」

羅獵對此女的話是一點都不信，艾迪安娜的為人和外表一樣多變，他並沒有繼續探討這件事，低聲道：「我們還沒有找到入口。」

艾迪安娜道：「我們之所以過來，就是怕你們找到天亮連門都找不到。」她揮了揮手，一旁的隊友向右前方走去，羅獵和林格妮跟在後方，林格妮通過戰甲的內部聯絡系統給羅獵發出資訊——他們不可信，說不定今晚可能是個圈套。

羅獵對林格妮的話表示認同。

走出沒多遠就來到了入口，艾迪安娜帶來的兩名助手開始對密閉的艙門進行切割，羅獵本來還以為他們能夠找到正確的入口，現在看來，不過如此，艙門被順利切開，一人抬腳將艙門踹開，然後率先走了進去，照亮這巨輪黑暗的內部，在他們的腳下有一條鏽跡斑斑的廊橋，一直延伸向巨輪的中心。

林格妮探查了一下空氣的指數，發現這巨輪內部的空氣成分還是在良好的範圍內，可以提供給人正常呼吸。

羅獵道：「這裡不像有人。」他越來越覺得像是一個圈套。

艾迪安娜道：「我又沒有來過。」

林格妮的探測儀開始有了反應，在底艙開始有生命活動的訊號傳來。

開始漲潮了，基恩愁眉苦臉地拖著腮，現在的他已經沒有了選擇，唯有等待兩位雇主回來，他們如果平安回來，就算沒什麼寶貝，自己至少還能夠討回原本屬於他的傭金，基恩望著前方那艘宛如小山一般的巨輪，黑漆漆沒有一絲光，心中不由得生出一種莫名的恐懼，這巨輪裡面到底有什麼？他忽然想起小時候爺爺曾經給他說過的精彩故事。

基恩正在胡思亂想的時候，他看到空中五架黑色塗裝的直升機從頭頂越過，基恩有些吃驚地望著直升機遠去的方向，沒錯，它們全都是飛向那巨輪。

前方出現了岔路口，艾迪安娜向羅獵提議道：「不如我們分頭行動。」

羅獵道：「沒問題。」對他來說，和艾迪安娜同行還要分出精力提防，分開也不失為一個很好的選擇。

艾迪安娜道：「你選哪邊？」

羅獵笑道：「你先選！」

艾迪安娜指了指右邊，羅獵道：「那好，我們就選左邊。」

艾迪安娜扔給羅獵一個對講機：「有什麼事情，及時聯絡。」

羅獵點了點頭。

艾迪安娜率領那兩名手下已經快步向右側通道走去。

羅獵和林格妮則選擇左側的通路，前行二十米，看到一道鐵門阻隔，林格妮發現這是一道密碼門，用軍刀撬開面板接駁資料線，不到半分鐘的功夫就算出了密碼將鐵門開啟。

對講機中傳來了艾迪安娜的聲音：「你們那邊的情況如何？」

羅獵道：「目前沒有發現任何異常的狀況。」

林格妮向對講機望了一眼，小聲道：「你不覺得這東西就是個跟蹤器？」

羅獵笑道：「不入虎穴焉得虎子，既然進來了，只能勇往直前。」在他看來如果艾迪安娜一方想要害他們，肯定不會花費那麼大的周折，根據目前的狀況來判斷，最大的可能就是對方想要利用他們來達到某種目的。

林格妮道：「他們到底是不是科恩的人？」

羅獵道：「有可能。」不過他想到的卻是龍天心，能夠操縱這些異能者的人只有龍天心，龍天心在上次逃離之後就人間蒸發，以她的性情又怎麼可能甘於沉寂？在羅獵看來，龍天心現在最想對付的應當是明華陽和亨利，因為亨利盜走了本屬於她的機密，成功研製出了化神激素，並利用激素摧毀了龍天心苦心經營的獵風科技，可謂是龍天心不共戴天的仇人。

明華陽的基地一直都非常隱秘，如果不是科恩的指引，他們怎麼也不會想到，在地中海的魔鬼地帶，居然有那麼一艘看似廢棄的萬噸巨輪。從進入這道門開始，裡面明顯整潔了許多。

林格妮道：「很可能是個圈套。」話音未落，身後的鐵門蓬的一聲關閉。

羅獵向身後看了一眼，他隱然推測出，真正的佈局者是龍天心，他和林格妮應當只是誘餌，這艘如同海上移動城堡的巨輪或許根本不是明華陽的基地，而是屬於龍天心，龍天心和他們一樣想找到明華陽，利用他們作為誘餌來引誘明華陽前來。

第五章

陰森邪惡之地

羅獵心情變得沉重，是龍天心故意將他們引到這裡，
如果這艘巨輪和明華陽無關，
那麼這裡應當就是龍大心的秘密基地，
怎樣的人才能夠造就這樣陰森邪惡之地？
看來時光的變遷並沒有讓龍天心發生任何的改變，
她仍然是那個為了實現目的不擇手段的龍玉公主。

基恩從望遠鏡中眺望著遠方，看到那五架直升機垂落下五條長繩，一個接著一個的黑衣人沿著長繩滑落下去，基恩張大了嘴巴，感覺到形勢有些不妙了，初略地估算了一下，這五架直升機內大概下來了五十人左右，基恩看了看自己的水上飛機，不禁一陣頭皮發麻，一時間不知應該何去何從。

這是一支五十人的精銳戰鬥小隊，降落後分散開來在甲板上進行搜索，他們很快就發現了被切割開的艙門，留下六人在甲板上負責佈防，其餘人全部經由艙門進入船體之中。

五架直升機在確認己方人員全部登上甲板之後，魚貫向遠方飛去。

艾迪安娜從探測儀上看到了船上回饋的即時影像，她打開了對講機：「還在嗎？」

羅獵道：「還在，這邊沒有什麼異常情況。」

艾迪安娜道：「我們大概遇到了麻煩，有陌生人闖入，準備戰鬥吧。」

林格妮將他們的對話聽得清清楚楚，她低聲道：「我的探測儀探察不到外面的狀況，這裡存在著某種遮罩，她因何能夠知道有人闖入？」

羅獵道：「我們是誘餌，如果我沒猜錯，來的是明華陽的人。」

五架直升機已經升空返程，此時那架黑色三角翼飛機無聲無息從雲層中出現，鎖定了下方的直升機。

直升機駕駛員很快就發現了這一點，驚呼道：「有埋伏，有埋伏，我們已經被鎖定……」

導彈拖著紅亮的軌跡以迅雷不及掩耳之勢擊中了目標，五架直升機根本沒有做出任何的反擊，就被三角翼隱形飛機接連擊中，落雨的夜空中出現了五個巨大的火球。

基恩惶恐地望著空中的火球，很快就意識到這些火球就是剛剛飛走的直升機，其中一個火球朝著他的方向飛來，基恩嚇得慌忙驅動自己的電動橡皮艇，盡可能地向潟湖的出口逃去，火球就砸落在他剛剛所在的地方，激起的海浪將基恩的小艇整個掀翻了過來，基恩竭力浮出了海面，他抓住自己的小艇，好不容易才將這艘橡皮艇翻轉過來，轉身望向自己的水上飛機，水上飛機不幸被損毀的直升機砸中，攔腰斷成了兩截，因為海水不停灌入其中，正在向中心緩慢下沉。

基恩爬到了小艇上，單手抓著自己亂蓬蓬的金髮，他真是欲哭無淚，人果然不能貪心，正是他的貪心讓他將到手的三萬歐元還了回去，現在看來羅獵他們根本不是在探寶，自己平白無故地搭上了一架飛機，現在說什麼都晚了，還好，他把酒壺帶了出來。

基恩擰開酒壺，想喝上一口，可酒壺中已經沒酒了，他躺倒在橡皮艇中，呆呆望著落雨的夜空，現在除了等待，他不知還能做些什麼。

四十多名訓練有素的雇傭軍人兵分兩路，其中有一半沿著羅獵和林格妮的路線前進，他們同樣遇到了那道門，這些人打開房門的方式就粗暴了一些，直接利用炸藥炸開了鐵門。

爆炸聲讓整個船艙內部為之一震，羅獵和林格妮並沒有選擇繼續前進，而是沿著艙壁攀爬上去，在頭頂管道上隱藏身形，既然看透了這個局，他們也就不甘心成為誘餌，儘量避免和闖入者正面衝突。

很快就看到那穿著黑色服裝的武裝小隊，沿著通道向他們藏身之處靠近。

林格妮的探測儀總算起到了作用，她給出二十二人的準確數字。羅獵本以為進來的都是異能者，如果真是這樣，對他們來說可謂是一個不小的麻煩，可羅獵並沒有感覺到異能者所擁有的特殊能量。他推測這群人很可能是訓練有素的傭兵，如果明華陽派人前來，應當會派出他的精銳力量，畢竟羅獵和林格妮在卡佩爾古堡就表現出了強大的戰鬥力。由此判斷，這群人或許並非是明華陽的主力，又或者他們根本就不是明華陽那邊的人。

這支傭兵小隊並沒有發現藏身在頭頂的兩人，他們繼續向前，看到前方封鎖的艙門，負責爆破的傭兵在艙門安置了炸藥，然後迅速後退。

羅獵和林格妮對望了一眼，同時流露出無奈的表情，這群傭兵的行事方式實在是有些粗暴。

蓬！這次近距離的爆炸讓周圍震顫不已，身處在管道上的羅獵和林格妮牢牢抱住管道，生怕被這劇烈的震動給震落下去。一時間硝煙瀰漫，可見度瞬間降低了許多。

林格妮的探測儀突然探測到許多的生物信號，拍了拍一旁的羅獵指著探測儀，羅獵皺了皺眉頭，內心中突然感覺到一種無法形容的恐懼。

伴隨著一聲淒厲的嚎叫，從煙霧中竄出的一道黑影直接就撲在了一名傭兵的身上，他張開利口，一口就咬斷了傭兵的脖子，周圍的傭兵已經及時反應了過來，他們舉起武器瞄準那黑影發射，一時間突突突的槍聲宛如爆竹般響成一片。

黑影的身體在子彈織成的火力網中來回穿梭，行動速度之快已經超越了正常人類身體的極限，他又抓住了一名傭兵，毫不猶豫地擰斷了傭兵的脖子，然後抓住上方的管道如同猿猴一般翻了上去。

羅獵看清了那黑影，這是一個渾身赤裸的黑人，身上的皮膚閃爍著緞子般的光澤，雙眼閃爍著妖異的綠色，看到羅獵和林格妮，他並未繼續前衝，而是騰空一躍抓住遠方的電纜，隨著電纜身體一蕩，轉瞬之間已經落在對側的艦橋上。

羅獵和林格妮做好了充分的準備，不過他們並未追擊那名黑人。

傭兵小隊短時間內已死去兩人，剩下的人面面相覷，他們明明射中了黑人多次，可是那黑人卻沒有任何受傷的表現，也就是說他們的子彈根本起不到作用。

望著炸開的艙門，他們的內心中充滿了恐懼，其中一人打開通話器想要向上方通報他們目前的處境，可是通話器中傳來的是雜音和嘯叫。

「啊！」艙門內傳來一陣陣的慘叫，這叫聲讓人毛骨悚然，剩下的傭兵很快就統一了意見，他們決定放棄繼續進入，**這個世界上沒有什麼比自己的性命更加珍貴**，如果僅僅是死了兩名戰友還不足以讓他們退卻，可是看到剛才那黑人神出鬼沒的身法，他們已經完全喪失了信心。

離去之時，他們並沒有忘記背起戰友的屍體，兩名傭兵分別將兩具屍體背在了身上，羅獵和林格妮準備等他們離去之後再從藏身處回到艦橋上，可是讓他們意想不到的一幕發生了，剛剛死去的傭兵卻突然摟住了戰友的肩頭，原本被黑人咬斷的脖子竟然以不可思議的角度折轉過來，一口就咬在戰友的面部。

羅獵和林格妮原本認為那黑人是一個異能者，可是他們並沒有想到被黑人咬死的兩名傭兵會感染喪屍病毒。

突然發生的狀況讓那群傭兵再度陷入了慌亂，被咬傷的傭兵全力將身後的屍體摔落在地上，他捂著流血的脖子，看到剛剛死去的戰友，正從地面上向他爬來，羅獵舉起了槍，準備將地面上爬行的喪屍一槍爆頭之時，幾名傭兵頭搶在他前面已經扣動了扳機，幾顆子彈全都瞄準了喪屍的頭部，喪屍的腦袋被打得稀爛。

兩名受傷的傭兵本想加入戰友的佇列，可是過去親密的戰友此時都將槍口瞄準了他們，毫不猶豫地扣動了扳機，將兩名雖然受傷但是並未發作的戰友射殺當場。

林格妮心中暗歎這些人冷血無情，雖然她也知道目前這是最可行的方案，不過他們可以放棄這兩名傷者任其自生自滅的，親手殺掉戰友，可見他們是何其的絕情。

其中一名首領模樣的人道：「撤退！馬上撤退！」

這幫人來得快去得也快，轉瞬之間已經走了個乾乾淨淨，只剩下地面上的四具屍體。

羅獵和林格妮確認傭兵小隊離去之後，他們從藏身處回到了艦橋上，林格妮不敢大意，舉槍瞄準了地上的四具屍體，生怕他們會突然爬起來發動攻擊，不過這些屍體的頭部都被打得稀巴爛，應該不可能再有攻擊能力。

兩人從損毀的艙門進入，裡面一片漆黑，淒厲的嚎叫聲此起彼伏，林格妮雖然膽大，聽到這樣的聲音也不禁有些毛骨悚然，如果不是羅獵就在她的身邊，她只怕連一刻也不想在這裡待下去。

羅獵的心情變得沉重，根據他的推斷，是龍天心故意將他們引到了這裡，如果這艘巨輪和明華陽無關，那麼這裡應當就是龍天心的秘密基地，怎樣的人才能夠造就這樣陰森邪惡之地？看來時光的變遷並沒有讓龍天心發生任何的改變，她仍然是那個為了實現目的不擇手段的龍玉公主。

林格妮小聲道：「這裡究竟是什麼地方？」

羅獵用手燈照亮兩旁，看到兩旁鐵籠中都是已經腐爛的屍體，這裡應當和鹽礦下方的基地一樣，都是用來試驗之用，龍天心是何其殘忍。

林格妮小聲道：「你有沒有發現，自從我們進入這裡，突然聽不到那些叫聲了。」

羅獵點了點頭，他也發現了這一狀況，兩人背靠背利用手燈照亮周圍，除了鐵籠和屍首，他們並沒有發現其他異常的狀況，羅獵向來相信自己的感覺，更何況剛才林格妮也在同時聽到慘叫聲，應該不可能是他們發生了幻聽。

沿著鐵籠之間的狹長通道繼續前行，眼前出現了一個個堆積高聳的貨櫃，行走其間讓人不由得從心底產生了一種壓迫感。狹窄的地方只能容納一個人通行，林格妮緊跟在羅獵的身後，突然她旁邊的貨櫃內傳來蓬蓬的敲擊聲，林格妮被嚇了一跳。

羅獵示意她不用害怕，林格妮利用探測儀探察貨櫃內，發現其中有生物信號，不過根據信號來看，裡面關著的生物顯然不是正常的人類。

兩人馬上就決定不去驚擾這裡面的古怪生物，快步通過了這裡，在他們的前方出現了一道玻璃門，雖然是玻璃門，可是卻不透明，從這邊看不到裡面的情景。

林格妮發現這道門是用馬奎斯密碼鎖，這種鎖創立於十年前，雖然稱得上古老，可卻非常的實用，其破譯的難度絲毫不次於最新的各種高科技鎖具。幸好林格妮專門研究過這種鎖的破解方法，她向羅獵道：「別看這是玻璃門，強化程度要超過鋼鐵二十多倍，他們可以用炸藥炸開剛才的艙門，對這裡卻沒有任何作用。」

羅獵一邊留意周圍的狀況，一邊道：「你這手開鎖的功夫什麼時候都能夠發家致富。」

林格妮笑了起來，這會兒心情才放鬆了一些：「比不上你，你開那些古董鎖比小偷還要厲害。」

羅獵心想我畢竟當過盜門的門主，盜門大長老福伯的關門弟子在開鎖方面當然不含糊，不過現在就算福伯在世，也會對這些高科技的鎖具一籌莫展。面對這種經典密碼鎖，林格妮足足花費了十分鐘的時間，方才找出正確的密碼，還好這段時間並沒有怪物來襲。

羅獵最擔心的還是剛才格殺傭兵的黑人，不過這會兒也沒有看到他的蹤影。

聽到身後艙門開啟的聲音，羅獵轉過身去，看到一股白森森的霧氣從裡面飄逸而出，這裡面居然是個冷庫。

林格妮抬起手腕看了看溫度，進入冷庫溫度就達到了零下四十度。還好他們的奈米戰甲可以根據周圍環境溫度來調節體感溫度，如果剛才那群傭兵冒冒然進來，恐怕馬上就會被凍成冰棒兒。

林格妮打開了冷庫內的照明系統，藍白色的燈光向遠處延伸，他們看到周圍整齊排列著透明的冬眠艙，每一個冬眠艙內都躺著人，林格妮對這種冬眠艙並不陌生，甚至陸劍揚都向她建議過，不妨利用人體速凍技術進入冬眠，讓她的青春和生命凝固在攝氏零下一九六度以下，等到將來醫學發展到一定的地步，可以徹底治癒她的時候再為她實施復甦。

林格妮拒絕了，因為她對生命本來就沒有抱著太大的渴望，支撐她活下去的信念就是復仇，可現在羅獵的出現讓一切發生了改變。

林格妮逐一觀察著冬眠艙的溫度，系統一定發生了問題，冬眠艙的溫度大都在零下四十度左右，這樣的溫度已經無法保證機體再生的可能，也就是說冷庫中所有的人都應該死了。

羅獵緩緩走過這些冬眠艙，走著走著，他卻突然停下了腳步，轉身回到剛剛路過的冬眠艙前，他的內心激動無比，因為他看到冬眠艙內是一張熟悉的面孔，他怎麼都想不到會在穿越百年來到當今時代居然又遇到了一位故友——吳傑！

吳傑躺在冬眠艙內，雙手放在胸前，表情安靜祥和，看來他在進入冬眠艙之前並沒有感到害怕，他的樣貌和當年好像沒有任何的變化，羅獵記得最後和他分手的時候是在虞浦碼頭，兩人一起潛入水底尋找紫府玉匣，吳傑認為他們只是找到了一塊廢品，從此以後再無蹤跡。羅獵以為他早已化為歷史的塵埃，卻想不到在一百年後，在地中海的這艘廢棄巨輪中又見到了他。

吳傑的樣貌一如往昔，彷彿歲月並沒有在他的身上留下任何痕跡，羅獵見到了這位故友，卻不得不面對他已經死去的現實。

林格妮道：「你認識他？」

羅獵點了點頭：「他叫吳傑，曾經幫過我好多次。」

林格妮看了看冬眠艙上的指數，可指數顯示儀已經壞了，她歎了口氣，看來這具冬眠艙比起其他的損毀更嚴重。

羅獵的雙手放在玻璃倉上，不由得想起他和吳傑最初認識的情景，是吳傑教會他用心來感受這個世界，羅獵閉上雙眼，默默為這位亦師亦友的老友送別，可是在他的腦海中卻傳來一個微弱的聲音，「幫幫我……」

羅獵瞪圓了雙目，他向林格妮道：「有沒有辦法可以將冬眠艙喚醒？」

林格妮道：「這裡就應該有控制中心，不過就算找到了也沒什麼用處，這些冬眠艙的系統已經遭到了破壞，目前的溫度不足以維持他們的冬眠，也就是說這裡所有的人都已經死了。」

羅獵道：「先找到控制中心再說。」他決定死馬當成活馬醫，吳傑在他心中始終是一個神奇的存在，而且吳傑擁有異能是一個不爭的事實，羅獵期盼著會有奇蹟出現。

林格妮明白羅獵的心思，只要是羅獵想做的事情，她會盡一切努力完成，控制中心並不難找，林格妮很快就發現了控制中心，她指向左前方的玻璃房：「那裡！」羅獵並沒有回應，林格妮回過頭，循著羅獵的目光望去，看到寒冷的霧氣中，出現了一個黑色的身影，正是剛才襲擊傭兵的黑人。

羅獵擺了擺手示意林格妮去忙，然後從背後緩緩抽出了太刀。

黑人赤身裸體地站在冷庫中，似乎根本沒有感到寒冷，羅獵明明看到他剛才身中數槍，可現在卻發現他的身上連一個傷疤都沒有。羅獵這次看清了他的容貌，雖然他的皮膚黝黑，可是他的外貌卻擁有著典型歐洲人的特徵。

羅獵朝他點了點頭，右手中太刀傾斜向下，他並不想主動攻擊對方，如果眼前的異能者主動離去顯然是最好不過。

異能者也點了點頭，卻突然啟動，猶如一道黑色的閃電衝向羅獵，他的速度實在是太快，羅獵一刀揮出，卻砍了個空，異能者已經來到了羅獵的身後，一拳擊中了他的後心。

奈米戰甲最大程度地緩衝了對方的拳力，可羅獵仍然被這一拳打得向前衝出兩米，足見對方的力量何其駭人，羅獵頭也不回，抽出一柄飛刀反手射去。

異能者身軀移動的速度太快，輕易就躲過了飛刀，然後再度衝到羅獵的面前，一把抓住羅獵握刀的手，羅獵抬起膝蓋向他胯下頂去，異能者的身體突然就騰躍起來，牽動羅獵的身體如同摔沙包一樣將羅獵重重摔落在地面上。

羅獵左手向異能者射出一道鐳射光束，對方的速度堪比光束，鐳射光束只是射中了他瞬移留下的殘影，異能者在羅獵還沒有來得及爬起身之前，左臂勒住了他的脖子，右手抓住羅獵的頭試圖擰斷他的脖子。

羅獵的左手抽出軍刀，猛然刺入了異能者的左腿，異能者被刺中之後仍然不願放開他的頭顱，繼續扭動著。

蓬！蓬！蓬！

危急之時林格妮前來救援，她直接換上了利用地玄晶鍍膜的子彈，接連三槍都射中了異能者的身體，因為擔心射中羅獵，所以只能瞄準異能者的手臂和肩膀。

異能者的身上被射出三個藍色的槍洞，他的力量受到了影響，羅獵用力拉開了他的手臂，一拳擊打在異能者的面龐上，異能者騰空飛起，從他的身上掉落出三顆藍幽幽的子彈，隨即他身上的槍口開始癒合。

羅獵驚詫莫名，他沒有想到地玄晶的子彈對此人也造不成傷害，異能者從半空中俯衝下去，一拳擊中了林格妮的腹部，林格妮明明看到他進攻的路線，也做出了躲避的動作，可終究還是慢了一步，被他一拳擊中，林格妮感覺到如同被炮彈擊中，她的身體騰雲駕霧般飛了起來，奈米戰甲的緩衝最大限度地減輕了這一拳的傷害。

林格妮墜落之時砸在了一具休眠艙上，將表面的玻璃砸得碎裂。

羅獵第一時間衝了過去，利用奈米戰甲的推動力宛如一顆出膛的炮彈平行於地面向對方衝去，他雙手握住太刀，雙臂伸展整個人就像是一支離弦的利劍，直奔異能者的心口刺去。

異能者致命的速度讓他瞬間就逃出羅獵的攻擊範圍，他的身體倒了下去，幾乎平貼著地面滑行，和羅獵擦身而過的瞬間，他的身體又不可思議地騰空而起，如同一道黑煙將羅獵纏住。

羅獵從未見過如此難纏的對手，這名異能者的強大在於他的速度，他的速度太快，而且應變能力超強，他的應變更像是出自於本能而不是來自於他大腦的指揮。

羅獵和異能者的身體糾纏在一起，異能者的雙手再次扼住了羅獵的脖子，他故技重施想要將羅獵的脖子扭斷。

林格妮剛剛從冬眠艙內爬了出來，看到眼前的境況她慌忙舉起了槍，那異能者狡猾地將頭藏在了羅獵的腦後。

羅獵感覺對方的力量越來越大，即便是自己有奈米戰甲的助力，可仍然無法抵抗住對方強悍的力量，羅獵頑強支撐著，他不敢放鬆，哪怕是有一絲一毫的放鬆就意味著放棄了抵抗，同時也放棄了自己的生命。

林格妮尖叫道：「放開他，你放開他！」她不顧一切地向前衝去，可林格妮忽然停下了腳步，她瞪大了雙目望著眼前不可思議的一幕。

羅獵感到扼住自己咽喉的雙臂突然放鬆，他猛然扯開對方的雙臂，反手用軍刀割開了異能者的咽喉。

異能者捂著喉頭，他的喉頭流出的血液竟然是水銀般的顏色。他的額頭上多出了一個尖角。

林格妮的角度看得更加清楚，那尖刺從異能者的頭顱上抽離出去，在異能者的背後出現了一個乾枯瘦削的身影，他是吳傑，林格妮在出來幫忙之前，已經完成了整套的復甦程式，只是她並不認為這樣的做法可以讓冬眠艙內的吳傑復甦，因為方方面面的條件和指數顯示，裡面的人應該早已死亡。

羅獵轉過身，望著手握細劍的吳傑，他比過去更瘦了，雙目深陷，周身在不停顫抖著，不過他仍然用顫抖的手殺死了那名異能者。

如果吳傑無法復甦，或者他再出現晚一些，恐怕羅獵今天就要在劫難逃，羅獵發現自己在時空之旅後的能力雖然下降了許多，可是他的運氣仍然不錯，他望著吳傑。

吳傑深陷的眼窩肯定看不到任何的東西，可羅獵知道他一定感覺到了自己的存在，不然他也不會在關鍵時刻救了自己。

羅獵抑制住激動的心情道：「吳先生！別來無恙……」這番話說得雖然平靜，可是其中包含著多少的感觸。

林格妮來到羅獵身邊，將他從地上扶起，心有餘悸地望著地面上的異能者，卻發現異能者頸部的傷口還在以肉眼可見的速度癒合，她驚呼道：「快走，儘快離開這裡。」

吳傑根本挪不動腳步，剛才的一擊已經傾盡了他的全力，羅獵背起了吳傑，只覺得他的體重極輕，恐怕還不到四十五斤。

三人快步離開了冷庫，林格妮關上冷庫的大門，她將冷庫的溫度調節到了最低。她不知道那名異能者是不是真正死亡，可是在這樣低溫的條件下，任何生物都會被凍僵。

羅獵這會兒已經完全恢復了過來，他向林格妮道：「他根本不是異能者，可能是個再造人。」

林格妮點了點頭，地玄晶武器是異能者剋星，可是剛才這個傢伙根本無懼地玄晶的武器，吳傑的細劍如果不是刺穿了他的顱腦，也不會讓他喪失力量。

他們沿著原路快步離去，走過第二道門，看到地上橫七豎八躺滿了屍體，那支傭兵小隊已經全軍覆沒了。

外面風雨交加，基恩躺在小船裡，他望著空中宛如毒蛇一樣扭曲的紫色閃電，忽然哈哈狂笑起來，這是他自己的選擇，怪不得任何人，那艘城堡般的巨輪仍然漂浮在海上，基恩大聲道：「回來吧，我為你們祈禱！」不僅僅是為他們祈禱，也是為他自己的錢祈禱。

遠方的海面波濤翻滾，基恩感覺那海水如同沸騰了一般，他趴在小艇內，利用礁石掩飾著自己的身形，還好並沒有人關注到他的存在，潛艇！基恩能夠斷定從海底冒出的是一艘潛艇，事情變得越發撲朔迷離，基恩意識到自己可能捲入了一場前所未有的麻煩中，顫抖的手緊握著小酒壺，只可惜酒壺中已經沒有了酒，他多麼希望現在能夠把自己灌醉，睡上一覺或許就會雨過天晴。

前方的艦橋中，一名黑衣忍者擋住了他們前進的道路，忍者冷冷道：「把人交給我。」

林格妮認出這名黑衣忍者正是那晚和自己在奧林匹克酒店外玻璃幕牆上展開激鬥的那一個，林格妮道：「讓開，如果你不想死的話。」

黑隼雙手握住太刀，身體微微下蹲，周身的肌肉充滿了爆發力，羅獵本想上前應戰，林格妮道：「把他交給我！」她舉起手槍，子彈向黑隼射去。

黑隼手中太刀左劈右斬，他的出刀極其精準，林格妮彈匣內的子彈射完，竟然全都被他用太刀阻擋在外。

羅獵心中暗歎，隨著時代的變化，這些異能者的能力也得到了進化，他們必須要提升力量和速度方才能夠做到有效打擊這些異能者。

黑隼在阻擋子彈的同時邁開了腳步向林格妮衝去。

林格妮射完彈匣中的子彈也開始啟動，雖然比黑隼稍晚一些，可是依靠奈米戰甲的助力，她的速度在短時間內就達到了最大，她發出指令，奈米戰甲在她的雙手處延伸，形成了兩把彎刀。

黑隼騰空魚躍，雙手握刀力劈而下，林格妮將一雙彎刀交叉迎上，太刀劈在彎刀之上，光芒四射，尖銳的撞擊聲刺激著在場人的耳膜，吳傑的雙耳都抖了一下，他拍了拍羅獵的肩膀，示意羅獵將自己放下來。

羅獵放下了吳傑，吳傑趴在艦橋的護欄上，一躬身嘔吐了起來，吐出的全都是淡綠色的液體。

羅獵遞給他一瓶水，吳傑吐完之後漱了漱口。

林格妮和黑隼的激鬥已經進入了白熱化，兩人都擊中對方多次，林格妮憑藉著奈米戰甲有效地阻擋了太刀的傷害，而黑隼雖然被林格妮刺傷，可是他超強的自癒能力很快就發生了作用，短時間內傷口就已經痊癒。

吳傑擺了擺手，示意羅獵去給林格妮幫忙，自己撐得住。

羅獵卻沒有馬上去幫助林格妮，因為他聽到後方傳來急促的腳步聲，羅獵的臉色變了，在他們的身後追來的最可能的敵人就是那個再造人。

吳傑顯然也意識到了這一點，再造人強大的戰鬥力遠超他們中的任何一個，剛才如果不是吳傑殺了他一個措手不及，恐怕他們三人根本無法離開冷庫。腳步聲慢了下來，羅獵看到遠方通道的黑影，再造人的身上籠罩著一層白霜，宛如一顆下了霜的羊屎蛋兒，說不出的滑稽。

可沒有人感到好笑，因為這廝強悍的戰鬥力事實上已經是一個人形兵器。

羅獵向前一步，將吳傑擋在身後，再造人的強大在於自己的奈米戰甲在他的面前幾乎起不到作用。

吳傑想說什麼，卻說不出話，唯有嘗試著用意念觸碰羅獵的腦域，羅獵腦海中忽然閃過一行字，「置死地而後生」。如果在過去，他處在能量巔峰之時或許能有和這再造人一戰之力，可是現在，他的能力大打折扣，剛才在冷庫內就已經嘗到對方的厲害，如果不是吳傑及時出手，只怕自己已經死在了他的手中。

置死地而後生？羅獵反思著這番話，他突然意識到這套奈米戰甲保護了自己的同時也束縛了自己，在對付普通的敵人或許有用，在面對比自己實力要強大得多的對手時，其實戰甲起不到太多的作用。

羅獵望著吳傑，熟悉的模樣讓他心中一暖，**也許一切沒有改變，真正束縛自己的是自己內心的畏懼**。

羅獵的心情變得平和，他向前一步，望著再造人，吳傑剛才明明用劍穿透了他的頭顱，可是現在再造人仍然可以完好無恙地出現，這其中的原因固然有他強大的康復能力，也和並沒有刺中他的要害有關。

羅獵望著再造人，再造人綠色的雙目越發明亮，他突然向羅獵衝了上來，驚人的速度依然如故，羅獵唯有向前，如果避讓就造成了將吳傑直接暴露在對方的面前，而以吳傑現在的狀態根本無力和再造人一戰。

羅獵大步迎了上去，他需要做的是忘記身上的奈米戰甲，**唯有心中放下對奈米戰甲的倚重，方能激發出自身最大的潛力**，左手鐳射光線向再造人不停發射，再造人以驚人的速度閃避著這一道道光線。

羅獵並沒有指望鐳射光線能夠給他造成致命的傷害，發射光束的目的是為了阻擋他的去路，縮小他的移動範圍，羅獵右手太刀揮出，斜行劈向對方的頸部。

再造人猶如一道閃電般來到了羅獵的面前，左手抓向羅獵的右手，右拳如同甩鞭一樣擊向羅獵的心口。

關鍵時刻羅獵卻主動棄去了太刀，掌心中兩點寒光近距離射向再造人的雙目，太刀只是用來迷惑再造人，真正的殺招暗藏在掌心內，然而羅獵的這種打法完全放棄了防守。

再造人的重拳擊中了羅獵的心口，可羅獵掌心的兩點寒光也在同時沒入了他的雙目，綠色的光芒瞬間黯淡了下去，再造人捂住頭顱，張大了嘴巴。

吳傑奮起全力，將手中的細劍投擲出去，細劍射入再造人張大的嘴巴，帶著他的身體倒在了艦橋之上。

和再造人幾乎同時倒地的還有羅獵，奈米戰甲雖然緩衝了再造人的重拳，可是緩衝之後的力量仍然讓羅獵承受不住。

吳傑全力擲出這一劍之後，身體失去平衡也摔倒在了地上。

林格妮和黑隼你來我往已經激鬥了數個回合，林格妮根本無法兼顧身後的戰局，覷準機會，一槍射中黑隼的右肩，地玄晶塗層的子彈將黑隼的肩頭射出一個藍色的洞口，他不敢繼續戀戰，轉身就逃。

林格妮也沒有追趕，第一時間來到羅獵身邊，將他扶起道：「你怎樣？」

羅獵發出指令打開了頭罩，被再造人打中的那一拳直到現在還沒有緩過氣來，他感到有些窒息，每次呼吸胸口都一陣刺痛，應該是肋骨被打斷了。羅獵指了指再造人的屍體，生怕他沒有死透，如果他再次復甦，恐怕他們三人只有等死的份了。

林格妮來到再造人身邊，看到他雙目中流出的都是水銀狀的血液，利用探測儀檢查了一下他的身體成分，這才明白為何他們的奈米戰甲在此人的面前作用不大，這再造人就是用奈米技術合成，難怪他會擁有如此強大的爆發力和速度。

奈米戰甲可以對抗多數防禦，甚至可以抵抗炮火的打擊，但是這種奈米合成人恰恰是戰甲的剋星。

分析出了再造人的身體成分，對付他自然有了辦法，林格妮對再造人啟動分離，很快再造人就化成了一灘金屬液體，林格妮從這灘金屬液體中撿到了一個圓形的金屬核，金屬核上還插著一把飛刀，剛才在生死一線的緊急關頭，羅獵利用飛刀射入了再造人的雙目，穿透了他的感測器射中了中心控制單元。這一擊實則驚險無比，如果羅獵選錯了地方，又或是有絲毫的誤差，就不可能對再造人造成根本性的傷害。

林格妮將再造人的中心控制單元收起，回到羅獵身邊，奈米戰甲不但可以增強他們的攻擊防禦力，而且還擁有療傷的作用，在做出診斷後，可以儘快將骨折復位並固定，這樣可以最大限度地減少傷者的痛苦。

骨折復位固定之後，林格妮又為羅獵打了一針止疼劑，羅獵感覺舒服了許多，笑了笑道：「我沒事，你去看吳先生。」

吳傑已經自行坐了起來，只是他目前沒有能力站立起來，林格妮將那柄細窄的長劍撿起，來到吳傑身邊，想要扶起他，吳傑卻擺了擺手，林格妮因為對吳傑並不熟悉，再見他樣貌古怪，也不敢主動去攙扶，目光落在一旁的護欄上，她想起了什麼，上前折斷了一根鐵管，當然這是在奈米戰甲助力的狀況下，如果單憑徒手是不可能做到的。

林格妮將鐵管遞給吳傑，吳傑接過鐵管撐著地面，費盡全力方才站了起來。

羅獵走了過來，看著吳傑堅持自行站起，知道他還是過去那般倔強，羅獵道：「走得動嗎？」

吳傑堅持走了一步，一個踉蹌險些跌倒，幸虧林格妮將他扶住。

羅獵道：「我背你！」

林格妮道：「我來吧！」畢竟羅獵受了傷，肋骨骨折沒那麼快能夠癒合。

吳傑搖了搖頭，他可不想被一個女孩子背著。

林格妮沒好氣道：「過分了啊，難不成你還想我抱著你？」

吳傑聽她這麼說頓時有些害怕，如果當真被她強行抱起，自己這張老臉可沒地兒擱去，於是老老實實由著林格妮背起了自己。

林格妮故意道：「您老人家這是多久沒洗過澡了？」其實奈米戰甲本身就擁有空氣淨化系統，吳傑雖然休眠了不少年，可畢竟是被冰凍起來，又在密閉的環境中，還不至於有什麼古怪的味道。

羅獵走在兩人的前方，腦海中始終回想著剛才發生的一切，他射殺奈米人的一擊發揮出了強大的潛力，在那一刻他忘記了戰甲的存在，戰甲在保護他的同時，也在他的心中形成了一道桎梏。**人只有破除恐懼之後才能達到無畏**，這個道理其實羅獵早已明白，只是他在來到這個時代之後，自信開始減弱了，他的能力下降是一個不爭的事實，羅獵一直認為是時空旅程帶來的負面效應，而剛才射殺奈米人所發揮出的力量讓他看到自己仍然擁有潛力，他對目前的自己並不是真正的瞭解。

自己的力量從未消失，只是被時光塵封，在這個時代，他失去了過往的一切，也失去了信心。

潛艇浮出海面之後，從潛艇的頂部射出一道長索，長索的另外一端釘入巨輪黑黝黝的船體上方，然後有四道身影沿著長索迅速攀援，一會兒功夫已經爬到了巨輪的甲板上。

潛艇上立著一個高瘦的身影，銀色的長髮在腦後束成馬尾狀的髮辮。

基恩調節著望遠鏡想要看清他的容貌，可惜因為角度的緣故始終只能看到一個後腦勺。

此時天空中一道閃電劃過，銀髮人猛然回首，嚇得基恩慌忙趴在了小艇裡，生怕被他看到，不過他很快就意識到在這樣的距離下對方應該看不見自己。

基恩壯著膽子舉起望遠鏡望去，卻見銀髮人臉上刺著古怪的紋身，一雙眼睛如同火焰一般紅得發亮，基恩從來沒有見過這麼古怪的人，現在的他唯有禱告，希望羅獵和林格妮平安歸來，不僅僅是為了他們更是為了自己。

艾迪安娜已經回到了他們和羅獵分手的地方，地面上躺著五具屍體，屍體應該是被刀所殺，有三人被攔腰劈成兩半，還有兩人死相更慘，竟然是被人從頭頂將身體分成了兩片，艾迪安娜皺了皺眉頭，低聲道：「黑隼！」

咚！一道黑影落在她前方五米的艦橋之上，正是剛才被林格妮槍傷的黑隼，黑隼肩頭的傷口仍然沒能癒合，藍色的彈孔貫通了他的右側肩胛。

艾迪安娜揮了揮手，示意兩名手下先行離開，她歪著頭望著黑隼的傷口，俏麗的面孔上浮現出幸災樂禍的笑：「怎麼？你受傷了？」

黑隼冷冷望著艾迪安娜：「毒刺復活了！」

艾迪安娜的表情瞬間變得惶恐。

黑隼道：「他殺了遊魂！」他說完就向甲板的方向逃去。

艾迪安娜對黑隼是極其瞭解的，知道他的性情堅忍，從不在人前服輸，看來他是真的害怕了，艾迪安娜聽到腳步聲越來越近，她咬了咬嘴唇，終於做出了決定，追隨著黑隼的腳步逃離。

黑隼來到甲板上，卻看到艙門外躺著兩具無頭的屍體，他們的腔子裡仍然在向外流血，在雨水的沖刷下已經匯成一條血色小溪。

一個雄壯的身影傲立於甲板之上，這是一個通體雪白的巨人。在黑隼現身的剎那，巨人已經向目標衝了上去，一把試圖將黑隼抓住，黑隼右肩受傷，他改為左手用刀，太刀刺入巨人的掌心，太刀穿透了對方的掌心，可是巨人的攻擊卻並未因此而停歇，左拳砸在黑隼的身上，黑隼的身體隨之倒飛，在空中幾個轉折落在甲板上，左手太刀撐在甲板上，慣性讓他的身體向後繼續滑動，太刀在甲板上劃出千萬點火星匯成的軌跡。

黑隼緩緩抬起頭來，對方是異能者，和自己一樣的異能者。

巨人活動了一下碩大的頭顱，周身骨節發出劈劈啪啪宛如爆竹一般的聲響。

黑隼的身後也傳來腳步聲，黑隼側身望去，出現在他身後的是一個狼人，狼人白森森的利齒之上還染著鮮血，剛才的那兩具無頭屍體應該就是他的傑作。

艾迪安娜已經覺察到外面出了事，她來到甲板上，看到一個一身白衣的婦人站在雨中，在她身邊一個身穿紅裙的小女孩牽著她的手。白衣婦人肌膚沒有一絲一毫的血色，頭髮也是蒼白的。

艾迪安娜望著眼前詭異的景象警惕萬分，這絕對不是普通的母女。

白衣婦人輕輕撫摸了一下小女孩濕淋淋的頭髮，突然抓住那小女孩的身體將她向艾迪安娜扔了過去。

艾迪安娜的第一反應就是躲避，如果換成其他人第一反應或許是接住這個小女孩，避免她在堅硬的船體上撞死，可艾迪安娜知道一切都是幻象。

小女孩在空中卻陡然一個迴旋，她張開嘴，一條如同毒蛇信子般的長舌向艾迪安娜射去，艾迪安娜前衝的速度奇快，躲過了對方的長舌，可是那白衣婦人的速度比她更快，卷起一團雨霧，已經阻擋在艾迪安娜的前方。

白衣婦人伸手向艾迪安娜抓去，可是眼前艾迪安娜突然不見，竟然出現了紅衣女孩的身影，白衣婦人心中一怔，原本出擊的右手不由自主放緩，可紅衣女孩卻抽出一柄匕首，狠狠刺入了白衣婦人的小腹。

白衣婦人身形疾退，化為一團白煙消失於雨霧之中，再次現身已經在十多米外的甲板上，她的腹部被刺穿了一個血洞。在她的前方出現了兩個一模一樣的紅衣女孩。

白衣婦人此時方才明白剛才的紅衣女孩是艾迪安娜幻化而成。

紅衣女孩尖叫一聲，撲向模仿她模樣的艾迪安娜，同時張口噴出一團綠色的水箭，艾迪安娜凌空躍起，躲過那綠色水箭，然後俯衝而下，選擇逃入船艙。

黑隼衝向狼人，在巨人和狼人之間他選擇了狼人，至少狼人的體型要比巨人小上許多，手中的鐵蒺藜宛如漫天花雨一般射向狼人，狼人怒吼一聲，迎著鐵蒺藜向黑隼撲去，鐵蒺藜雖然都射中了狼人的身體，可是卻無法對他造成任何的傷害，狼人撲向黑隼，黑隼的身體突然倒地俯衝，手中太刀如同旗幟一樣舉起，從狼人的下頷一直滑向他的尾部。

黑隼低估了狼人外皮的堅韌程度，這次的突擊雖然完成，可是刀鋒卻並沒有能夠刺入狼人的肌膚，更談不上給他造成致命的傷害。

黑隼尚未來得及起身，巨人從天而降，雙臂高高舉起，一雙大手合攏宛如巨錘一般向黑隼的身體砸去，重重的一擊，將黑隼的身體砸入甲板之中。

羅獵三人距離出口並不遠，可是他們沒有急於離開，外面的激鬥聲已經清晰傳到了這裡。

一個紅衣小女孩從艙門衝了進來，不過她來到三人面前時馬上就恢復原貌。羅獵早已領教過艾迪安娜變化外表的能力，雖然如此還是感到驚奇，如果不是親眼所見，根本無法相信一個人可以這樣自由變化外貌，簡直到了隨心所欲的地步。

艾迪安娜的表情充滿了惶恐，她大聲道：「幫我，如果你們想作壁上觀，我們所有人都會死。」

林格妮冷冷道：「把我們引到這裡來的不是你嗎？」

羅獵道：「真正的佈局者是龍天心吧？」他的目光盯住了艾迪安娜。

艾迪安娜沒有說話，雙目充滿了祈求。

羅獵道：「你以為我們兩人是誘餌，可沒想到她也不顧你們的死活，被人拋棄的滋味不好受吧？」

艾迪安娜內心的防線已經瓦解，羅獵說中了她的心事，她咬了咬嘴唇道：「無論這件事起因是什麼，現在唯有我們攜手方才能夠活著離開……」外面傳來蓬蓬蓬的重擊聲。

無法開口說話的吳傑拍了拍林格妮的肩頭，林格妮馬上就明白了他的意思，將吳傑輕輕放了下來，林格妮輕聲道：「如果你再敢假冒我，我要了你的命。」

艾迪安娜顫聲道：「我答應你。」

林格妮率先衝出了艙門，一道綠色的水箭擊中了她的身體，卻是隱藏在門外的紅衣小女孩猝然發動了襲擊。她噴射出的毒液被奈米戰甲隔離在外，林格妮舉槍準備射擊，那紅衣小女孩的長舌閃電般彈射而出，捲住了她握槍的手腕，林格妮被這條長舌拉扯得離地飛起，然後如同甩鞭般的長舌將林格妮的身體重重摔打在甲板上。

羅獵和艾迪安娜同時衝了出去，羅獵被一道白影所阻，看都不看一柄飛刀彈射而出，飛刀劃出一道藍光，破開層層雨霧，直奔白影的咽喉而去。

白衣婦人身軀閃動，以驚人的速度躲過羅獵射出的一刀。

羅獵這才看清眼前的白衣婦人正是在卡佩爾古堡所遇。

白衣婦人躲過飛刀之後馬上撲向羅獵，她的速度雖然很快，可是和羅獵剛才在冷庫遇到的遊魂不能相比，羅獵抽出太刀封住白衣婦人的進攻路線，左手又射出一記飛刀，這次卻是射向那紅衣女孩。

飛刀準確射中了紅衣女孩的長舌，長舌從中斷裂。林格妮這才得以從長舌的束縛中解脫，掙脫長舌，舉起手槍瞄準那紅衣女孩的心口，可扣動扳機的時候，槍口還是向下移動，子彈射中了紅衣女孩的左腿。

這顆帶有地玄晶塗層的子彈將紅衣女孩的左腿射出了一個藍色的槍洞，小女孩的臉上流露出惶恐的神情，林格妮舉槍瞄準她的頭顱道：「滾！」

小女孩點了點頭，轉身翻越船舷向外跳去。

黑隼的身體被砸到了甲板中，巨人仍然沒有放過他的意思，掄起雙拳向嵌入甲板的黑隼砸去，可感覺到身後有人走來，轉過身去，看到來人是那個紅衣小女孩，巨人又轉了回去。

紅衣小女孩臉上露出不符合她年齡的陰森獰笑，她突然騰空一躍，揚起剛剛從地上撿來的飛刀，噗地戳入了巨人的頸後。

巨人萬萬沒有想到自己的同伴竟然會對自己突施辣手，飛刀戳入了他的頸椎，直至末柄，巨人反手想要去抓，可是紅衣女孩已經將飛刀拔出，輕飄飄落在他的身後。

巨人發出一聲怒吼，他想要轉過身去，可是周身已經麻痹，雙膝一軟跪倒在了地上，巨大的身軀迅速縮小，很快就恢復了他的本來面目，一個老年的白化人。

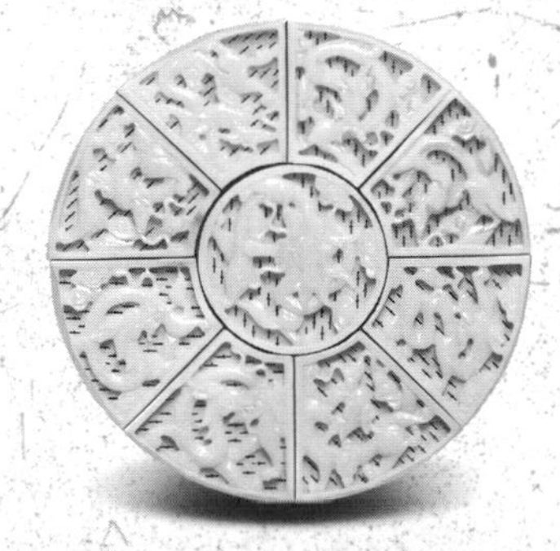

第六章

回家的路

林格妮對平行宇宙的理論瞭解得要比羅獵更加深刻，
她能夠瞭解羅獵痛苦和彷徨的根源，
就算能夠造出回到過去的時光機，再次開啟時光通道，
羅獵未必能夠找到原來屬於他自己的宇宙。
林格妮道：「我會陪著你直到你找到回家的路……」

狼人凶殘的目光鎖定了前方的紅衣女孩，他意識到形勢有些不對。

紅衣女孩咯咯笑了起來，在狼人的面前恢復了艾迪安娜本來的樣貌，她手中握著飛刀：「我可以殺他，就能殺你。」

狼人向前跨出一步，利爪踩在已經嵌入甲板中黑隼的身上，被他認為已經死去的黑隼卻突然拱起了背脊，雙手抓住狼人的後肢，大吼道：「動手！」

艾迪安娜倏然前衝，捲起一團雨霧，手中的飛刀狠狠刺入了狼人的右目。

狼人爆發出一聲哀嚎，他縱身一躍，帶著黑隼一起向輪船的上方逃去，黑隼抽出短刀，瞄準了狼人的後庭，一刀狠狠插了進去，原本就受到重創的狼人更是雪上加霜，一雙前爪再也抓不住艙壁的邊緣，重新滑落到甲板上。

黑隼鎖住狼人的咽喉，從他的右目中拔出飛刀，瞄準他的左目又插了進去。羅獵和林格妮一前一後封住了白衣婦人的去路，白衣婦人發出一聲尖利的嚎叫，她在召喚同伴過來幫忙，可是並沒有任何人前來相助。

基恩通過望遠鏡看到那名白髮男子重新進入了潛艇內，隨他進入的還有一道紅色的影子，在他們進入潛艇之後不久，潛艇就開始下沉。

連接在潛艇和巨輪之間的長索從中崩斷。

白衣婦人發現自己已經落入對手的包圍中，她選擇衝向林格妮，在她看來，林格妮可能是最弱的一環，然而在衝向林格妮的時候，她的前方卻出現了一道藍光，白衣婦人下意識地閃躲了一下，那是一柄飛刀，羅獵明明在她的身後，卻為何在前方出現了飛刀？白衣婦人這次的閃躲讓林格妮捕捉到了機會，林格妮瞄準白衣婦人的額頭就是一槍。

子彈射中了白衣婦人的額頭，將她的頭顱洞穿，白衣婦人的屍體重重跌落在甲板上。

羅獵抬起手，穩穩將空中的飛刀抓住，吳傑的出現讓他開始悟到能力減退的真正原因，唯有放下心中的顧慮，才能將自己的潛力盡情發揮出來。

艾迪安娜和黑隼對望了一眼，兩人都看出對方的惶恐，目睹羅獵和林格妮聯手斬殺白衣婦人之後，他們並沒有繼續向前，而是選擇向船尾逃去。

林格妮忽然道：「不好！」奈米戰甲的感應系統傳來警報，他們所在的巨輪已經被鎖定。

羅獵道：「吳先生！」他絕不會在這種狀況下拋棄吳傑。

基恩看到一艘快艇從巨輪旁駛出，在那艘快艇駛離之後，巨輪在沖天的火焰中斷成了兩截，然而爆炸仍然沒有結束，有水雷接二連三地擊中了巨輪，基恩放下望遠鏡揉了揉雙眼，希望自己看到的是幻象。可是一切都是真實發生在眼前，基恩雖然很想過去救人，但現實不允許他這樣做，因為他的這條橡皮艇根本不可能靠近那裡，巨輪沉沒會形成巨大的漩渦，這條小艇一旦靠近就會被捲入漩渦中，他連人帶船都會陷入無盡的深淵中。

基恩感歎著羅獵和林格妮就這麼沒了，更心疼自己的勞務費，這趟的行程可謂是竹籃打水一場空，不對，應當是賠了大人又折兵才對，他甚至連謀生的水上飛機都搭了進去。

雨越下越大，外面的海浪也是一浪高過一浪，基恩所在的潟湖因為礁盤圍護的緣故，相對平靜了一些，基恩能做的只有祈禱，祈禱這場風雨儘快過去，祈禱自己能夠被人發現將他救出這片海域。

基恩看到了三個黑點，沒錯，空中出現了三個黑點，緩緩落在了附近的礁石上，因為不知是敵是友，基恩的第一反應是將身體趴在橡皮艇裡，雖然這並不能起到多少隱蔽作用，畢竟他的橡皮艇是引人注目的橙黃色。

「基恩！」

聽到羅獵呼喊自己的聲音，基恩這才放下心來，他激動地大叫道：「你們回來了？我的朋友，我就知道你們一定會平安歸來的。」

林格妮望著潟湖中水上飛機的殘骸碎片大概已經猜到剛才發生了什麼，看來他們唯一的交通工具已經徹底損毀，想要回程只能另外想其他的辦法。

基恩啟動他的橡皮艇，靠近羅獵三人所在的礁石，他現在已經能夠確定羅獵和林格妮此行的目的絕不是尋寶，應該是救人，基恩望著瘦得就像竹竿一樣的吳傑，心中暗忖，不知此人又是什麼重要人物，他們為何要不惜代價來救。

基恩結結巴巴將水上飛機被從天而降的直升機砸毀的事情說了，原本和他討價還價的林格妮對倒楣的基恩也表示出一定的同情，她提出付給基恩六萬五千歐，這是他們事先答應的，當然也不是毫無條件，她要求基恩想辦法把他們從這裡帶出去。

基恩討價還價道：「那得十萬歐元。」

林格妮望著貪心不足的基恩有些氣不打一處來，正準備教訓一下這個傢伙的時候，空中傳來轟鳴聲，幾人抬頭望去，卻見一架三角翼隱形飛機低空飛行到他們的頭頂。

隱形飛機的底部艙門打開，從中垂下了一條長索，艾迪安娜沿著長索滑了下來，向羅獵道：「趕緊上來吧，再晚就要被海警包圍了。」

林格妮小聲道：「她讓你上去呢。」

羅獵笑道：「不是我，是我們。」目前的狀況下他們也沒有更好的選擇，先登上隱形飛機，至於接下來的事情只能隨機應變。

羅獵四人沿著長索爬上了隱形飛機，仍然是林格妮背著吳傑上了飛機。

羅獵本以為飛機上會遇到龍天心，可這架隱形飛機上只有艾迪安娜和黑隼。原本處於敵對的雙方現在暫時放下了對抗。

黑隼駕駛飛機升起，羅獵從舷窗向外望去，燃燒的巨輪仍沒有完全沉沒。

林格妮警惕地望著導航圖道：「你們飛往什麼地方？」

艾迪安娜道：「不用擔心，我們沒心情也沒時間送你們，聖約翰島，二十分鐘後你們就能降落。」

林格妮雖然沒有去過聖約翰島，可在她的印象中那裡應當是座偏僻的小島，島上居民不多，可的確是距離這片海域最近的島嶼。林格妮並不相信艾迪安娜會好心相助，這次不知又有什麼動機，她輕聲道：「看來要謝謝你們了。」

艾迪安娜道：「不用謝，算是我還你們一個人情。」

二十分鐘後，隱形飛機飛臨聖約翰島的上空，降落在北部無人的海灘上。羅獵本以為事情不會那麼簡單，可現實卻出乎他的意料之外，艾迪安娜將他們送到目的地之後，馬上起飛離開。

望著離去的飛機，林格妮秀眉微顰道：「奇怪，她居然這麼好心？」

羅獵笑道：「無論她有什麼動機，至少我們現在已經脫離了困境。」

基恩湊了過來，滿臉堆笑道：「是啊，已經脫離了困境，你們答應的酬金……」

林格妮瞪了他一眼，沒好氣道：「跟你有關係嗎？你能脫困好像是因為我們的緣故，我還沒找你要錢呢。」

基恩碰了一鼻子灰，眼巴巴看了看羅獵。

林格妮雖然懟了他，可並不是當真要和基恩一般見識，更何況基恩還是羅獵故友的後人，她將基恩事先還給她的定金遞給了他：「三萬歐夠不夠啊？」

經過這一夜的折騰，基恩的心情也是大起大落，他也不再貪得無厭，三萬就三萬，聊勝於無，畢竟自己沒出多少力，他點了點頭。

林格妮道：「把帳號給我，回頭再給你五萬，我老公的意思，就算是賠你那架破飛機的錢。」

基恩聽她這麼說反倒有些不好意思了，訕訕笑道：「其實飛機跟你們沒關係，這樣吧，都是世交，再給我三萬五千歐，按照最初的約定就行。」說出這番話的時候，他臉皮發燒。

林格妮道：「少廢話，把帳號給我。」

基恩將帳號給了林格妮，羅獵攙扶吳傑坐在礁石上，吳傑披著毛毯，羸弱的身體仍然在夜風中瑟瑟發抖。

羅獵道：「吳先生，我有好多話想對您說。」

吳傑點了點頭，他現在還說不出話來。

基恩對聖約翰島非常熟悉，引著他們來到一家熟悉的賓館住下，照顧吳傑睡下之後，羅獵來到隔壁的房間，林格妮剛剛洗完了澡，出水芙蓉一般清麗動人，小聲道：「吳先生怎麼樣了？」

羅獵道：「剛剛睡著，我去洗澡。」

林格妮點了點頭道：「放心吧，我在周圍佈置了監控，有任何的風吹草動都會在第一時間發現。」

羅獵躺在浴缸內，外面的雨又大了，雨點劈哩啪啦地拍打著窗戶，閃電一道接著一道，狂風吹動樹枝，宛如怪人的手臂在窗外劇烈搖曳著，羅獵閉上雙目，回想著今晚的經歷，根據他的判斷，龍天心應當是背後的佈局者，龍天心的佈局應該不僅僅是為了引出四名異能者，她最終的用意應當是通過今晚的佈局來追查到明華陽的所在。

可羅獵有一點沒有想透，吳傑為何會出現在這裡？他的出現是不是龍天心佈局的一部分？

羅獵徹夜未眠，他有著太多的心事和迷惑。

林格妮醒來的時候，看到羅獵已經穿好衣服站在窗前，外面的雨仍然在下，今天風雨很大，她看了看時間，才剛剛清晨七點。

林格妮小聲道：「早！」

羅獵回過神，向她笑了笑道：「我吵醒你了？」

林格妮搖了搖頭道：「沒有，我自己醒了。」

羅獵道：「我去隔壁看看。」

林格妮點了點頭柔聲道：「你去。」

羅獵來到隔壁房間，摁響了門鈴，發現無人應聲，他有些慌了，吳傑一直在他們的監控下，應該沒有離開房間，正準備下樓找人開門的時候，房門開了，吳傑拄著一根拐杖將房門拉開了一條縫，臉上表情木然，絲毫沒有久別重逢的喜悅，羅獵看到他在房間內這才放下心來，還沒有來得及說話，吳傑卻又將房門重重關上。

羅獵吃了個閉門羹，他對此並不奇怪，吳傑的性情向來古怪，行事作風讓人捉摸不定。

身後傳來基恩的笑聲，剛才的一幕被他全都看到，羅獵道：「你還在這裡？」

林格妮已經付給了基恩八萬歐元的酬勞，所以基恩現在的心情是格外舒爽，聽羅獵這麼問，他歎了口氣道：「我也想走啊，可外面風雨那麼大，出港的船全都停了，想離開也得等到風平浪靜後了。」

他向羅獵道：「八點才有早餐，房錢我都給過了。」拿了人家那麼多錢，基恩感到有些慚愧，畢竟他在整件事上沒有幫到多少忙，雖然飛機被毀，可他那架破爛飛機如今最多值三萬歐，林格妮給他的八萬歐已經足夠補償他的損失。他把房錢付了，也算是對羅獵這位世交的善意。

羅獵準備回房，基恩遞給他一封信：「剛才有人送到前台的，很奇怪啊，怎麼會有人知道你在這裡？」

羅獵愣了一下，看了看信封，信封上用英文寫著自己的名字，他笑了笑道：「謝謝！」

拆開信封一看，裡面寫了時間地點，落款上用夏文簽著龍天心三個字。

羅獵頓時明白了，龍天心在背後躲藏了那麼久，現在終於捨得現身，他將信重新折好收起，看了看時間，距離龍天心約自己見面的時間只剩下二十分鐘了，他直接下樓取了一把傘，頂著暴風驟雨向燈塔走去。

聖約翰島的燈塔是一座非常明顯的地標，羅獵在臥室的房間內就可以看到燈塔，他沒有向其他人交代自己的去向，因為他認為，自己和龍天心的這次見面最好還是單獨進行。

逆風而行，雨傘起不到太大的作用，風卷著雨不但從前方撲來，而且四面八方都是紛亂的雨絲，羅獵來到燈塔下的時候身上的衣服也濕了大半。抬頭仰望燈塔，燈塔紅色的頂部在風雨中也變得模糊。

羅獵快步來到燈塔的門前，發現大門關著，他的手還沒有去摁門鈴，大門已經打開了，一位白髮蒼蒼的老者從裡面拉開了房門，向他禮貌地點了點頭，用英語道：「她在上面等你。」

羅獵心中暗自感歎，龍天心的勢力真是龐大，連地中海的這座偏僻小島上也有她的手下，轉念一想也並不稀奇，從艾迪安娜將他們放在這座小島上可能就已經安排好了一切。

羅獵走入燈塔，將手中的傘遞給了老者，沿著螺旋形的狹窄樓梯一路向上。

羅獵對和龍天心的這場相遇並不意外，早在布拉格查理大橋看到自己畫像時，他就意識到龍天心應該想和自己會面，不過因種種緣故一直拖延到了現在。

龍天心站在燈塔的頂層，透過玻璃窗可以看到不遠處波濤洶湧的大海，她的心情也如波濤般起起伏伏，聽到房門被輕輕敲響，她意識到羅獵已經到了，輕聲道：「進來吧，門沒鎖。」

羅獵推門走了進去，看到一個身穿藍灰色長裙的曼妙身影，這背影輕易就勾起了羅獵對顏天心的回憶，羅獵知道這熟悉的美麗軀殼內包容的實際上是龍玉公主的靈魂，他的內心感到極度的不滿。

龍天心沒有回頭，輕聲道：「我知道你不想見我。」

羅獵道：「無所謂啊，既然還活著，總會有碰面的時候。」他環視了一下周圍，沒有看到一件傢俱，於是他只能站著：「你找我有事？」

龍天心道：「我當初並不是要丟下你，而是形勢緊迫，我來不及救你。」

羅獵心中暗自冷笑，龍天心說謊的本事真是越來越大了，沒有時間營救自己，卻有足夠時間盜走紫府玉匣，他無意拆穿龍天心的謊言，淡然道：「我不是好端端的。」

龍天心轉過臉來，打量著羅獵，明澈的美眸溢彩流光，羅獵發現她現在的裝扮分明在模仿顏天心，更何況她本來就擁有和顏天心同樣的外表。

羅獵道：「你知不知道自己是誰？」在他看來眼前的龍玉早已迷失了本性，她對顏天心外表的模仿包括現在的名字都源於她對自己某種程度的否認，她的性情應當存在著很大的矛盾之處。

龍天心道：「我是龍天心，我清楚自己要做什麼。」

羅獵道：「落到現在的境地，難道你還不明白，你無法隨心所欲地操縱一切，過去不能，現在不能，將來還是不能。」

龍天心幽然歎了口氣道：「這段時間我忍不住在想，如果我沒有再遇到你，也許事情不會變得如此糟糕。」

羅獵道：「怨天尤人？推卸責任？這好像不是你龍玉的性格。」

龍天心緩步來到羅獵的面前，深情款款地望著羅獵，卻遭遇到羅獵冷漠的目光，俏臉一黯，瞬間雙眸之中已經是淚光盈盈，這番楚楚可憐的模樣越發動人心魄，可在羅獵面前卻起不到絲毫的作用，龍天心顫聲道：「你知不知道，和你分開的這段時間我始終自責，無時無刻不在想著你。」

羅獵淡然笑道：「如果你覺得這樣說可以讓自己好過一些，我就聽聽。」

龍天心俏臉一冷：「羅獵，你以為我當真怕你不成？」

羅獵道：「你當然不會怕我，反倒是我應該害怕你。」

龍天心柔聲道：「你怕我什麼？怕我害你？還是怕我會拋下你不管？如此說來你心中還是在乎我的對不對？」她的聲音突然變得嬌柔婉轉起來，此女的多變可見一斑。

任她千變萬化，羅獵卻始終一如故往，以不變應萬變，漠然道：「如果你這樣認為，又何必非要裝扮成顏天心的樣子？」

龍天心道：「我知道你忘不了她，其實我何嘗不是一樣，最近我時常夢到她，夢到她和你過往的一切，我甚至開始懷疑自己到底是誰？我沒有要假扮成她，雄獅王粉碎了她的意識，毀掉了我的肉身，我和她都沒有選擇。」

羅獵道：「你有選擇！」

龍天心冷冷道：「當時的狀況下我的選擇只有你或者她，我不忍心傷害你，所以只能選擇顏天心。」

羅獵的目光投向窗外白浪滔天的海面，低聲道：「過去的事情再說也沒什麼意義，你也無需利用她來刺激我。」

龍天心道：「我上次雖然拋下你離去，可是這次我卻幫了你。」

羅獵皺了皺眉頭，她從來都把一切算得清清楚楚，做任何一件事都有她自己的目的。羅獵道：「昨晚的事根本就是一個圈套，巨輪並非明華陽的基地，你只是故意透露給我們一個假的線索，然後透露我們的消息，引明華陽的人前去。」

龍天心道：「如果我不是這樣做，又怎能追蹤到明華陽的秘密基地。」

羅獵心中一動，看來龍天心的目的已經達成了。

龍天心道：「無論你怎樣看我，在對付明華陽一事上，我們的目標是一致的。」

羅獵道：「我們昨晚差點就死在那條船上。」

龍天心道：「我不在乎你是不是相信我，昨晚那艘船和我無關，我也沒有想過要加害你們。」

羅獵道：「吳傑的事情你早就知道對不對？」

龍天心道：「他是個異能者，我知道他一直活著，可我也早已失去了他的音訊，即便是知道我也不在乎。」停頓了一下，她將一個四四方方的金屬塊遞給了羅獵，正是她在墜機之時帶走的紫府玉匣。龍天心道：「物歸原主。」

羅獵接過金屬塊，本來就屬於他的東西，他沒必要和龍天心客氣。

龍天心道：「你們的處境很危險，陸劍揚已經被解除了所有的職務被迫離開了基地，現在各方勢力都在尋找你們，我想你也沒有了更好的選擇。」

羅獵道：「沒有選擇，也不代表我要選擇跟你合作。」

龍天心道：「你是聰明人，不會意氣用事，我對你有信心。」

羅獵道：「你想要什麼？」

「我要明華陽死，我要將他的基地徹底摧毀。」

羅獵點了點頭道：「還記得你我之間的協議嗎？」

龍天心點了點頭，她當然記得，羅獵一心想要返回過去的時代，所以才同意與自己合作，看來他經歷了這一連串的事情之後仍然不改初衷。

羅獵道：「我還有一個條件，我要按照自己的方法來解決這件事，你和你的手下不得參與。」

龍天心居然爽快地答應道：「好！」

羅獵回到旅館，風雨依舊，林格妮和基恩正在休息區喝著咖啡，事實上在這樣的天氣裡也沒什麼地方好去，兩人沒多少共同語言，多半時間都是在望著窗外，羅獵帶著一身的潮濕氣息回到旅館的時候，林格妮馬上起身迎了過去。

羅獵笑道：「等我呢？」

林格妮道：「冒著這麼大的雨去會舊情人啊？」

羅獵忍不住笑了，林格妮應該猜到自己的去向，伸手捏了林格妮的鼻子道：「想多了你。」他朝仍然坐在窗前沙發上的基恩點了點頭，算是打了個招呼，然後攬住林格妮的纖腰擁著她返回了房間內。

關上房門，林格妮道：「身上都濕了，去洗個澡換身衣服，我把你這身衣服給洗了。」

羅獵道：「不急。」他將龍天心交給自己的資料遞給了林格妮：「你看看這裡面的資料。」

林格妮道：「去吧，千萬別感冒了。」

羅獵這才去洗澡。

林格妮來到電腦前讀取資料，她的表情漸漸變得凝重。

羅獵沖了個澡，換好衣服，找出自己和林格妮再次潛入浦江下找到的那個灰色匣子，如今龍天心已經將金屬方塊還給了自己，這兩樣東西在一起應該就是完整的紫府玉匣。

羅獵將浴缸放滿水，然後取出兩樣東西，很小心地將它們同時浸泡在水中，羅獵仍然記得當初紫府玉匣發射出的強光，所以他事先戴上了墨鏡並閉上雙目，以防雙目再次被灼傷。

兩樣東西入水之後並無任何的反應，羅獵小心將金屬塊放入灰色石匣之中，他對此抱有很大的期待，不過等了好久仍然沒有反應。

羅獵摘下墨鏡，仔細看著這兩樣東西，別說是發光，甚至連溫度都沒有絲毫的變化，他重新將兩者分開，正準備研究裡面有無其他奧妙的時候，聽到外面傳來林格妮驚喜的呼喊聲。

羅獵將東西收好，離開了浴室。

林格妮欣喜道：「找到了，終於找到了。」

羅獵並不意外，龍天心給他的這份資料應該沒有什麼問題，明華陽的這次主動出擊，讓他的實驗基地終於暴露。羅獵來到林格妮的身後看了看，低聲道：「波多黎各海溝？」

林格妮點了點頭道：「深度接近萬米的波多黎各海溝，不過明華陽的實驗基地只是距離海溝很近，而不是位於海溝以內。」

羅獵看到電腦螢幕上標出的三角，這三角正是百慕達三角的範圍，這一區域是當今世界上最神秘的區域之一，從古到今有無數的飛機輪船在這一帶的海域出事，和這裡的凶險和神秘相比，他們此前去過的愛奧尼亞海域根本不值一提。

林格妮道：「明華陽的基地位於一座島上，這座島在已知的地圖上並沒有任何的標注。」

羅獵道：「怎麼可能？現在的測繪手段不可能存在盲區吧？」

林格妮道：「同樣存在盲區，這裡靠近波多黎各海溝，和百慕達群島和大安德里斯群島都有一定的距離，這一區域有很強的電磁干擾，歷史上多起飛機和輪船的事故就發生在這個地方，所以現在海空航線都會規避這一區域，整個百慕達神秘區域共計有三百九十萬平方公里，而核心區域恰恰是這一百萬平方公里，一直被稱為禁區。」

羅獵心中暗忖這次龍天心該不會又設下圈套陷害自己？可轉念一想，龍天心這樣做似乎沒有任何意義，在對付明華陽一事上她應該是認真的。

羅獵想起今天吳傑一直還沒有出門，於是來到隔壁的房間，摁響門鈴之後，房門很快就打開了，吳傑這次沒有阻攔他進入房內。

羅獵道：「吳先生，您早！」

吳傑一言不發轉身回到椅子上坐下。

羅獵將一盤早餐放在他面前桌上：「我給您帶來了早餐，您先吃點東西。」

吳傑終於開口說話了：「不餓……」他的聲音就像被粗糙砂紙打磨過一樣。

羅獵心中有太多的問題想問他，可是千頭萬緒又不知應當從何處說起。

吳傑道：「我不是你要找的那個人，我想靜一靜。」

羅獵聽他又下了逐客令，只好站起身來，他低聲道：「我有很多話想對吳先生說，也只有吳先生才能明白。」

吳傑指了指房門，表情極其冷漠。

羅獵搖了搖頭，黯然向門口走去，拉開房門之前，他向吳傑道：「當年我們前往尋找紫府玉匣，從水中找到的只是一部分，還有一部分遺留在溫泉的泉眼之中，是一個灰白色的石匣子。」他以為這件事能夠引起吳傑的興趣。

可是吳傑漠然道：「跟我又有什麼關係？」

狂風暴雨肆虐了整整一天，羅獵下午去找吳傑的時候，房門緊鎖，敲門也無人應聲，羅獵找服務員要來門卡，卻發現吳傑已經人去樓空，房間的窗戶敞開著，他應當是從窗戶離開的，想起吳傑雙目失明，羅獵不由得為他感到擔心，他和林格妮、基恩三人冒著雨分頭去找，畢竟聖約翰島本身並不大，而且吳傑是個盲人行動不便，現在港口因為暴風驟雨的緣故沒有一艘船出海，由此推斷吳傑應該仍然在島上。

可是他們找遍了這座小島仍然沒有找到吳傑的下落，在夜幕降臨的時候，只能回到了旅館，旅館的服務員在整理房間的時候發現地板上被人用利器刻了兩個小字——忘我！

服務員不認得中文，即使認識也不會覺得這兩個字有什麼特別的意義，在他的理解就是損毀財物應當賠償。

羅獵看到這兩個字馬上意識到吳傑是寫給自己看的，在他和奈米人決戰之時，吳傑就已經對他做出了提醒，讓他放下心中的束縛，唯有這樣才能激發起自身的潛力。

羅獵記得吳傑說過的一句話——我不是你要找的那個人，等於否認了他是吳傑，而現在又留下了這兩個字，難道是在暗示自己一切都已經改變，他不再是吳傑，而自己也不再是羅獵。

林格妮安慰羅獵道：「相信吳先生吉人自有天相。」

羅獵倒不是為吳傑擔心，他雖然認識了吳傑那麼久，可是對亦師亦友的這位故人始終談不上真正的瞭解。吳傑的身上擁有著太多的秘密，再加上他孤僻的性情，從不向人主動袒露心跡，這個世界上應該無人能夠真正走入他的內心。

羅獵思索這兩個字，忘我！吳傑在提醒自己要揮別過去，他早已不再是過去的羅獵。

夜色深沉，窗外仍然狂風怒號，林格妮從夢中醒來，看到羅獵坐在窗前，默默望著外面，從落地窗只能看到遠方燈塔上的燈光，一道閃電照亮了室內，也照亮了羅獵深沉失落的面龐，此刻林格妮眼中的羅獵是孤獨的。

一連串的悶雷過後，室內重新陷入黑暗中，羅獵輕聲道：「醒了？」

林格妮嗯了一聲，繫好睡衣來到羅獵的身後，從身後將他擁住，柔聲道：「有心事？」

羅獵道：「其實一切都已經改變了，包括我自己。」他抿了抿嘴唇道：「我可能永遠都回不去了。」

林格妮從身後抱住羅獵，俏臉貼在他冰冷的面頰上，平日裡堅強無畏的羅獵此時顯得如此落寞無助，從她的私心出發是希望羅獵和自己永不分開的，可是上天留給她的時間已不多，林格妮不怕死，在遇到羅獵之前，她早已做好了充分準備，隨時準備迎接死亡，可是她現在卻開始害怕這一天過早到來，如果自己離開了，羅獵怎麼辦？他豈不是要孤零零活在這世上，他的心事又能向誰去訴說？

「一定有機會的，理論上完全可以實現，我知道有關部門正在著手研究。」

羅獵輕輕拍了拍林格妮的俏臉：「我沒事。」他想起父親當年曾經警告過自己，千萬不要嘗試去改變已經發生過的歷史，現在回想起來父母在穿越時空返回過去的時候，已經改變了歷史，而自己的出生更是違背了他們的時空法則，也許從那時起歷史已經改變。

自己利用九鼎打開時空之門，又誤入二十一世紀的今天，等於在過去和現在之間兩次打開了時空通道，這樣的做法必然會引起一系列的時空效應。隨著他來到這個時代的時間越久，他也瞭解到許許多多的現代科學理論，其中有一個平行時空的理論更是讓羅獵觸目驚心。

根據量子理論，一件事件發生之後可以產生不同的後果，而所有可能的後果都會形成一個宇宙，而此類宇宙可歸屬於平行宇宙，因為這類宇宙所遵守的基本物理定律依然和通常所認知的宇宙相同。

時間的不同後果造成了不同的宇宙，分別運行在屬於自己的時間軸上，互相平行地進行著。而每個宇宙的物質和所遵守的物理定律都一樣，但是事件的發生卻不是相同的。可以拿樹狀圖做比喻，當時空進行到一個原因事件支點時，就會有幾個分岔支線，通往不同的事件結果，而平行宇宙理論裡，事件支點和分岔支線是無窮多個的，所以造就了無窮條的時間軸，也就有無窮多個不同的宇宙在進行中。

林格妮對平行宇宙的理論瞭解得要比羅獵更加深刻，她能夠瞭解羅獵痛苦和彷徨的根源，就算是能夠造出回到過去的時光機，再次開啟一條時光通道，羅獵未必能夠找到原來屬於他自己的宇宙。

林格妮道：「我會陪著你直到你找到回家的路……」

黎明時分風聽雨歇，羅獵三人來到碼頭，找到一艘名為光明號的遊艇，這艘遊艇是龍天心事先安排，這艘遊艇會將他們送往亞平寧半島，根據羅獵和龍天心的約定，龍天心不會對他的行動進行任何干涉。

陽光驅散了空中殘存的烏雲，海天一色，澄澈通透的如同藍寶石一樣，羅獵在躺椅上曬著太陽，基恩來到他左邊的椅子上坐下，基恩道：「這船開往什麼地方？」他剛剛問過船長，可是船長並沒有理會他。

羅獵道：「熱那亞。」

基恩點了點頭：「我猜就是那裡。」他向羅獵湊近了一些，神神秘秘道：「你們接著去什麼地方？」

羅獵道：「你的好奇心很重，可有些事還是不知道的好。」

基恩訕訕笑了起來：「我以為我們已經是朋友了，畢竟我們有過出生入死的經歷，我們還是世交，你是不是應該坦誠一些？」

羅獵道：「回國。」他並不想基恩繼續隨同他們一起冒險，基恩顯然並不具備他曾祖父那種無畏的精神，如果說有超越阿諾的地方就是對金錢的渴望。

基恩看了看左右，然後小聲道：「我猜你們是特工對不對？」

羅獵沒有搭理他，閉上眼睛裝成已經睡著的樣子。基恩看到羅獵這樣，也覺得無趣，搖了搖頭，他並不喜歡這熱辣辣的太陽，決定從羅獵的身邊走開，途經廚房的時候，看到林格妮正在裡面忙碌，積極準備著午餐，基恩推開廚房的房門走了進去，陪著笑臉道：「林小姐，忙著呢？」

林格妮道：「有事？」

基恩道：「也沒什麼要緊事，就是進來看看有沒有我能幫上忙的。」

林格妮道：「有什麼好看？別礙事。」

基恩道：「我聽羅先生說咱們是去熱那亞。」

林格妮頓時警覺了起來：「基恩，我忙著呢，回頭再說。」

基恩道：「其實……其實我是想說，你們以後需不需要我幫忙，我很想加入你們。」

林格妮笑了起來：「這事兒我說了不算，你去找羅獵，你們不是世交嗎？」

基恩道：「別提什麼世交，他根本不樂意搭理我。」

林格妮道：「給你一個忠告，再多的錢也不如性命重要。」

基恩愣了一下，然後嘿嘿笑了起來：「我就是那麼一說，嘿嘿，我還是留著命去多喝點酒。」

熱那亞是著名航海家哥倫布的故鄉，熱那亞是義大利最大的港口，是地中海沿岸僅次於馬賽的第二大港。北面有利古亞亞平寧山脈，有一系列山隘與波和平原相通。

遊艇順利抵達熱那亞之後，眾人分道揚鑣，或許是聽從了林格妮的奉勸，基恩再也沒有提出加入他們冒險的請求。

羅獵和林格妮並沒有在這座城市做太多的停留，直接購買了機票，經由哥倫布機場飛往百慕達國際機場。

對羅獵和林格妮而言，真正的考驗卻是旅途的後半程，從斯特大衛斯島前往龍天心提供的位置，需要他們自行前往，沒有任何的公共交通工具。

其實龍天心本來願意提供給羅獵所需要的一切，卻被羅獵毫不猶豫地拒絕，因為羅獵對龍天心缺乏起碼的信任，他不想龍天心過多的介入這次的計畫。

抵達百慕達的當天，他們入住在漢米爾頓的一家旅館，兩人此前都沒有到過這裡，這座被稱為首都的小城比他們想像中更加袖珍。他們的目的並不是前來旅遊，這裡過去曾經是軍事基地，雖然是小城，卻擁有規模很大的造船廠。

距離旅館不遠的地方就是碼頭，沿著碼頭向西海岸線步行一公里左右就到達了造船廠，這座造船廠的前身是皇家海軍造船廠，後來改為民用，事實上這裡很多的民用設施都是從軍事轉變而來。

兩人挑選了一艘二手遊艇，林格妮經過一番討價還價最終以四十萬美元的價格將之買下，接下來就是長達一周的改裝工作，雖然遊艇本身的狀況良好，可是他們畢竟要深入百慕達的核心區域，必須針對核心海域可能發生的種種問題進行改造。

這段時間可以用花錢如流水來形容，林格妮不得不動用陸劍揚給她提供的秘密帳戶。

賦閑在家的陸劍揚很少出門，因為他不想引來不必要的麻煩，雖然如此，還是有麻煩找上了他，他再次被傳召去了基地，陸劍揚途中已經考慮了種種可能，他首先否定的就是基地會重新啟用自己。

走入那間昏暗的辦公室，房間內充滿了雪茄的味道，將軍道：「坐！」從他的語氣，陸劍揚意識到他的心情還不算差，忐忑的心情稍稍安定了一些，他在沙發上坐下，暗處的將軍抽了一口雪茄，黑暗中煙火明滅，他低聲道：「休息得怎麼樣了？」

陸劍揚的唇角露出一絲無奈的笑，他可不是休息，雖然沒有正式通報，可事實上他已經被停職了，陸劍揚道：「還好！」

將軍道：「最近林格妮有沒有跟你聯絡過？」

陸劍揚道：「將軍，我一直都在家裡，這段時間我沒有和他們聯繫過，他們也沒有主動聯繫過我。」他說的全都是事實，他相信將軍也清楚這一點。

將軍道：「看來他們比我們預想中要狡猾。」

陸劍揚心中暗忖，我提醒過你，針對他們的行動不可能成功。

將軍道：「我重新考慮了你的建議，我已經暫時停止了針對他們的行動。」

陸劍揚詫異地望著將軍，沒有人比他更清楚將軍的固執，一旦他做出的決定很少會有更改，這次究竟是什麼讓他改變？

將軍道：「我已經掌握了他們的下落。」

陸劍揚道：「這些應該是基地的秘密，將軍沒必要告訴我。」

將軍道：「劍揚，你當真打算放棄了？」

陸劍揚道：「將軍，真正的隱患是明華陽，唯有找到這個人才能根除隱患。」

將軍道：「你去A〇八室，見到她你就明白了。」

陸劍揚愣了一下：「將軍讓我見的是什麼人？」

將軍道：「你去吧，晚上我們一起吃晚餐。」

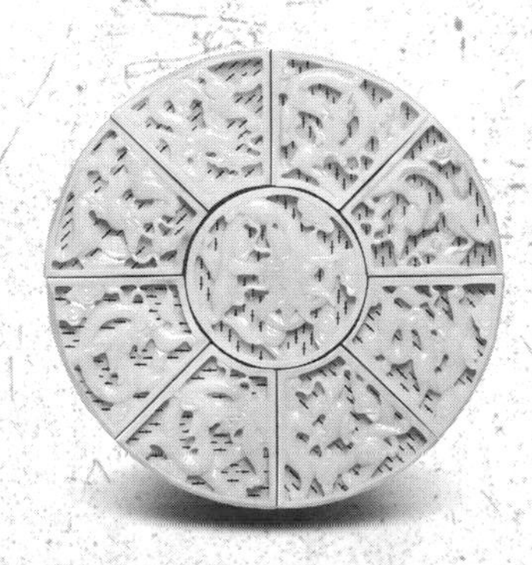

第七章

不同的軌道

同一個方向，卻處在不同的軌道，彼此之間永遠不會產生交集。
吳傑留給自己那兩個字不是沒有原因的，他雖然眼睛看不到，
可是比自己更明白更清楚，他對一切早已喪失了興趣，
他的世界沒有光明。

陸劍揚帶著滿心的迷惑來到了A〇八房間，這是基地諸多的會客室之一，陸劍揚敲了敲房門，推門走了進去，當他看清房間內坐著的客人之後，心中不由得一震，因為出現在他面前的竟然是龍天心。

獵風科技的龍天心已經排在基地通緝名單的第一位。

龍天心雙目望著陸劍揚，唇角帶著淡淡笑意：「陸主任，是不是很意外？」

陸劍揚道：「龍小姐這次是主動投案，爭取寬大處理？」

龍天心咯咯笑道：「我觸犯了哪門子的法律？我已經向將軍說明了此前發生的一切，將軍對我的處境深表同情。」

陸劍揚在龍天心對面坐下：「龍小姐好像忘記了自己做過的事情。」

龍天心道：「那些小小的犧牲和國家利益相比根本不值一提，陸主任應該比我更清楚這一點。」她話鋒一轉道：「我這次來是尋求合作的。」

陸劍揚已經明白了，龍天心如此淡定，在自己的面前談笑自如，看來在自己來基地之前她應該已經和將軍達成了協議，如果是為了摧毀天蠍會，抓住明華陽，基地做出一定程度的退讓也是可以理解的，只是在陸劍揚看來，龍天心的威脅絲毫不次於明華陽。

陸劍揚道：「龍小姐可能找錯了人，我最近都處於休假期，基地的事務已經交給了其他人負責。」

龍天心道：「除了陸主任，別的人我都信不過。」

陸劍揚道：「龍小姐看來要失望了。」

龍天心道：「羅獵和林格妮人在百慕達，他們正在為前往明華陽的秘密實驗基地而準備。」

陸劍揚微笑道：「我和他們沒有聯繫，他們做什麼事我也沒有任何興趣。」

龍天心道：「他們的資金從何處而來？」

陸劍揚哈哈笑道：「你該不是懷疑我吧？我就算想幫他們也沒那麼多錢。」

龍天心道：「他們動用了一個秘密帳戶，這個帳戶屬於某個神秘的基金會，追根溯源，基金會是麻老太太生前創辦的，你是具體的籌辦人，我想基地方面還不知道這件事吧？」

陸劍揚內心一沉，此女果然厲害，竟然從這件事追根溯源查到了自己身上。

龍天心道：「陸主任高瞻遠矚，從一開始就意識到基地可能會對這次的行動持有不同意見，所以你從計畫之初就劃清了他們和基地的界限，可是**這世上沒有真正的秘密，只要做過就會留下蛛絲馬跡**。」

陸劍揚道：「龍小姐大可去公佈這件事。」

龍天心道：「沒那個必要，羅獵和林格妮雖有些能力，但單憑著他們兩個恐怕還無法對抗明華陽及其背後龐大的天蠍會。我這次來冒著很大的風險，我和將軍達成了協議，由我們合作成立一支突擊隊，前往百慕達摧毀明華陽的基地。」

陸劍揚從她話中覺察到了什麼，低聲道：「是不是羅獵不肯與你合作？」

龍天心道：「我對他現在的能力做過完整的評估，他和林格妮根本沒可能擊敗明華陽。」

陸劍揚道：「我對你的提議沒有興趣。」

龍天心道：「不妨先看看基地派出的隊員名單。」她將名單遞給了陸劍揚。

陸劍揚看到那份名單之後，臉上瞬間充滿了憤怒，因為名單上他看到了自己兒子陸明翔的名字，非但如此還有麻燕兒，陸劍揚將名單重重摔在龍天心面前的桌上：「你根本就是要脅！」

龍天心道：「不是要脅，這份名單是基地方面提供給我的，這是一次探險和考古，連他們自己都不知道真正的任務是什麼。」

陸劍揚怒視龍天心，他的雙目中就快噴出火來。

龍天心道：「其實這次的合作對你們並沒有什麼損失，我答應將軍，在除掉明華陽之後，我會提供給你們一份秘密名單，這份秘密名單上有接受過基因治療的所有人。我還會銷毀所有的母液，這就免除了你們的心頭大患，陸主任一直不就致力於這方面的工作嗎？」

陸劍揚沉思了好一會兒方才道：「我可以答應跟你合作，不過，我有個條件，必須讓明翔和燕兒和這次的事情劃清界限。」

龍天心歎了口氣道：「你還不明白，提供名單的不是我。」

牛排煎得很好，可陸劍揚卻沒有絲毫的食欲，看了看對面的將軍，暗淡的燈光下熟練地切割著三成熟的牛排，餐刀切過，流出殷紅色的血，將軍將流血的牛排塞入口中，然後端起酒杯喝了一口酒，很愜意地閉上了眼睛：「我已經很久沒那麼踏實地吃過飯了。」

陸劍揚道：「將軍信任她？」

將軍反問道：「你以為我應當信任她嗎？」

陸劍揚道：「將軍一定有自己的打算。」

將軍道：「龍天心是什麼人我清楚，可目前這種狀況下，我們想要處理這場危機，唯有與她合作，別無選擇。」

陸劍揚道：「將軍想讓我做什麼？」其實他心中早就明白將軍有什麼盤算。

將軍道：「我想讓你全盤負責這次的行動。」

陸劍揚點了點頭道：「既然將軍信得過我，我也不好再推辭，只是明翔和燕兒都和我關係親密，好像不符合基地的親屬規避原則。」

「規則都是人訂的，你兒子已經不是基地的人，我也沒有讓他參加的意思，他是軍方推薦的人選，你知道的，在用人方面，一看能力，二看推薦，三還要看他們自己的意願，其實舉賢不避親，你也不用想太多，至於麻燕兒，她也是自願報名。」

將軍將酒杯放下，陸劍揚拿起酒瓶為他斟上紅酒，將軍道：「劍揚，鵬飛也參加了特別行動組。」他口中的沈鵬飛是他的大兒子。

「我之所以請你回來負責，其實還是存著一定的私心，鵬飛的性子你也知道，除了你沒有人能夠鎮得住他。」

陸劍揚回到家的時候看到兒子已經在等著他，陸明翔上前接過父親的公事包，笑道：「爸，聽說您官復原職了。」

陸劍揚皺了皺眉頭，不由得想起了少年不知愁滋味這句話，這孩子只看到了表面，卻不知背後經過了一番怎樣的博弈，他解開外套，陸明翔又過來幫他拿起掛好，這小子明顯有獻殷勤的意思。

陸劍揚道：「有什麼話想對我說？」

陸明翔道：「爸，我已經報名參加了特別行動組，這次燕兒也會去。」

陸劍揚道：「你主動要求的？」

陸明翔點了點頭。

陸劍揚不再說話，陷入長時間的沉默中。

陸明翔來到父親身邊坐下：「爸，我知道您擔心我，可是我也總不能永遠活在您的庇護之下，讓我出去闖一闖，見識一下，您不早就有這樣的打算？」

陸劍揚知道這次的事情已經成為定局，他歎了口氣道：「我答應擔任這次行動的總指揮。」

「太好了！」陸明翔激動道。

陸劍揚道：「你可不可以說服燕兒退出這次的行動？」

陸明翔猶豫了一下，望著父親道：「爸，其實……最先報名的是燕兒。」

遊艇離開百慕達，在這樣風平浪靜的日子裡，海況良好，林格妮乾脆將遊艇設定在自動駕駛的模式，羅獵剛釣了一條金槍魚，正在處理他的戰利品。林格妮赤著一雙雪白的美足來到他的身邊，驚歎道：「好大的一條魚。」這條金槍魚重量超過了二十斤。

羅獵笑道：「有海鮮可吃了。」

林格妮幫忙將羅獵處理好的魚送入冰櫃，他們的這次航程頗為順利，根據近期的海洋天氣預報，最近一段時間都沒有颱風和暴雨，林格妮道：「這麼美的地方，怎麼看都不像是魔鬼地帶。」

羅獵道：「凡事不能只看表面，這些年失蹤了那麼多的飛機和輪船可都是事實。」

林格妮指著前方一片黑色的島礁道：「過了那片島礁，就進入核心區了。」從他們的位置望去，核心區的海面和周圍並沒有任何不同，同樣的純淨，同樣的湛藍。

羅獵道：「從現在開始打起十二分精神。」

林格妮笑道：「跟你在一起我永遠都有精神。」

羅獵將魚竿收起，林格妮登上瞭望台，利用望遠鏡觀察周圍海面，目前雷達上並沒有發現任何異狀，不過在過去關於百慕達的種種傳聞讓林格妮不敢怠慢，飛機船隻到了這一區域雷達會失去效用，甚至動力引擎會離奇地出現故障。

直接觀察有助於發現附近海域的可疑目標，也是最可靠的手段。

林格妮並沒有發現任何異狀，她聞到香煙的味道，低頭望去，卻見羅獵坐在船尾處點燃了一支煙，還是到百慕達之後，羅獵突然抽起了煙，林格妮雖然很喜歡羅獵抽煙酷酷的樣子，可是她又知道抽煙有害健康：「過去沒見你抽過煙。」

羅獵笑了笑將剛抽了一口的香煙掐滅：「戒了，只是那天突然看到這個牌子，於是想感受一下熟悉的味道。」

林格妮道；「你是個念舊的人。」

羅獵覺得她有些一語雙關，輕聲道：「如果你不喜歡，我以後就不抽了。」

林格妮笑道：「你抽煙的樣子很帥，我蠻喜歡的，不過抽煙有害健康。」她沿著舷梯爬了下來，來到羅獵的身邊坐下，聞著他身上還沒有來得及散去的淡淡煙草味道，柔聲道：「這樣更有煙火氣息，更真實。」

羅獵哈哈笑道：「我從來也不是一個不食人間煙火的神仙。」

林格妮將一雙修長的美腿在甲板上伸直，舒展了一下雙臂道：「你說龍天心會不會信守承諾？」

羅獵搖了搖頭道：「應該不會，她從來都不是一個守信之人。」

林格妮笑道：「那你還相信她？」

羅獵道：「相互利用吧，無論她有怎樣的目的我都不感興趣，我們這次為的是剷除明華陽，摧毀他的邪惡基地，還有就是……」他凝望了林格妮一眼，林格妮頓時明白了他的意思，將頭枕在他的肩上。

羅獵道：「我相信明華陽一定有辦法。」林格妮的生命只剩下一年不到的時間，在諸般嘗試已經沒有可能之後，現在最大的希望就在明華陽的身上，解鈴還須繫鈴人。

林格妮小聲道：「羅獵，答應我一件事。」

「你說。」

「如果有人用我的生命做要脅，你不可以屈服。」

羅獵微笑道：「我的腦子裡就沒有這兩個字。」

林格妮緊緊握住羅獵的手，她決不允許羅獵為自己失去自尊，如果真有那樣的一天，她會比失去生命還要痛苦。

遠方突然出現了三個黑點，小黑點加速向遊艇靠近，兩人同時站了起來，林格妮用望遠鏡望去，發現朝著他們包抄而來的是三艘快艇，每艘快艇上都有四名全副武裝的男子，他們的臉上塗著黑色的迷彩。

「海盜！」林格妮馬上做出了判斷，她轉身去取狙擊槍，盡可能在三條快艇接近他們之前將危險清除，畢竟這是在大西洋深處，要避免一切可能的損失。

林格妮端起狙擊槍瞄準了其中一艘快艇，扣動扳機，子彈倏然射了出去，這一槍準確擊中了那艘快艇的油箱，蓬的一聲，油箱發生了爆炸，快艇在爆炸中四分五裂，快艇內的四名歹徒在火光中飛上了半空。

林格妮的這一槍起到了成功的震懾作用，剩下的兩艘快艇頓時放慢了速度，這些歹徒對遊艇上的武裝力量顯然缺乏準確的估計。

羅獵從望遠鏡中看到對方明顯減緩了速度，他笑道：「什麼人都敢出來搶劫。」

林格妮利用瞄準鏡鎖定了第二艘快艇，不過她並沒有馬上開槍，只要對方知難而退，她也沒有趕盡殺絕的必要。

剩下的兩艘快艇雖然放慢了速度，可是並沒有放棄搶劫遊艇的打算，林格妮從瞄準鏡中看到，其中一名歹徒從船艙內拿起了一支火箭筒，林格妮暗罵這群海盜不知死活，準備開槍射殺這名歹徒的時候，卻突然發現那兩艘快艇下方的水翻滾起來。

原本已經扛起火箭筒的歹徒也放棄了攻擊，幾名歹徒向下望去，不知海面下發生了什麼狀況，就在此時，一個巨大的漩渦在快艇下形成，原本平靜的海面下突然冒升出一頭體量巨大的鯊魚，鯊魚張開血盆巨口，一口就將前方的快艇吞了下去。

剩下的那艘快艇嚇得開足馬力向遠方逃去，在快艇的後方，巨鯊全力追逐，三角形的背鰭在海面上劃出一道筆直雪亮的水線。

林格妮放下狙擊槍，迅速回到駕駛艙內，將自動駕駛模式轉換為手動，遊艇瞬間達到了最大速度，向百慕達核心區駛去，雷達螢幕上掃描出那巨鯊的大致形態。巨鯊的身長甚至超過了他們的這艘遊艇，還好巨鯊的注意力已經被海盜的快艇吸引，忽略了他們的存在。

直到雷達螢幕上再也看不到巨鯊的身影，林格妮方才鬆了口氣，她向靠在門前的羅獵道：「看來真要打起精神了，我從沒有見過那麼大的鯊魚。」

羅獵道：「恐怖片裡面不是經常有。」他想起過去前往摧毀黑堡的途中，曾經遇到了一頭大得驚人的海怪，如果和那頭海怪相比，這條鯊魚根本算不上什麼，希望他們的這趟旅程不要遇到這麼恐怖的生物。

林格妮放出了一架無人機，無人機從空中可以優先偵查到遊艇周圍的狀況，雷達的信號一直都非常穩定。他們在來此之前將核心區從外到內畫成了三層區域，目前還處於外層的範圍內。

無人機在周圍進行了二十分鐘的盤旋搜查，然後重新回歸到遊艇甲板上。

羅獵負責監視雷達上的信號，林格妮則根據無人機搜集的資料進行分析，到目前為止，除了他們遇到的那條鯊魚，還沒有發現任何的異常狀況。

夜幕漸漸降臨，林格妮道：「你去休息，我來值班。」

羅獵道：「還是你去吧，最近我總是睡不著。」

林格妮堅持道：「你先去，六個小時後我叫醒你接替我。」

羅獵拗不過她，只能先去睡了，睡夢中又回到當初啟動九鼎的那一刻，風九青的笑聲出現在他的耳邊——你敗了，你徹徹底底的敗了……羅獵當時並不明白這句話的真正含義，現在開始意識到自己真的敗了，逆時針啟動星空之門，順時針打開時空之門，無論自己怎樣選擇，其結果都是對未來走向的改變。他甚至開始懷疑，如果當時自己並沒有去觸碰九鼎，那麼一切或許不是這個樣子。

睡夢中彷彿看到風九青在向自己得意的大笑，時而她又變成了母親的樣子。

羅獵提醒自己要醒來，儘快醒來，然而夢中的他就像是一個溺水的人，越沉越深，無論怎樣掙扎，都無法從夢中清醒過來。他看到了葉青虹和兒女的身影，想要靠近，腳下的地面卻逆向轉動，無論他怎樣努力，距離家人卻越來越遠。

他大聲呼喊著希望能夠引起家人的注意，可他卻發不出聲，他和家人之間隔著一道無形的屏障，看得到卻無法接近，他甚至能夠看到家人身邊四季變換，聽得到時間流逝的聲音，看到他們長大變老，羅獵發出一聲驚恐的大吼，這聲吼叫讓他清醒過來，他從床上坐起，周身全都是冷汗。

林格妮也被他的這聲大叫驚動了，第一時間衝入了艙內，羅獵大口大口喘息著，臉色蒼白額頭上佈滿了黃豆大小的汗珠。

林格妮關切道：「做噩夢了？」

羅獵點了點頭，林格妮給他倒了杯冰水，羅獵接過，咕嘟咕嘟喝了下去，冰水入肚之後，感覺頭腦清醒了一些，他低聲道：「我去洗個澡。」

林格妮點了點頭，羅獵只不過才睡了兩個小時。

夜晚的海比白天還要平靜溫柔，海面沒有一絲風，如果不是特別留意幾乎聽不到海浪的聲音，這樣的寧靜讓人從心底感到有些沉悶。

羅獵洗澡後並沒有去駕駛艙，他來到船尾，點燃了一支煙，在他啟動九鼎的時候已經改變了歷史的軌跡，這是一個不爭的事實，想要在無數道軌跡中找到原點，其難度不次於大海撈針。

人對於未知總會存在著一種莫名的恐懼，回頭看自己當年所面臨的兩個選擇，如果按照風九青的指引逆時針打開星空之門，那麼自己仍然留在當時的時代，自己和家人應該不會分開，可未知的天外生命或許就會通過這扇門進入地球，摧毀地球的文明毀滅他們的世界，這只是一個假設。所以自己選擇順時針打開時空之門，在自己打開時空之門之後，自己來到了百年之後的未來，他的行為已經給歷史造成了改變。

父親植入他體內的智慧種子擁有不少的記憶，羅獵將這些記憶和現實社會對照，發現了許許多多不相符的地方，這讓他開始懷疑自己進入的並不是父母原來所在的那個時空。

同一個方向，卻處在不同的軌道，彼此之間永遠不會產生交集。就如船頭的燈光，光束在行進的過程中不斷擴展，是自己的行為讓未來的歷史從時空之門打開的剎那產生了無數種可能。

吳傑留給自己那兩個字不是沒有原因的，他雖然眼睛看不到，可是比自己更明白更清楚，他對一切早已喪失了興趣，他的世界沒有光明。

龍天心則是另一個極端，她對曾經生存的時代沒有感情，只有憎惡和仇恨。這樣的兩個人對過去是毫無留戀的。

「羅獵！」林格妮的呼喊聲打斷了他的沉思，羅獵熄滅了煙，快步進入駕駛艙內，林格妮指了指雷達，雷達上的圖像變得模糊，ＧＰＳ導航也失去了信號，他們對此已經有了充分的思想準備，早就料到在進入白慕達核心區之後可能會遭遇到這樣的狀況。

他們有備選的方案，遊艇上裝置了傳統的羅盤和導航儀，在電子儀器失靈的狀況下，這些已經老掉牙的古董卻起到了意想不到的作用。不過這也應當只是暫時的，隨著對核心區的深入，磁場可能會讓羅盤和導航儀失靈。

幸運的是，這種狀況並沒有馬上發生，在羅盤的引導下，遊艇向他們的目的地不斷靠近。

黎明時分海面上突然出現了大片的濃霧，他們的羅盤也因為干擾而失效，林格妮從磁力檢測儀的指數判斷出，附近有巨大的磁場，現在他們已經完全失去了導航，不過距離他們此前設定的目的地應該還有一百海浬左右的距離，看不到太陽，就連手錶的指針也發生了停擺現象。

林格妮放慢了行進的速度，欲速則不達，現在最好的應對方法就是等到太陽出來後判斷方向繼續前進。

羅獵站在船頭用肉眼觀察著前方的海域，突然他大吼道：「停船，停船，前面有情況！」

林格妮慌忙停船，遊艇完全停止行進，距離前方的山崖只剩下不到五米的距離，林格妮花容失色，如果不是羅獵及時發現前方的狀況，恐怕他們的遊艇已經撞在了山崖上。

這是一座島嶼，就這樣極其突兀地出現在了他們的眼前，這座島應該不是龍天心提供給他們的目標島嶼。

林格妮落下船錨，他們原地等候了兩個小時，太陽出來了，籠罩在周圍的濃霧開始消散。他們抬頭望去，這座島嶼的海拔要在兩百多米，他們面前的懸崖猶如一道屏障，阻擋住了從南邊照射來的陽光，在另外一面是島嶼的斜坡，林格妮展開紙質地圖，從地圖上推算出他們現在大概的位置，在這片區域並沒有標記任何的島嶼。

林格妮道：「地圖上沒有這座島的記載，從這裡往東北方向九十海浬左右就是龍天心提供的明華陽的秘密基地所在。」

羅獵道：「這座島是什麼地方？」

林格妮道：「不清楚，不過……」她的目光投向前方，在距離他們落錨處七百米左右的地方，有一艘鏽跡斑斑的損毀貨輪擱淺在那裡，從貨輪的侵蝕情況可以看出遭遇事故已經有很多年了，或許這艘貨輪就是諸多在百慕達失蹤船隻的一員。

只是一會兒的功夫，漆黑如墨的烏雲宛如海潮一般從大邊席捲而來，風明顯大了許多，羅獵道：「好像要有風浪了。」

林格妮道：「我們暫時不要前進，船隻尋找避風的一面安全一些。」他們的遊艇雖然性能不錯，可畢竟船身噸位有限，如果在惡劣的大氣下堅持行進恐怕會遇到危險。

羅獵點點頭，林格妮趕在風雨來臨之前起錨，駕駛遊艇從島嶼的南面繞過，來到島嶼的北側，這座島嶼的北面地勢相對平緩，擁有一個月牙形的天然港灣，南邊近乎垂直的懸崖可以阻擋從南面吹來的暴風，林格妮將遊艇駛入港灣內。

島嶼的上方雖然雲層聚集，可一時間並沒有下雨，原本平靜的大海已經改變了溫柔的面孔，海浪一浪高過一浪。

羅獵和林格妮將遊艇停好之後，他們下了船，月牙形港灣的周圍都是美麗的白色沙灘，沙質細膩，潔白如玉，原本湛藍色的海水因為天空烏雲的映照此時已經變成了墨藍色，越發映襯得沙灘白得耀眼。

沿著沙灘往島嶼的頂峰遍佈形形色色的植被，羅獵和林格妮決定上岸看看，兩人準備好行裝走入樹林，發現了大片的香蕉林，林格妮挑選了一把成熟的香蕉，分給羅獵一半。

羅獵發現樹林中一具保存完好的石像，雕刻談不上精美，從外形上看應該是太陽神，因為年代久遠，再加上風吹日曬雨淋，雕像風化嚴重，不過足以證明這裡應該有人類生活。

林格妮道：「島上可能有人。」

羅獵道：「應該有水源在附近。」茫茫大海上，如果島嶼缺乏淡水是不可能提供給人類長期居住的條件的。

謹慎起見兩人都啟動了奈米戰甲，不僅僅應對可能存在的敵人，同時也是為了防止叢林中密集的蚊蟲。羅獵走在前面揮刀開路，進入樹林二百米左右的地方，看到了淹沒在草叢中的石階，石階沿著山坡蜿蜒向上。

林格妮利用望遠鏡觀察了一下山上，看到半山腰的地方有一座黑乎乎的建築，建築應該是用石塊堆砌而成，雖然望遠鏡能夠看到，可是想要走到那個地方至少也需要一個小時。

林格妮道：「那上面好像有字啊！」

羅獵接過望遠鏡，將半山上的建築放大，看到建築的入口處果然有一個字元，那符號像極了夏文中的水字，羅獵心中有些奇怪，這裡怎麼可能有中華的文字？難道只是湊巧相似的字元？他本來並沒有想繼續前進的心思，可現在因為看到這個字元卻產生了一探究竟的想法。

林格妮猜到了他的想法，提議道：「不如我們上去看看！」羅獵點了點頭，兩人沿著階梯向島嶼的頂部走去，走了沒多遠，階梯就已經損毀中斷，道路也變得難走了許多，再加上周圍都是茂密的叢林，樹蔭遮天蔽日，看不到周圍的狀況。

雨遲遲沒有落下，風卻大了許多，海風吹過叢林，舞動樹冠，發出如同海濤般的低沉呼號。

前行半個小時後，他們的前方出現了一道長達十米的裂縫，裂縫直通海底，那座建築物就在裂縫的另外一邊，擁有了奈米戰甲的幫助，跨越這樣的距離對他們來說算不上難事，兩人先後越過裂縫。

那座黑色的建築就孤零零地矗立在裂縫邊緣，羅獵來到建築的大門前，仔細觀察了一下門上的字元，確定是夏文中的水字無疑，不過除了這一個文之外，建築的外面再也看不到其他的字元，四壁倒是刻有不少的浮雕，林格妮很快就做出了判斷，這些浮雕和古馬雅金字塔上的浮雕風格相同，從浮雕的表述上可以推測出這座建築應當是一座神廟。

在神廟門前羅獵撿到了一把折斷的軍刀，軍刀上面遺留的文字能夠看出這把軍刀的鍛造年代應該在五十年前，也就是說在他們之前已經有人造訪過這裡。

進入大門，是一條長長的甬道，光線頓時黯淡了下來，此時外面狂風呼嘯，大雨終於落了下來，兩人走入神廟的甬道，甬道的四周遍佈精美的浮雕，因為甬道的內部可以避免風吹日曬雨林，所以這裡的浮雕保存也相對完整。

甬道傾斜向下，狂風暴雨從外面捲入，很快就匯成了小溪，雨水形成的小溪沿著甬道兩側的排水溝向前流動，在甬道五十米處的地方有一道石門，兩人在石門旁邊的浮雕上找到了開關，羅獵摁住人面浮雕的左眼，只聽到轟隆隆聲響傳來，石門緩緩向上升起。在他們的前方出現了讓人震撼的景象，腳下就是萬丈深淵，對面一道氣勢磅礴的瀑布宛如銀河飛流直下，落入下方的深淵，一道拱橋凌駕在對面的山崖和他們所在的地方，抬頭望，上方可以看到三角形的天空，難怪他們從外面看不到裡面的狀況，實際上神廟的甬道是進入島嶼內部山洞的入口。

此前他們乘坐遊艇來到島嶼旁邊的時候，從外面看只覺得是一座普通的小島，卻沒有想到島嶼內部別有洞天。

這道凌駕山洞內部的長橋，卻是天然形成，長橋的另外一端直接插入瀑布之中，俯瞰如同一把長劍刺入瀑布，雖然歷經水流的沖刷，卻沒有損毀。

林格妮看出了其中的奧妙，那道瀑布應該只是在下雨的時候形成，暴雨之時雨水彙集在瀑布頂端的凹處，當雨水填滿凹處水流就沿著前方絕壁飛流直下。所以這瀑布應該只有在雨季出現，多半時間都是斷流狀態。

雨水從頂部的三角洞口不停落下，不過強勁的海風卻被周圍的岩壁阻擋在外，他們走上長橋，抬頭望去，一道道閃電躍動在三角形的天空，這島嶼內部的山洞上小下大，成為一個天然的避風之所。

從周圍的浮雕可以看出，這裡應該有人居住過，而且還曾經繁華一時，浮雕的風格應該深受馬雅文化的影響。

林格妮仔細回憶著這座島嶼的外貌，她忽然意識到這座島嶼分明像是一個聳立在海中的直角三角，小聲提醒羅獵道：「你有沒有覺得，這島嶼像是半座金字塔？」

經她一說，羅獵仔細想了想果然就像是如此，雖然島嶼上方遍佈叢林，可大概的結構仍然像是半座金字塔，就像是有人一刀將金字塔削成了兩半，一半留在這裡，另外一半則沉入了大海。

來到長橋之上，他們的探測儀居然恢復了正常，林格妮利用探測儀開始對周圍的環境進行迅速的測繪。長橋的另外一端連著甬道，瀑布如同水簾一般將甬道遮住。

兩人穿越瀑布就來到了甬道中，和剛才的甬道不同，這條甬道卻是盤旋向上，一直通往島嶼的頂部，他們沿著階梯拾階而上，約莫走了一個小時，方才來到甬道盡頭，走出去就是島嶼的頂部，一旁有一面小湖，外面暴雨如注，落入小湖，又從小湖一邊的缺口傾瀉而下，落入下方形成了瀑布，在島嶼頂端有不少殘缺的石柱和雕像，這裡過去應當存在著一座神廟，後來崩塌損毀，另外一邊就是近乎垂直的萬丈懸崖，也是他們最早駕駛遊艇到達的地方。

紫色的閃電在遠方海天之間跳動，猶如群蛇亂舞，閃電不停向他們這邊接近。羅獵擔心他們所在的位置有遭到電擊的風險，提醒林格妮儘快返回甬道。

林格妮道：「你有沒有發現，這些閃電的弧度扭曲，證明海平面下面存在著強大的磁場。」

羅獵對這種天象並不陌生，過去曾經在蒼白山親眼目睹過類似的狀況，眼看閃電不斷向他們所在的位置移動，抓住林格妮的手腕道：「沒什麼好看的，再不走就有危險了。」

林格妮道：「再等等！」

閃電已經移動到近前，突然一道宛如巨蟒的閃電從空中劈落，從他們的眼前劃過，沿著懸崖一直延伸到下方的海面，閃電並未因海平面而中斷，而是繼續向海底延伸。

「快走！」羅獵將林格妮拖入甬道，幾乎就在同時一道閃電擊落在他們剛才的位置，將一段石柱擊得粉碎。如果再晚一步，恐怕兩人就會被這道閃電擊中。

羅獵也驚出了一頭的冷汗，人在自然的面前是渺小的，就算他在巔峰狀態也不敢和空中的閃電抗衡。

一道閃電過後，又是一個滾地雷落下，驚天動地的巨響震得整座島嶼都顫動起來，兩人的耳膜被震得嗡嗡作響，過去從未對震耳欲聾有著如此真切的體會。

兩人望著外面仍在舞動的閃電，又向裡面走了幾步，這才放下心來，過了好一會兒，耳鳴的狀況才漸漸消失，林格妮道：「我好像看到另外的一半位於海面以下，剛才閃電直接延伸到了海底。」

羅獵苦笑道：「你的好奇心差點讓我們遭到雷劈。」

林格妮道：「原來百慕達的海底果然有金字塔。」

羅獵可沒她這般好奇，畢竟他們今次前來的目的不是為了尋找海底金字塔。

兩人循著原路回到了遊艇，此時雨越來越大，閃電和霹靂一個接著一個，在這樣惡劣的天氣狀況下，遊艇內才是最安全的地方。

兩人這一趟帶回了不少的水果，這座月牙狀的海灣如同母親擁抱嬰兒一樣圍護著遊艇，讓遊艇免受風浪的衝擊。這場暴風驟雨整整持續了三天三夜，在這三天的時間內，除了必要的捕魚和採摘，他們幾乎都沒有離開過遊艇。

已經是他們在這座島嶼躲避風雨的第四天了，羅獵清晨醒來，發現雨居然停了，天還未完全放亮。林格妮並不在身邊，從窗外也沒看到林格妮的身影，羅獵起床來到外面發現林格妮居然不在附近。循著沙灘上的足印來到林中，他以為林格妮又去採摘水果準備早餐，可是走了幾步卻聽到林中傳來林格妮痛苦的聲音。

羅獵躡手躡腳向她靠近，透過樹叢，看到林格妮縮成一團，蜷曲在濕漉漉的草叢之上，整個人顫抖不已，她顯然在承受著巨大的痛苦。

羅獵大驚失色，快步來到林格妮身邊，將她抱起：「妮妮你怎麼了？」

林格妮緊咬牙關，身體的劇痛讓她說不出話來，其實從她兒時被迫接受人體實驗，每年都會發作數次這樣的症狀，每當發作之時，身體就會遭受這種非人的痛苦折磨，如果不是為父母報仇的堅定信念在支持她，恐怕她早已放棄。

林格妮感覺自己如同被一條條撕裂開來然後又絞結在一起，這種疼痛深刻且清醒，她多麼希望自己能夠暈厥過去，然而偏偏她的意識在此時保持著清醒。

林格妮近兩年已經沒有發作過，在陸劍揚的幫助下暫時控制住了這種求生不得求死不能的疼痛，雖然無法從根本上解決她的頑疾，可是至少能夠讓她平靜度過一段時光，這也是陸劍揚最終同意派她出來執行任務的原因。今晨她早早地起來，因為感覺身體有些不對，又生怕驚動了羅獵，害他擔心，所以才悄悄來到樹林中，連她自己都沒有想到這次的發作會如此嚴重。

羅獵看到林格妮身邊的針盒，打開針盒從中取出針劑，林格妮本來是不想注射止痛藥物的，可當疼痛突然發作，她已經無力給自己注射。

羅獵迅速準備好止痛針劑，為林格妮注射。

止痛針很快就起到了作用，林格妮顫抖的身體平復了下去，周身緊繃的肌肉也開始漸漸放鬆。

羅獵歎了口氣，抱起她準備送她回遊艇休息，此時卻看到天空中一架黑色的飛機駛過，飛機飛得很低，不過飛行的軌跡明顯不太正常，搖搖晃晃傾斜向下，羅獵本來擔心這飛機會撞在島嶼上，還好飛機中途重新拉升了起來，擦著島嶼的尖端掠過，從羅獵現在所處的位置看不到飛機最終的落點，他搖了搖頭，當務之急是解決林格妮的問題。

抱著林格妮回到遊艇內，林格妮甦醒了過來，醒來第一句話就是：「我好渴……」

羅獵端起已倒好的水來到她身邊，林格妮將滿滿一杯水喝完：「好熱……」

羅獵看到她一張俏臉緋紅，伸手摸了摸她的額頭，感覺她體溫很高，用體溫計測了一下，林格妮的體溫已經到了三十九點五度。

林格妮已經不是第一次發作，她顫聲道：「幫我將浴缸的水裝滿，裡面放上冰袋……快……」

羅獵按照林格妮的吩咐趕緊去辦，先將浴缸內的水全都放滿，然後又將能夠找到的冰袋放了進去，將她抱入浴缸內。

林格妮讓羅獵幫忙取來她的醫藥箱，取出需要的針劑逐一進行靜脈推射。她不想讓羅獵看到自己現在的樣子，可是這次的發作似乎比以往任何一次都要嚴重，如果沒有羅獵的幫助，她甚至無法自己單獨完成這些事。

羅獵為她注射完畢，緊握著她的手守護在她的身邊，關切道：「妮妮，怎樣了？感覺好些了嗎？」

林格妮俏臉慘白，昔日紅潤的櫻唇也失去了血色，她輕聲道：「我……我可能要先你而去了……」

羅獵聽到這句話，鼻子一酸，虎目之中熱淚無可抑制地湧了出來，他經歷了太多的生離死別，以為自己應該看破，可真正發生的時候，他仍然一陣悲從心來，林格妮的現狀讓他不由得想起了過往，他甚至產生了是自己的出現才連累林格妮的想法，為何每個愛上自己的女人命運都會如此悲慘？

林格妮看到羅獵的樣子，不由得感到心疼，她將右手貼在羅獵的面孔上，柔聲道：「你別擔心，我會……好起來……很快就會好起來……我那麼愛你，怎麼捨得離開……」說著說著她也流下淚來，這個世界上沒有人比她更瞭解羅獵內心的孤獨，她若是走了，還有誰和羅獵分擔他的過去？

羅獵點點頭：「你一定會好起來，就算我上天入海也要將明華陽抓出來！」

黑色的三角翼飛機掠過島嶼的尖端，只差毫釐飛機就撞中了島嶼，關鍵時刻陸明翔解除自動駕駛，全憑手動才將飛機重新拉升起來，不過在越過島嶼頂端之後，飛機被另一股強大的力量所牽引，所有引擎都失去了動力。

緊急關頭，陸明翔並沒有失去冷靜，他向所有隊員道：「大家做好準備，我們要實施海上緊急迫降。」

這架飛機擁有著當今世界上最新科技，具備海空兩棲的功能，雖然在空中失去了動力，不過陸明翔相信可以憑藉滑翔迫降在海面上，將損失減低到最小。

陸明翔並不是這次行動的負責人，他們的行動小組名為獵戶座，小組的成員共有七人，組長沈鵬飛也是將軍的長子，當今國內最頂尖的特種兵，人稱黑虎。

陸明翔在緊急迫降之前已經徵求了沈鵬飛的意見，得到了沈鵬飛的同意。

他們的七人小組，除了麻燕兒這位學者，其他人全都是千里挑一的戰將，每個人都擁有以一當百的出眾實力。

此次行動的總指揮是陸劍揚，按照陸劍揚的建議，是希望他們在進入百慕達核心區之前改成從海面前進，不過在行動的具體實施過程中，沈鵬飛提議在真正進入核心區之後再降落改為從海面行進，所有隊員都認為這種對計畫的微調並不會造成太大的影響，而且一路之上並沒有遇到任何的麻煩，他們的這架飛機不僅擁有第一流的隱形能力而且還在抗干擾防磁場方面進行了針對性的強化，可是在他們靠近這座島嶼的時候突然就發生了問題，飛機的所有電子設備突然就失靈，如果不是陸明翔第一時間將飛機的自動駕駛解除改為手動操作，恐怕他們這群人現在已經撞上了島嶼。

陸明翔是所有人中飛行技術最過硬的一個，沈鵬飛的確擁有相當的領導素質，他將任務很好地分派給每個人，盡可能給每個成員最大的信任。他安慰隊員道：「大家儘管放心，明翔是當今世界上最優秀的飛行員，他一定能夠成功。」

陸明翔道：「你少說了兩個字。」

沈鵬飛笑道：「在我心目中你就是唯一。」一句話惹得眾人都笑了起來。擁有著魁梧體魄外號火炮的邢國民道：「可惜明翔心中另有他人了。」所有人笑得更加歡暢，同時都望著已經羞紅了臉的麻燕兒。這時候還能開玩笑，足見這群隊員強大的心態。

陸明翔集中精神操縱飛機，飛機距離海面越來越近，他大聲道：「五！四！三……」

沈鵬飛猛然拉下緊急迫降擎，飛機所有的引擎口都封閉起來，最大限度地保護機體不受損害。眾人感到飛機劇烈震動了一下，他們周身的防護裝置同時啟動，隊員們如同陷入一個個的充氣圓球之中。

飛機沉入海面之下，然後又憑藉著慣性衝出了海面，在海面上顛簸衝出了兩千米左右的距離方才徹底停下，陸明翔解開了安全帶，長舒了一口氣道：「報告隊長，雛鷹號安全降落。」

所有隊員齊聲歡呼。

沈鵬飛在身上拍擊了一下，防護氣囊迅速癟了下去，解開安全帶，大聲道：「驢子檢測周圍狀況，鍋蓋頭檢查艙內受損情況，麻博士你照看自己的設備，白臉你負責檢查全部隊員身體狀況。」

陸明翔道：「飛機所有電子設備失靈，周圍存在強力磁場干擾。」

身兼隨隊醫生一職的白臉道：「大家在降落過程中有沒有受傷？」因為目前所有人的設備都處於失靈狀態，所以他們只能通過感覺來判斷自己的身體狀況。

通過回饋，白臉向沈鵬飛道：「報告隊長，目前所有隊員都沒有出現身體問題。」

鍋蓋頭道：「報告隊長，機艙各種設備都在，只是不知內部有無損毀。」

負責檢查周圍狀況的驢子因為設備失靈，也只能憑藉望遠鏡透過飛機的舷窗觀察，他報告道：「報告隊長，咱們降落在一片汪洋大海上。」

沈鵬飛笑罵道：「廢話，只要不是瞎子都看得到。」

驢子嘿嘿笑了一聲又道：「那座無名島距離我們大概有三海浬，目前也是我們最近的登陸地點。」

沈鵬飛點了點頭：「火炮，出去看看！」

火炮和沈鵬飛一起合力打開艙門，他們的飛機漂浮在海面上，抬頭看天色仍然陰沉，不過還好沒有下雨，海面上風浪不算大。

陸明翔檢查飛機之後，發現飛機的導航系統雖然失靈，不過幸運的是動力系統還仍然運轉正常，通過手動操作，將機翼收起，原本只需按下一個按鍵就能切換的航海模式，如今花了七名隊員足足半個小時的時間。

雛鷹號如今已經變成了一艘黑色的艦船，他們啟動了備用的動力系統，這套動力系統電池系統，可以憑藉電力驅動艦船在海上行進，最大續航里程也達到了三千海浬，而且途中還可以通過太陽能補充，理論上極限值更大。其實只要離開磁力干擾嚴重的核心區，他們就能夠切換到飛行模式。

謹慎起見，陸明翔一開始並沒有將速度提升太快，沈鵬飛來到他身邊，有些擔心地望著前方的海面，遠方的天際正有一團黑壓壓的雲層向他們逼近，一場暴風驟雨不久就要來臨。

陸明翔道：「隊長，風雨要來了。」

沈鵬飛點了點頭道：「先在附近找一個避風的地方休整，等惡劣天氣過去之後我們再繼續前進。」他轉身向麻燕兒道：「博士，你的設備沒問題吧？」

麻燕兒道：「沒問題，一切都很正常。」

陸明翔有些奇怪道：「電子設備也沒有受到干擾？」

麻燕兒搖了搖頭道：「目前還不知道。」

船身突然晃動了一下，似乎碰到了什麼，因為導航儀全部失靈，陸明翔只能憑藉雙眼來判斷前方的狀況，他第一反應是可能觸到了暗礁，這沒什麼好擔心的，畢竟他們的雛鷹號擁有著良好的剛性，就算是觸礁，礁石對裝甲造成損害的可能也微乎其微。

沈鵬飛道：「暗礁？」

陸明翔點了點頭，他改變了一下方向，加快了速度。驢子從舷窗向外望去，卻見海面上突然出現了一隻灰色的帆，他揉了揉眼睛，確信那不是什麼帆而是一條鯊魚的鰭，從魚鰭不難推斷出鯊魚龐大的體魄，驢子驚呼道：「鯊魚，是鯊魚！」

火炮不屑道：「鯊魚有什麼好怕？大驚小怪！」他湊到驢子身邊，還沒等他看清外面的狀況，一個小山般的黑影重重撞擊在雛鷹號的身上，這次的撞擊讓來不及準備的隊員在艙內飛了出去，火炮和驢子撞成一團，正在檢查裝備的鍋蓋頭也跌倒在地上，向來謹慎的白臉坐在自己的座位上還特地繫上了安全帶，麻燕兒也在自己的位子上。

沈鵬飛慌忙繫好安全帶，大吼道：「所有人回到自己的位子上坐好……」

他的話還沒有說完，又一次衝撞到來，一只沉重的設備箱從置物架上掉了下來，鍋蓋頭慌忙啟動戰甲，可是他這次發出的指令並沒有成功接駁戰甲的中樞控制單元，設備箱砸在他的右腿上，缺少了戰甲的防護，鍋蓋頭的右腿股骨被設備箱砸斷。

白臉解開安全帶衝了出去，他一把抓住了鍋蓋頭，想要將他拖回座椅，火炮也上去幫忙，兩人合力將鍋蓋頭拉了回來，驢子衝過去關上了設備艙的艙門，避免散落的設備再次對他們造成誤傷。

沈鵬飛向陸明翔大叫道：「啟動電網防禦。」

陸明翔臉色嚴峻道：「失靈了！」

沈鵬飛道：「那就加速甩開它！」

陸明翔道：「二級動力系統無法啟動，我已經達到了最快的速度……」

蓬！這次鯊魚從前方繞了過來，正面撞擊在雛鷹號的頭部，牠張開的巨吻如同一個血紅色的山洞，白森森的牙齒咬住了雛鷹號的頭部，沈鵬飛和陸明翔都看到了鯊魚尖利的牙齒在舷窗玻璃上用力咬合著，幸虧雛鷹號優異的剛性阻擋了牠的破壞。

沈鵬飛按下導彈發射鍵，可發射鍵也失靈了，他連按了幾下都沒有反應。陸明翔提醒他道：「手動機槍試試！」

沈鵬飛開啟機槍的手動模式，這次居然成功，子彈如雨般向鯊魚口中射去。

陸明翔切換雛鷹號行進的方向，全速後退，鯊魚幾經努力仍然沒能咬穿雛鷹號的甲板，也意識到這是一塊難啃的骨頭。再加上機槍子彈不停射來，牠不得不選擇暫時躲避，雛鷹號從鯊魚的血盆大口中掙脫出來。

眾人都驚出了一身的冷汗，麻燕兒道：「怎麼會有那麼大的鯊魚？」在她目前掌握的範疇內還沒有如此巨大體型鯊魚的報導。火炮指著遠方的魚鰭道：「走遠了，牠走遠了……」火炮的話還沒說完，卻見海中突然現出一個巨大的腦袋，那怪物張開大嘴一口就將剛才攻擊他們的鯊魚咬成了兩半，所有人都被眼前的一幕嚇住了。

陸明翔一言不發，默默加快了船行的速度。

所有的隊員都被剛才的一幕深深震撼到了，鯊魚的體型已經足夠驚人，可是剛才那頭從海底浮出的怪物竟然一口就將牠咬成了兩半，體型比鯊魚還要大上許多倍，如果那海怪發現了他們的雛鷹號，恐怕會輕易將雛鷹號吞入腹中。

還好這樣的狀況並未發生，那巨大的海怪或許沒有留意到雛鷹號，又或者壓根沒有把雛鷹號放在眼裡。巨鯊死去的海面很快就被鮮血染紅。

過了好一會兒沈鵬飛方才率先打破沉默道：「我寧願在天上飛。」

陸明翔道：「離開核心區之前，恐怕我們飛不起來。」一句話又讓所有人沉默了下去。

火炮乾咳了一聲道：「海上航行也不錯，還能看到那麼多的動物，不是每個人都有機會，哈哈哈……」他發現沒有一個人發笑，於是又停止了笑聲。

沈鵬飛道：「驢子，觀察情況！」他解開安全帶，來到受傷的鍋蓋頭身邊，白臉正在為鍋蓋頭緊急處理著傷處。

沈鵬飛關切道：「怎麼樣？」

白臉道：「股骨骨折，還好不是粉碎性，不過恢復需要時間。」

鍋蓋頭望著沈鵬飛歉然道：「隊長，對不起，是我馬虎了。」

沈鵬飛微笑拍了拍他的肩膀道：「你小子就會偷懶，這下只能留守了。」

鍋蓋頭道：「我還可以開槍的。」

驢子稟報道：「我們已經接近了島嶼的南邊，這裡是懸崖，我們可能要繞行到背面才能登島。」

沈鵬飛點了點頭道：「那就繞行，選擇合適的地方登島。」

可是雛鷹號行進的速度卻明顯慢了下來，陸明翔道：「壞了，動力系統出現了故障，我們正在失去前進的動力。」

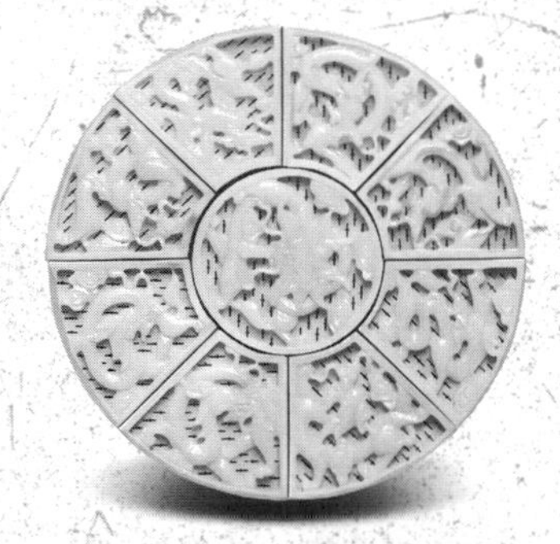

第八章

海底金字塔

海面上變得波濤洶湧，他們看不到海怪的蹤影，
羅獵提醒眾人沒有確定目標之前不要開槍，
此時他們的下方有淡藍色的光芒透射而出。
只見海面下方，一個巨大的淡藍色三角體若隱若現。
麻燕兒道：「你們看，海底像不像是一座金字塔？」

林格妮在藥物注射之後漸漸恢復了正常，她洗了個熱水澡，換上衣服。羅獵正在廚房內準備晚餐，見她終於恢復了精神，也是倍感欣慰：「感覺好些了？」

林格妮點了點頭：「好多了，體溫也恢復正常了。」

羅獵遞給她剛剛切好的果盤：「吃點水果。」

林格妮接了過去，小聲道：「我來吧。」

羅獵笑道：「你還是歇著吧，等完全康復了再將這裡交給你。」

林格妮將果盤放下道：「我去外面看看，可能要下雨了，還有衣服在外面。」

羅獵道：「你坐著，我去！」

他放下手裡的菜刀，經過林格妮的身邊，伸手捏了捏她的俏臉，感覺她的體溫的確恢復了正常，這才放心。

天空中烏雲密佈，雖然是正午，天色黑暗得卻像到了夜裡。羅獵收拾衣服的時候，突然看到天空中一顆紅色的星星冉冉升起，他舉目望去，很快就意識到那並非是星星而是信號彈。

羅獵想起了今天清晨那架低空掠過山尖的黑色飛機，因為忙於救治林格妮他已經將這件事拋到了一邊，知道看到信號彈方才想起。

羅獵收回衣服，此時又看到第二顆信號彈，這次的信號彈變成了橙黃色，在空中變換成ＳＯＳ的形狀。回到艙內羅獵將自己的所見告訴了林格妮，林格妮聽他描述完看到的狀況，第一時間就做出了判斷：「羅獵，可能是自己人！」

羅獵道：「自己人？你是說基地的人？」

林格妮點了點頭道：「無論是不是基地的人我們也不能見死不救，估計他們應當是遇到了麻煩，我們去看看好不好？」

羅獵道：「聽你的。」

因為暴風雨就要來臨，他們也不敢耽擱，駕駛遊艇向信號彈發出的方向航行，他們的航線選擇臨近島嶼邊緣，這也是為了保護自身。遊艇從島嶼的北側來到了南部臨近懸崖的海域，導航系統仍然毫無作用，羅獵利用望遠鏡很快就發現了漂浮在不遠處海面上的艦船。

林格妮道：「雛鷹號！果然是基地的人。」

在羅獵和林格妮發現雛鷹號的同時，雛鷹號上的隊員也看到了那艘遊艇，火炮打開艙門揮舞著燃燒棒。他們的雛鷹號已經徹底失去了動力，如果沒有外力幫助，就只能待在這裡，眼看著風暴就要來臨，所有隊員都將陷入危險中，更何況那頭巨大的海怪不知藏在什麼地方，應該就在附近的海域。

林格妮提醒羅獵啟動奈米戰甲，畢竟還不知道雛鷹號裡面是誰，在危險解除之前必須做好應對措施，然而他們的奈米戰甲並沒有成功啟動，周圍的磁力干擾指數比起他們此前經過的時候又有大幅增加，已經嚴重影響到戰甲的正常工作。

幸虧他們的遊艇是傳統驅動系統，不然恐怕也一樣會在這裡趴窩。

林格妮透過望遠鏡看到了揮舞燃燒棒的火炮，她並不認識這個人。拿起話筒開始喊話，基地有獨特的交流方式。

雛鷹號內所有人也是全副武裝嚴陣以待，雖然有遊艇過來，可誰也不知道來的是敵是友，萬一是敵人，豈不是雪上加霜，當林格妮的聲音響起，小隊的所有人都聽出對方給出了基地明確的信號，沈鵬飛的唇角露出了一絲笑意：「自己人！」他從艙門鑽了出去，向遊艇揮手回應。

林格妮看到了沈鵬飛，她向羅獵道：「知不知道我看到了誰？沈鵬飛，人稱黑虎，將軍的兒子，他可曾經拿過全軍綜合比武第一名。」

羅獵將遊艇向雛鷹號靠近，一直拿著望遠鏡觀察的林格妮卻突然緊張了起來，因為她看到遠方正有一座黑魆魆的小山向他們所在的海域靠近。

沈鵬飛也留意到了，他知道正在靠近他們的不是什麼小山，而是那海怪的腦袋，他大聲道：「所有隊員聽著，馬上準備轉移，帶上必要的裝備！」他端起武器爬到了雛鷹號的頂部，火炮也隨後爬了上去。

那頭海怪明顯開始加速了，沈鵬飛催促隊員們儘快轉移的同時，開始瞄準海怪開槍，在這一海域他們的高科技武器都無法使用，只能利用傳統的槍支進行射擊，火炮將火箭筒扛在肩頭，瞄準飛速移動的海怪扣動扳機，火箭拖著一道白煙倏然射向海怪，正中海怪的腦袋，蓬地爆炸開來，激起沖天水柱。

火炮大喜道：「我打中了！」

兩人緊張關注著那海怪的行動，海怪移動得很慢，希望牠不會對他們發動攻擊。

羅獵在意識到狀況緊急之後，加快了船行的速度，將遊艇靠在雛鷹號旁邊，白臉和驢子攙扶著鍋蓋頭先行轉移到了遊艇上，羅獵看到了麻燕兒，想不到她居然也出現在這裡。

那頭海怪明顯開始加速了，沈鵬飛催促隊員們儘快轉移的同時，開始瞄準海怪開槍，在這一海域他們的高科技武器都無法使用，只能利用傳統的槍支進行射擊，火炮將火箭筒扛在肩頭，瞄準飛速移動的海怪扣動扳機，火箭拖著一道白煙倏然射向海怪，正中海怪的腦袋，蓬地爆炸開來，激起沖天水柱。

火炮大喜道：「我打中了！」

羅獵將船隻交給林格妮操縱，他登上雛鷹號幫忙搬運，看到從駕駛艙才起身的陸明翔，兩人點了點頭，連說話都顧不上，一起拎起設備箱向艙門外傳遞。

火炮沒有高興太久，就發現海面上劃開了一道水線，水怪被他的這一炮激怒了，開始加速向他們衝撞而來。

火炮慌忙裝彈，瞄準海怪又是一炮，因為水怪的速度太快，這一炮反而打偏了。

關鍵時刻羅獵出現在雛鷹號頂部，他舉起信號槍瞄準海怪前方的海面開槍，紅色信號彈在海水中閃亮，海怪因為前方突然閃亮的紅色速度猛然放緩下來。

林格妮催促道：「快走，再不走就來不及了！」

陸明翔還在幫麻燕兒搬運她的裝備。

沈鵬飛大吼道：「走！所有人馬上撤退！」他也拿出信號槍瞄準海面發射，信號彈在海中此起彼伏不停明滅，海怪被這些燃燒的信號彈干擾了注意力，一時間沒有發動進攻。

所有人成功撤退到了遊艇上，陸明翔最後一個離開，他將雛鷹號的艙門鎖上，這樣雛鷹號就成為一個封閉空間，希望雛鷹號的甲板能夠承受海怪的攻擊。

海怪距離雛鷹號越來越近，遊艇調轉船頭向島嶼北側駛去。

海怪碩大的頭顱從海底暴露出來，有些像是鯨魚，可是鯨魚的皮膚應當是光滑的，這海怪的身上卻如同鱷魚皮一般粗糙，一雙臉盆大小的紅色眼睛如同燃燒的火爐，牠揚起了右鰭，巨大的右鰭猛然拍擊在雛鷹號上，雛鷹號被強力的一擊擊入了海面以下。

與此同時，陸明翔留在水中的浮雷也被成功引爆，這次的爆炸激起了十多米高的水柱。

眾人呆呆望著爆炸後的海面，希望那海怪能被浮雷炸死，可沒過多久，就看到海怪巨大的腦袋再次從海面下暴露出來，所有人端起武器來到遊艇的甲板上，他們利用信號槍和燃燒彈干擾著海怪的注意力，林格妮已經將遊艇的速度提升到最大。

此時空中一道閃電撕裂了濃重的雲，雨下了起來，羅獵大吼道：「所有人打起精神，千萬不要被甩下船去！」

海面上很快就變得波濤洶湧，他們已經看不到海怪的蹤影，羅獵提醒眾人在沒有確定目標之前暫時不要開槍，此時他們的下方有淡藍色的光芒透射而出。眾人向下望去，只見海面下方，一個巨大的淡藍色三角體若隱若現。

麻燕兒道：「你們看，海底像不像是一座金字塔？」

陸明翔點了點頭，多半人都沒有對海底奇異的景象報以太多關注，畢竟海怪還可能就在附近，他們所面臨的風險仍然沒有過去。

其實羅獵此前在海島頂峰就看到了海底的藍色三角體，當時為了看清水下的景象還差點遭遇雷擊。麻燕兒看到那藍色三角體應當就是自己此前見到的那個。

「海怪！」陸明翔指向下方，只見一頭巨大的身影向藍色三角體緩慢遊動，從他們的角度看，像極了一艘黑色的潛艇，不過這海怪的周身佈滿了銀色的圓點，在藍色光芒的映射下溢彩流光。

海怪應該是被那藍色的三角體所吸引，牠放棄了對遊艇的追擊。

林格妮駕駛遊艇，頂著風雨返回了臨時的港灣，島嶼獨特的結構將南邊的狂風阻擋，直到進入月牙狀的海灣，眾人方才確定自己已經擺脫了海怪的跟蹤追擊，齊聲歡呼起來。

沈鵬飛和隊友們一一拍手相慶，來到羅獵面前，他笑了笑，改成將右手伸了過去，羅獵跟他握了握手，沈鵬飛主動自我介紹道：「我叫沈鵬飛，剛才真是多謝你們了。」

羅獵道：「我叫羅獵。」

林格妮將遊艇熄火之後走了過來，冷冷道：「你們來這裡幹什麼？」她認為這些人的出現很可能和他們有關，或許是為了追擊他們。

陸明翔從林格妮的警惕意識到她對這支小隊產生了懷疑，慌忙道：「你們不要誤會，我們這次的任務是為了抓捕明華陽，我們並不知道你們也在這裡。」

麻燕兒點了點頭，證明陸明翔並沒有說謊。

沈鵬飛道：「你是林格妮吧，基地已經取消了所有針對你們的行動，而且我們這次行動的總指揮是陸主任！」他朝陸明翔看了看，陸明翔慌忙證明道：「是的，我爸已經返回了基地，並主持這次行動。」

林格妮道：「沙灘上可以紮營，這艘遊艇沒有多餘的地方提供給你們。」她的語氣冷淡，顯然沒有放下對這支隊伍的警惕。

沈鵬飛笑道：「已經非常感謝你們了，當然不好再麻煩你們。」他轉向手下隊員道：「火炮、驢子，你們去選擇合適的露營地點。」

林格妮已經轉身走入了船艙。

陸明翔望著林格妮的背影暗自歎了口氣，他向羅獵道：「羅先生，我能跟你單獨說幾句話嗎？」

羅獵點點頭，兩人來到船尾的雨棚下，雨很大，短時間內沒有停歇的跡象。

雨點劈哩啪啦地打在雨棚上發出如同擊鼓一般的聲響，陸明翔道：「沈隊長沒有騙你們。」

羅獵道：「陸主任是總指揮？」

陸明翔點了點頭：「我們這次的目的是為了抓住明華陽，摧毀他們的秘密實驗基地。」

羅獵道：「知道了。」

陸明翔歎了口氣道：「只是我們沒有想到這次行動出師不利，還沒有接近伏魔島就遇到了那麼大的麻煩。」

「伏魔島？」

陸明翔解釋道：「就是明華陽的秘密基地，我們已經掌握了那裡的不少資料，能夠確定明華陽現在就藏身在那裡。」他充滿期待地望著羅獵道：「從這裡到伏魔島已經沒有多遠了，我知道你和林格妮也是想去那裡，不如我們聯手，合作剷除明華陽這個共同的敵人。」選擇和羅獵單獨相商，是因為林格妮表現得並不友善，對他們這支行動小組來說，目前只能夠尋求羅獵和林格妮的幫助，畢竟他們唯一的交通工具雛鷹號已經被海怪拍入海底，損毀的可能性極大。

他們想要完成這次的任務就必須要尋求和羅獵一方的合作，陸明翔的意思也代表了小隊所有人的意思。

羅獵道：「陸主任沒說我們的事情？」

陸明翔愣了一下，他來此之前並沒有聽父親提起過羅獵和林格妮，他低聲道：「基地的確已經取消了所有針對你們的行動，是將軍親自下的命令。」

羅獵點點頭道：「這件事我會和林小姐商量一下，最後還要看她的決定。」

陸明翔笑了笑道：「那我等你的消息，晚上有空的話一起喝幾杯，我們帶了好酒。」他看到隊友已經開始將設備搬上了沙灘，驢子和火炮正在紮營。

羅獵向駕駛艙走去，途中遇到了麻燕兒，他向麻燕兒笑了笑，麻燕兒算得上他來到這個時代交到的第一個朋友，麻燕兒道：「好久不見。」

羅獵道：「雪獒還好嗎？」

麻燕兒點了點頭道：「跟我爸在一起呢，現在由我爸照顧牠。」她想起了奶奶，不由得眼圈一紅。

羅獵道：「我還有事，回頭再聊。」他來到了船艙內，林格妮站在窗前正觀望著特遣小隊的舉動，看到羅獵進來，低聲道：「陸明翔跟你談什麼？」

羅獵道：「還能談什麼？無非是合作的話題。」

林格妮道：「我才不相信他們。」自從基地做出決定要對付她，以防備明華陽通過她得到喪屍病毒的抗病毒血清，林格妮對基地的做法已經心寒，在內心深處和基地也劃清了界限。

羅獵道：「他們這次的行動應該不是針對我們。」

林格妮道：「他們怎麼會知道明華陽的秘密基地的位置？」

羅獵道：「龍天心！」在瞭解特遣小隊此行的任務之後，羅獵首先就想到了龍天心，龍天心可以將明華陽秘密基地的位置告訴自己，同樣她也能夠告訴其他人，羅獵幾乎能夠斷定龍天心和基地方面已經達成了協定。

林格妮道：「你猜她會不會設下另一個圈套？」

羅獵道：「在對付明華陽方面她應該不會動搖，我們也沒必要懷疑她的決心，不過她一定另有打算，龍天心非常自負，她始終認為自己能夠掌控局面。」

林格妮道：「基地方面的動機也未必單純，他們尋求合作也只是權宜之計，消滅明華陽之後，未必不會調轉槍口對準我們。」基地的做法讓她齒冷，林格妮並不想和基地再發生聯繫。

羅獵笑了起來：「你做決定，我聽你的。」

林格妮歎了口氣道：「總不能讓他們在這裡自生自滅。」

羅獵知道林格妮還是決定與特遣小隊合作，其實這也是他們目前最現實的選擇，至少在對付明華陽方面他們的目的是一致的，在進入百慕達核心區之後，高科技的武器已經失去了效用，就連他們的奈米戰甲也時不時發生失靈狀況，這種現象只怕隨著向核心的接近會變得越來越嚴重。也就是說，他們必須要用傳統武器來應對可能出現的狀況，這就讓他們完成任務的難度無形中增加了數倍。

沈鵬飛率領的這支隊伍都是訓練有素的戰士，跟他們合作，彼此的戰鬥力都能夠得到增強。

暴雨在入夜後停止，晚餐的時候，陸明翔和麻燕兒主動過來邀請他們去露營地一起吃飯，林格妮沒什麼心情，果斷拒絕了，羅獵答應前往，倒不是因為他想喝酒，而是他有必要搞清楚對方的作戰計畫。

露營地點起了一堆篝火，他們居然打了不少魚，火炮在篝火旁負責烤魚，腿部受傷的鍋蓋頭坐在躺椅上，腿翹得老高，估計他要在很長一段時間都以這種狀態示人。

麻燕兒拿了一罐啤酒遞給了羅獵，羅獵說了聲謝謝，火炮遞給了他一條剛剛烤好的魚，咧開大嘴笑道：「應該說謝謝的是我們才對，如果不是你們及時趕到，我們可能已經成了海怪的美餐。」

驢子道：「你皮糙肉厚的，海怪也不樂意吃你。」

火炮道：「那是當然，要吃肯定先吃你，不然怎麼說天上龍肉地上驢肉。」

眾人都笑了起來。

沈鵬飛來到羅獵身邊，主動跟他碰了碰，兩人喝了口酒，沈鵬飛道：「林小姐考慮得怎麼樣了？」

羅獵道：「她答應送你們一趟。」

沈鵬飛頓時放下心來，雖然羅獵並沒有明確說明要跟他們合作，可這句話等於是答應了。沈鵬飛道：「我們來此之前特地製作了離線地圖，不過當時搜集的資料中並沒有這座島嶼。」

羅獵道：「這可能不是一座島，昨天爬到頂端探察過，這更像是一座被分成一半的金字塔，我們正處在金字塔其中一個斜面上，另外一半沉入了海底。」

沈鵬飛皺了皺眉頭道：「你是說我們逃離海怪的時候看到的藍色三角體？」

羅獵點了點頭道：「從位置和形狀來看，應當是另外的一半。」

沈鵬飛道：「過去就聽說在百慕達海域發現了金字塔群，看來傳言非虛。」

羅獵道：「你們這次的目的不是為了考察金字塔群的吧？」

沈鵬飛笑道：「當然不是，羅先生，我知道之前我們對你和林小姐發生了一些誤會，實在是抱歉，我代表所有基地的同仁向你們表示真誠的歉意。」

羅獵發現沈鵬飛非常會做人，只是不知道他的這番道歉之詞究竟是從心而發還是因為形勢所迫不得不做出的妥協？羅獵道：「你們口中的伏魔島具體的經緯度可否給我分享一下？」

沈鵬飛道：「沒有問題，既然我們的目標一致，我們的所有資料和情報都會毫無保留地跟你們分享。」他從口袋中拿出自己的隨身電腦遞給羅獵，低聲將密碼告訴了他，想要取信於人必須表現出相當的誠意，沈鵬飛出身不凡，他的眼界和心胸都非同一般。

羅獵也沒有跟他客氣，沈鵬飛提供的資料就算是他們乘船的代價吧。

林格妮在羅獵帶回電腦之後，馬上開始研究起了沈鵬飛提供的資料。

羅獵倒了兩杯威士忌，其中一杯遞給了她，在一旁坐下：「沈鵬飛這個人不簡單啊。」

林格妮道：「很不簡單，他是將軍的兒子，將軍是基地的首席指揮。」

羅獵喝了口酒道：「陸劍揚也要接受將軍的領導？」

林格妮道：「那是當然，將軍在基地擁有著絕對的權威。」

羅獵道：「他提供的資料有無參考價值？」

林格妮道：「基本可以斷定被你猜中了。」她轉過身來，端起那杯酒抿了一口道：「龍天心應該和基地達成了協定，她究竟在打什麼算盤？」

羅獵道：「希望她這次真的良心發現。」

基地已經整整十二小時和特遣小隊失去了聯絡，陸劍揚表面平靜，可是內心卻非常緊張，雖然這一狀況他們事先已經估計到並進行了針對特殊狀況的一系列推演，可畢竟小隊中有他的兒子還有未來的兒媳。

陸劍揚來到基地內部的一處地方，摁響了門鈴之後，等了好一會兒才見到有人開門，開門的是龍天心，她剛剛洗過澡，頭上包著毛巾。

陸劍揚道：「我待會兒再來。」

龍天心笑道：「沒關係的，陸主任請進。」

陸劍揚道：「我去會客室等你。」他轉身離開，龍天心留在基地也是他們事先談妥的條件之一，這也是為了給這次的任務多一份保障。

龍天心關上房門，走入了衣帽間，這套房間裡面有監控，不過浴室和衣帽間都是例外，進入衣帽間之後，龍天心脫去浴袍換上衣服，她在穿衣鏡前站著，打量著鏡中的自己，突然她的面容發生了改變，竟變成了艾迪安娜的樣子，其實這才是她的本來面目，艾迪安娜偽裝成龍天心進入基地和將軍談成了條件，龍天心將每一個步驟都考慮得非常清楚，在決定和基地合作之前已經預料到很可能基地會扣押自己。

艾迪安娜望著鏡中的自己有些自戀，她還是喜歡自己的樣子，雖然龍天心比自己要美麗，可沒有人喜歡做別人。

艾迪安娜換好了衣服，重新化身為龍天心的樣子，然後出了門。

來到會客室，看到陸劍揚坐在桌前喝著咖啡，艾迪安娜預料到他可能遇到問題了，不然不會主動過來找自己。這隻老狐狸，對於他們的行動進展隻字不提，將自己軟禁在基地，以為這樣就能夠控制住自己？做夢！

艾迪安娜從落地窗的倒影觀察了一下自己，然後才走入會客室內，微笑道：「不好意思，讓陸主任久等了。」

陸劍揚淡然道：「沒關係的，反正我也沒什麼事情，咖啡還是茶？」

艾迪安娜道：「給我杯白蘭地吧。」

陸劍揚向工作人員吩咐了一聲，很快就送上來一杯白蘭地。

艾迪安娜聞了聞酒香，皺了皺眉頭。

陸劍揚笑道：「基地沒有太昂貴的酒水，我們經費不足。」

艾迪安娜勉為其難地抿了口酒，然後就嫌棄地將酒杯放下：「陸主任這麼說是要趕我走的意思，嫌棄我在你們這裡白吃白住了。」

陸劍揚道：「和龍小姐對基地的幫助來比，這點開銷不值一提。」

艾迪安娜道：「陸主任找我什麼事？」

陸劍揚道：「特遣小隊已經出發了，只是在他們飛行到百慕達核心區附近的時候就進入了失聯狀態，到現在已經過去了整整十二個小時。」

艾迪安娜道：「我都不知道他們是何時出動的。」

陸劍揚道：「基地有基地的制度，還請龍小姐理解。」

艾迪安娜道：「如果不是因為聯絡中斷，陸主任恐怕不會主動找我，並告訴我這些情況吧？」

陸劍揚道：「會通報，不過是時間的問題。」

艾迪安娜呵呵笑了起來，她想要拿起酒杯，可看了看那杯酒還是轉變了念頭，向工作人員道：「麻煩給我來一杯咖啡。」

咖啡也是即溶咖啡，艾迪安娜在生活上的精緻需求絕不次於龍天心，她喝了口咖啡道：「陸主任很清廉啊。」

陸劍揚道：「清廉是一個政府官員的本份。」

艾迪安娜道：「我們事先已經達成了約定，我只負責提供情報，具體的行動只能依靠你們自己，至於失去聯絡，很正常的事情，你們在行動之前就應當考慮到這方面的問題。更何況你們的行動計畫並沒有徵求我的意見，如果讓我來制訂計畫的話，我就不會採取直飛核心區的辦法。」

陸劍揚皺了皺眉頭，他們的計畫中也沒有讓雛鷹號直飛核心區，難道在執行任務的途中出現了偏差？

艾迪安娜道：「百慕達核心區存在嚴重的磁場干擾，過去不乏飛機船舶失蹤的先例。」

陸劍揚道：「龍小姐是不是還有什麼建議？」

艾迪安娜盯住陸劍揚的雙目道：「陸主任這是不相信我啊。」

陸劍揚道：「龍小姐不要誤會。」

艾迪安娜向前探了探身道：「問你一個問題，如果你的特遣小隊遭遇了不測，會不會將這筆帳算在我的頭上？」

陸劍揚道：「我相信龍小姐不會故意給出錯誤的情報。」

艾迪安娜冷笑著搖搖頭，站起身道：「我現在有些後悔跟你們合作了。」

陸劍揚望著她離去的背影並沒有阻止，他的手機此時響了起來，接通電話，陸劍揚恭敬道：「將軍！」

將軍也在基地，特遣小隊失聯了那麼久，讓人不得不擔心他們現在的處境，更何況這支小隊的首領是他的兒子。

陸劍揚將最後聯繫的通話向將軍轉述了一遍，然後又提到了剛才和龍天心見面的情況。

將軍道：「你懷疑她對我們有所隱瞞？」

陸劍揚道：「龍天心雖然年輕，可做事非常老道，我懷疑她可能要利用我們達到她自己的目的。」

將軍道：「我們此前就對這種狀況進行了推演，這支小隊雖然人數不多卻集合了精銳，我對他們有信心。」

陸劍揚道：「將軍還記得我曾經的提議嗎？」

將軍點了點頭，他當然記得，陸劍揚提出不要急於行動，可他卻認為兵貴神速，如果錯過了這次的機會，萬一被明華陽得到了風聲，下次再想鎖定明華陽不知是什麼時候。

陸劍揚道：「我不信任龍天心。」

將軍點燃了雪茄，抽了一口道：「你和林格妮是不是仍有聯絡？」

陸劍揚道：「我倒是想，可是自從布拉格的事情之後，他們就再也沒有主動聯絡過我。」

將軍道：「可你一直都在默默支持著他們。」

陸劍揚沒有說話，他意識到將軍已經知道了自己為他們提供資金支援的事情，此前龍天心就明確指出了這一點。

將軍道：「羅獵和林格妮是不是也去了百慕達？」

陸劍揚沉吟了一會兒，低聲道：「的確有這種可能。」

將軍道：「你是說他們仍然在執行著你當初給他們下達的任務？」

陸劍揚道：「不全是，林格妮之所以擁有抗病毒的體質是因為她在幼年時曾經落入明華陽的手中，並被他當成了人體實驗的對象，林格妮的身體受到了極大的損害……」他停頓了一下方才道：「她的生命最多還有一年，我嘗試過治療她，可是始終找不到正確的辦法。」

將軍從他的話中馬上明白了什麼，低聲道：「你是說，她一定會去伏魔島，只有找到明華陽才有可能找到救治自己的方法。」

陸劍揚點了點頭道：「解鈴還須繫鈴人，這是她目前唯一的希望。就算她無法獲救，她這一生最大的願望就是殺死明華陽為她的父母報仇。」

將軍道：「我明白了。」

陸劍揚道：「將軍，龍天心這個人不可信，我懷疑她先後向我們和林格妮提供了伏魔島的位置資料，她一定還有其他的盤算。」

將軍道：「她現在身在基地，就算再有本事，也翻不起什麼風浪。」

此時陸劍揚的電話響了起來，陸劍揚接通電話，一個急切的聲音道：「陸主任，龍天心失蹤了……」

「什麼？」陸劍揚霍然站起身來：「你再說一遍！」

整個基地都動員起來，他們在龍天心的浴室內發現了一具警衛的屍體，調取相關的監控錄影顯示，龍天心應該是在警衛進入浴室殺死他，可離開的時候，卻是換上了警衛的服裝，讓眾人目瞪口呆的是，走出房門的竟然是警衛本人。

陸劍揚將這段監控錄影反覆播放了兩次，馬上做出了判斷，龍天心擁有易容成他人的能力，這一發現讓陸劍揚不寒而慄，他頓時開始懷疑所見的龍天心並不是龍天心本人。

擁有這樣的能力，就能夠自如的變化成他人，甚至偽裝成自己和將軍的模樣，進入基地的禁區，陸劍揚馬上給將軍打了個電話。

將軍的電話遲遲沒有應答，陸劍揚起身向將軍的辦公室走去。

將軍一直都在等待消息，陸劍揚離去之後不久就回來了，將軍道：「怎樣？龍天心找到了？」

陸劍揚點了點頭道：「找到了，這裡是基地，她逃不出去。」

將軍如釋重負地鬆了口氣道：「找到就好，此女是我們手中的一張王牌，如果她逃出去，特遣小隊就危險了。」

陸劍揚道：「將軍，我需要您的授權。」

將軍愣了一下：「授權什麼？」

陸劍揚道：「黑煞檔案。」

將軍點了點頭。

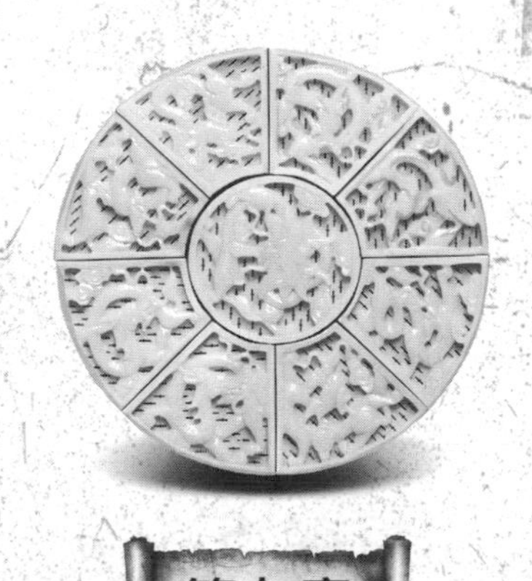

第九章

基因改造

陸明翔道：「這翼龍好像和我過去見到的不同。」
麻燕兒道：「這頭翼龍應該是經過了基因改造……」
原本被他們認定死亡的翼龍身體動了一下，
羅獵眼疾手快，一刀將翼龍的脖子齊根斬斷，
他這柄太刀擁有地玄晶的塗層，如果翼龍經過基因改造，
那麼牠就不容易被常規武器殺死。

鍋蓋頭的傷勢決定他已經無法參加接下來的行動，他只能老老實實待在遊艇上，第二天一早，雲消雨散，天空徹底放晴，一輪紅日高掛天空中，海水恢復了澄澈通透的藍色，風波不驚，這就是百慕達的海，可暴虐可溫柔。

白臉為鍋蓋頭換過藥，安慰他道：「放心吧，不需要截肢，你這條腿肯定保得住。」

鍋蓋頭瞪了他一眼道：「你才要截肢呢。」

白臉嘿嘿笑起來，火炮的聲音從另外一頭響起：「可惜了，鍋蓋頭你跑得這麼慢，不如趁著這次的機會換上一條機械腿。」

鍋蓋頭道：「你怎麼不換？把兩條胳膊換成炮筒，才是名副其實的火炮。」

白臉笑得越發大聲了。

沈鵬飛卻笑不出來，他用望遠鏡眺望著遠方，整整一大一夜了，他們都無法和總部聯絡上，也就是說整個特遣小隊都處在失聯的狀態下，他能夠想像到總部方面會如何的焦慮。

驢子在一旁擺弄著通訊設備，沈鵬飛道：「如何？」

驢子搖了搖頭：「沒有信號，這邊磁場的強度更大，電子設備都受到嚴重的干擾，幸虧這條船不夠先進，否則……」

陸明翔道：「我們應該距離目的地不遠了。」

沈鵬飛放下望遠鏡：「我沒看到任何的島嶼。」

陸明翔歎了口氣道：「會不會情報有誤？」

沈鵬飛向駕駛艙看了一眼，然後向陸明翔使了個眼色，林格妮雖然答應合作，可是對他們多半人還是懷有敵意的，陸明翔還算是說得上話，他想讓陸明翔去問問。

陸明翔只能硬著頭皮來到駕駛艙，林格妮和麻燕兒在駕駛艙內，兩人聊著什麼，居然還不時發出笑聲。

看到陸明翔進來，林格妮馬上將頭扭到一邊，陸明翔向麻燕兒笑了笑，顧而言他道：「羅獵呢？」

麻燕兒道：「他去休息了。」

陸明翔向前走了幾步，來到林格妮身邊看了看螢幕，上面仍然沒有任何的顯示，陸明翔道：「根據我們得到的資料顯示，伏魔島應該就在附近，可是我們什麼都看不到。」

林格妮道：「情報也未必準確，龍天心那個人非常狡詐，或許給出了錯誤的情報。」

陸明翔道：「她這樣做好像沒什麼意義……」

「彩虹！」麻燕兒忽然驚喜道。

順著她所指的方向望去，果然看到有一彎彩虹橫跨在不遠處的海面上，雨後出現彩虹算不上稀奇，可奇怪的是，這道彩虹的形狀有些反常，在中間的部分如同擰麻花一樣發生了偏轉。

因為彩虹的顏色很淡，如果不是仔細觀察幾乎就會忽略，麻燕兒心中暗忖，難道是磁場引起的偏轉？可又有違於正常的物理規律。

羅獵正在電腦中查閱資料，突然電腦螢幕出現大片的橫紋，根本看不清上方的字跡，他趕緊關上了電腦，此時遊艇的速度明顯放慢，遊艇的周身發出吱吱嘎嘎的聲音，彷彿有一雙無形的大手正在撕扯著船體，羅獵迅速起身向駕駛艙走去，來到駕駛艙內，發現陸明翔正在幫忙控制船舵，外面傳來火炮緊張的聲音：「船身正在傾斜，船身正在傾斜……」

其實不用他說，其他人也知道了，甲板和海面已經變成了三十度的傾角，外面的沈鵬飛甚至都看到了其中一支螺旋槳的葉片，螺旋槳的轉速不斷減緩，這是遊艇速度變慢的直接原因。

沈鵬飛提醒眾人不要掉入海中，短時間內甲板和海綿的夾角已經到達了四十五度，遊艇隨時都有傾覆之危。然而海面上依然無風無浪，似乎有一隻無形的手正在推動船底，想要將這艘船掀翻。

羅獵走過去和陸明翔一起轉動船舵，可他們兩人的力量都無法撼動船舵分毫。

甲板上，沈鵬飛舉起衝鋒槍瞄準彩虹的方向突突突射出一梭子彈，子彈在飛行一段距離後撞擊在一面無形屏障之上，彈頭擊中屏障一道道光波組成的漣漪就擴展開來，內部是黃色，向外擴展成紅色，然後紅色漸漸變淡又變成了藍色。

羅獵大吼道：「加大油門，衝過去！」

林格妮將油門加到了最大，還好遊艇的動力並未完全消失，螺旋槳雖然只剩下了一支在轉動，而且速度雖然在不斷減慢，可向前的勢頭並沒有改變。

船身不斷傾斜著，所有人都抓住可以固定身體的附著物，避免因為船身的傾斜而滾落下去。

沈鵬飛在外面大吼道：「出來，你們先出來……」他是擔心萬一船身傾覆，仍在船艙內的那幾人很可能被整個扣入水中，到時候脫身的可能性很小，船身傾斜的角度畢竟已經到達了六十度。

羅獵道：「開火！開火！」

林格妮啟動了魚雷發射擎，這艘遊艇中她設計改造，加裝了魚雷發射裝置，兩顆魚雷射向前方，並沒有明確的目標，她只知道在前方不遠處應該有一道無形的屏障，如果單憑著遊艇目前的速度或許無法自如衝入屏障，魚雷或許能夠起到一定的作用。

魚雷在不遠處爆炸，一道火線沿著海面擴展開來，前方的景物出現了波紋般的抖動，彷彿海浪的起伏一直蔓延到了虛空中，遊艇的傾斜已經接近了九十度，他們無法做其他的事情，羅獵大吼道：「不要慌張，穩住，穩住！」

原本已經放緩速度的遊艇卻突然間開始加速，被一股強大的吸力所牽引，向前方猛衝而去，衝過了魚雷爆炸引起波動的曲折火線。

時間在這一刻似乎突然停頓了下來，所有人的腦海中都是一片空白，在突破火線的剎那，他們感覺到兩肺的空氣突然被抽吸了出去，眼前一黑，頭皮一緊，有種即將窒息的感覺，還好這種感覺並沒有持續太久的時間。

瘋狂加速的遊艇在突破火線之後速度迅速慢了下來，鍋蓋頭髮出一聲慘叫，雙手抓住的不銹鋼扶手因為承受不住他的力量而斷裂，他的身體因慣性向前方衝去，千鈞一髮之時，沈鵬飛和火炮同時伸出手去，抓住了鍋蓋頭的一條手臂。

遊艇和水面的夾角幾乎已經成為九十度，隨時都可能傾覆過去，然而此時地球的重力開始起到了作用，遊艇緩緩下降，空轉的螺旋槳發出巨大的轟鳴聲，在遊艇的甲板和海面重新變成六十度夾角的時候，整個遊艇迅速回落了下去，底部砸在海面上。

眾人的身體都感到強烈的震動，麻燕兒尖叫一聲雙手被震開，身體彈射到了半空中，陸明翔顧不上自己的安危，展開雙臂將她接住，兩人又一起重重摔落在駕駛艙的甲板上。

重新進入海水中的螺旋槳馬上發揮了巨大的作用，遊艇猶如一頭衝出困境的狂獸，高速向前方衝去。

林格妮慌忙煞車，羅獵看到了不遠處黑色的礁石，他拚命轉動著船舵，船舵也恢復了正常，在兩人合力操縱下，遊艇在撞在礁石之前終於成功改變了方向，擦著礁石的邊緣停了下來。

如果他們的反應再慢上一刻，恐怕遊艇就會在礁石上撞一個粉身碎骨，船上的所有人都無法倖免。

白臉雙手死死抱著旗杆，就算是遊艇已經停止了行進，他仍然不敢放手，周身已經被因為遊艇回歸海面濺起的海水全都浸濕，他大口大口喘息著。直到他聽到隊友的歡呼聲，這才意識到他們剛剛闖過了一劫，目前暫時安全了。

沈鵬飛大步來到白臉的身邊，伸手在他腦袋上拍了一巴掌：「白臉，又不是女人，你摟那麼緊幹什麼？」

眾人齊聲大笑起來，白臉不好意思地放開旗杆，尷尬道：「我去檢查一下大家有沒有受傷。」他抬起頭，臉上的表情卻變得震驚無比，因為就在前方不遠處出現了一座島嶼。

這座島嶼出現得如此突兀，明明剛才他們還沒有看到任何的島嶼，甚至連一塊礁石都沒有觀察到，可突然這麼大的一座島就出現在了他們的眼前，其震撼可想而知。

沈鵬飛的第一反應是回過頭去，身後海面平靜依舊，太陽仍然高掛天空，只是已經看不到剛才那道橫跨在海面上的彩虹，沈鵬飛意識到這座島嶼應該一直存在，這裡周邊一定存在著強大的磁場或者是其他某種不知名的能量，這能量分佈在島嶼的周圍，將這座島嶼以及周邊的海域籠罩在一個無形的屏障中，換句話來說，就是這片區域在海洋中處於隱形的狀態。

駕駛艙內，麻燕兒從陸明翔的懷中爬起，雖然陸明翔及時接住了她，她還是摔得渾身疼痛，可是和眼前所看到的景象相比，麻燕兒已經忘記了疼痛。她驚詫萬分地望著眼前的一切，喃喃道：「失落的海域……這個世界上原來真有失落的海域……」

林格妮道：「不但有，而且有很多。」

羅獵對此更是深有感觸，他曾經多次進入神秘區域，有些地方人類沒有發現並不代表著這些區域不存在，不過他能夠確定，他們不是第一批來到這裡的人，前方這座巨大的島嶼如果就是伏魔島，那麼明華陽才是首先發現並到達這裡的人。龍天心既然為他們指引了方向，就證明龍天心很可能也來到過這裡。

羅獵冷靜建議道：「登陸之前，大家最好還是先檢查一下自己的裝備。」

所有人都開始檢查自己的裝備，所有的電子通訊設備仍然處於失靈的狀況下，鐳射槍、等離子炮等高科技的武器完全失去了作用，目前的狀況決定他們只能使用傳統武器，在戰鬥力方面無疑要大打折扣。

不過好在他們早已有了備選方案，這次帶了不少的傳統武器。

羅獵和林格妮的奈米戰甲最為先進，但是進入百慕達核心區域之後就處於時靈時不靈的狀態，現在進入隱形屏障之後，奈米戰甲徹底失靈。

沈鵬飛將兩件防彈衣遞給了他們，在海怪摧毀雛鷹號之前，他們還是搶救出來不少的裝備。

雖然他們歷盡辛苦找到了伏魔島，但是他們對伏魔島的資料一無所知，僅有的資訊就是明華陽可能在這座島上。

經過短暫的商議，他們決定由鍋蓋頭留守遊艇，其餘八人組隊登島。

火炮來到鍋蓋頭的身邊，拍了拍他的肩膀道：「如何，能搞定嗎？」

鍋蓋頭笑道：「沒問題，我雖然不能長途跋涉，可在遊艇上還是能夠走動的。」斷裂的股骨已經重新固定，目前可以憑藉拐杖進行短距離的移動，當然如果不是緊急狀況，他最好還是老老實實待著。

鍋蓋頭其實也想跟隨大家一起前去執行任務，但是理智又告訴他不能這樣做，畢竟他受了傷，如果他加入隊伍，還要分出人手專門來照顧，只能拖慢行動的效率。

沈鵬飛最初提出分出一人來照顧鍋蓋頭，可是被鍋蓋頭拒絕了，他們此次參與行動的人本來就不多，而且目前所有高科技武器都失去了效用，戰鬥力大打折扣，他怎麼能讓團隊因為自己實力再打折扣。

遊艇停在礁石附近，位於三塊巨大的礁石之間，這樣可以避免風浪的襲擊，同時還起到一定的隱蔽作用。

除了鍋蓋頭以外，所有人裝備好之後，選擇涉水來到沙灘上，這座島嶼很大，延綿起伏共有三座峰頂，粗略地估算，島嶼的東西長度超過了一百公里，南北縱向距離也在五十公里以上，這麼大的面積居然從任何地圖的資料上都查不到，可見島嶼隱蔽之深。

沈鵬飛道：「我目前只有八個人，現在我們位於伏魔島的東南角，如果伏魔島就是天蠍會的秘密基地，那麼應該有碼頭提供船隻停靠，通常來說，碼頭都會位於海邊，我們沿著沙灘搜索，只要找到碼頭就找到了基地。」

眾人對他的說法表示認同。

羅獵道：「雖然沿著沙灘搜索是最直接省力的辦法，可是容易找到碼頭的同時我們也容易暴露，如果我們被發現，恐怕想在明華陽不知情的狀況下潛入基地的可能性就會微乎其微。」

沈鵬飛點了點頭道：「說得不錯，所以，我們儘量從林中行走。」在距離沙灘約莫五百米的地方就出現了大量的植被，這些茂密的植被可以提供給他們很好的隱蔽。

陸明翔道：「從林中行走雖然速度會減慢不少，提前暴露的可能也會減少，正所謂有弊有利。」

驢子跟著補充了一句：「**魚和熊掌不可兼得，世上沒有兩全齊美的事。**」

陸明翔笑了起來。

沈鵬飛道：「我們八個人暫時分成兩組，在確定基地位置之前，統一行動，不可分開。驢子，你負責沿途測繪，務必要將我們的行動路線準確記錄下來。」

驢子點了點頭道：「隊長放心，保證完成任務。」

沈鵬飛道：「我、明翔、白臉、麻燕兒一組，注意後方並繪製行動路線。我們負責在前面開路，羅先生你們兩人和火炮、驢子一組，注意後方並繪製行動路線。」

羅獵點了點頭道：「你叫我羅獵就是。」

沈鵬飛道：「大家務必記住，武器全部啟用消音模式，除非緊急情況，儘量不要開槍，如果伏魔島就是天蠍會的秘密基地，這裡的敵人應該不在少數，我們儘量不要過早驚動敵人。」

在沈鵬飛分配完任務之後，眾人開始進入叢林，他們只是想要利用植被作為掩護，所以並沒有深入叢林深處的打算，透過樹葉的間隙，可以看到附近的沙灘，這裡的沙灘都是白沙，細膩潔白，海水平靜溫柔，海浪輕柔地撲打在沙灘上，捲起一簇簇一層層白色的細浪，羅獵向遊艇的方向看了一眼，位於三塊礁石之間的遊艇已經變得很小。

他們的搜索過程可能很快就有結果，也可能會持續兩天，畢竟這座島嶼很大，比起崇明島還要大出五六倍。

在他們進入叢林兩個小時之後，延綿於海邊的沙灘消失了，海拔不斷提高，他們的左側變成了臨海而立的斷崖，沈鵬飛在一處突出的岩石上站立，舉起望遠鏡眺望遠方的景象，他們是處在不停爬升的過程中，目前只能看到身後的狀況，想要看清整座島嶼的全貌，必須要登上島嶼的頂峰，而現在他們還沒有爬到三分之一的高度。

兩支小隊之間拉開了大概一百米左右的距離，驢子很認真地繪製著路線並在沿途做出標記，這是為了不久以後的撤退做準備。

火炮感歎道：「如果雛鷹號沒有被海怪摧毀就好了。」

驢子道：「哪有那麼多的如果？往前看，別往後看。」

林格妮道：「這麼大的島嶼居然沒有任何地圖做過標注，不知受到了什麼干擾。」

羅獵道：「如果能夠查出其中的原理，製作一艘隱形航空母艦都有可能。」

火炮笑道：「地域的緣故，隱形都是相對的，咱們不還是一樣找到了這裡。」

前方突然傳來麻燕兒的驚呼聲，眾人聞聲慌忙趕了過去，麻燕兒指著不遠處的樹枝上，卻見樹枝上掛著一支血淋淋的山羊腦袋，山羊應當已經死去了一段時間，散發著腐爛的惡臭，一群蒼蠅圍繞著那山羊腦袋旋轉飛行。

沈鵬飛觀察了一下山羊脖子斷裂處的切口，這頭山羊應當是被某個猛獸一口咬斷了脖子，周圍並沒有看到山羊的屍體，這頭猛獸很可能是直接將山羊的身體吞了下去，如果真是這樣，猛獸的體型非常龐大。

白臉道：「這裡有野獸？」

沈鵬飛道：「哪兒沒有野獸？大家小心一些。」

火炮經過山羊腦袋時捏著鼻子多看了幾眼，嘟囔道：「這野獸居然還會挑食，不吃腦袋……」話音未落，一道黑影穿越樹冠徑直向那山羊的腦袋撲去。

眾人吃了一驚，全都舉槍瞄準了那不速之客，火炮離得最近，以為那東西要攻擊自己，接連扣動扳機，空中的不速之客被火炮接連射中了腦袋，哀鳴一聲掉落在地。

眾人圍攏過去，讓他們目瞪口呆的是，火炮打下來的竟然是一頭翼龍。

火炮的槍法很準，直接射中了翼龍的眼睛，這頭翼龍身長在一米五左右，翼展超過了三米，雖然現代複製技術已經讓古生物復生成為了可能，但是世界各國已經簽署了協議，命令禁止了這種技術進入實踐，最多只是利用電腦來模擬實驗過程。

麻燕兒的專業之一就是古生物，她第一眼就認出了這是一頭有血有肉的翼龍。在確定翼龍死亡後，麻燕兒方才來到翼龍屍體旁邊進行深入觀察，她發現這頭翼龍和他們過去實驗推演的不同，翼龍的背部和頭頂的部分覆蓋著鱗甲。驢子將發現翼龍的地點進行了標記，又對準翼龍的屍體拍了幾張照片。

林格妮道：「看來我們找對了地方。」

麻燕兒在翼龍身上進行了標本採樣，她仍然不可思議地說道：「他們竟然在這個地方複製出了古生物。」

白臉道：「原來電影上都是真的。」

沈鵬飛道：「這個明華陽躲在伏魔島從事這些研究，根本無視世界約定的法則。」

羅獵道：「一個罪犯眼中不可能有什麼法則的。」

陸明翔道：「這翼龍好像和我過去見到的不同。」

麻燕兒點了點頭道：「的確不同，這頭翼龍應該是經過了基因改造……」她的話還沒有說完，原本被他們認定已經死亡的翼龍身體又動了一下，羅獵眼疾手快，抽出太刀，一刀將翼龍的脖子齊根斬斷，他的這柄太刀擁有地玄晶的塗層，如果翼龍當真經過了基因改造，那麼牠就不容易被常規武器殺死。

沈鵬飛望著翼龍脖子處泛著藍色螢光的切口，向羅獵道：「你這把太刀是用地玄晶打造的？」

羅獵道：「你也知道地玄晶？」

沈鵬飛點了點頭道：「基地還有一些地玄晶的礦石，在我們出發前，特地用礦石改良了一部分武器。」這都是陸劍揚的建議，沈鵬飛並不知道陸劍揚是從林格妮那裡得到的資訊。

羅獵道：「地玄晶武器能夠對異能者造成致命傷害，不過也不是全部，其中一些異能者已經得到了改良，已經擁有了對抗地玄晶武器的能力。」

沈鵬飛道：「可惜我們帶來的擁有威力的武器多半都不能使用。」

林格妮道：「**人最厲害的武器是頭腦**。」

沈鵬飛笑了笑，林格妮的這句話沒錯。

麻燕兒的採樣工作完成之後，回到陸明翔身邊，她小聲道：「你們說這島上不會有霸王龍吧？」

林格妮道：「明華陽是一個瘋子，他會製造出任何可怕的生物。」

兩組人馬繼續向前方走去，沈鵬飛提醒眾人使用護體噴霧，這種噴霧是生物合劑，可以封閉人體的氣味，模擬出類似於植物的氣息，這樣不但可以避免蚊蟲的叮咬，也可以最大限度地預防猛獸的追蹤。

在翼龍出現後，每個人的心情都變得沉重起來，如果被麻燕兒說中，島上很可能存在其他凶猛的遠古生物，不排除明華陽複製霸王龍的可能。

麻燕兒道：「翼龍飛不出去，那道無形的屏障可以阻止翼龍從這裡飛出去，不然以翼龍的飛行能力，早就飛到了大路上，這個秘密肯定守不住。」

陸明翔道：「也許這屏障只能進來，無法出去。」

沈鵬飛笑道：「哪有那麼多的也許，不過我們可能走錯了路，明華陽的基地應該和這裡有一段距離，他們不可能將自己置身於遠古猛獸的包圍中，要不然不知什麼時候就會成為這些猛獸的點心。」

前方出現了一條溪流，這條溪流河床很淺，應當是雨後形成的，溪水有些發紅，應該是因為其中摻雜了鮮血的緣故，沈鵬飛決定沿著小溪逆流向前方看看，他和陸明翔兩人在前方探路，走出沒多遠，就看到一頭死在溪邊的角龍，角龍的身體保持完整，不過腹部已經被掏空，裡面的內臟被啃食一空。

陸明翔道：「死了。」

沈鵬飛舉槍瞄準周圍，警惕地看了看，過了一會兒方才點了點頭道：「死了

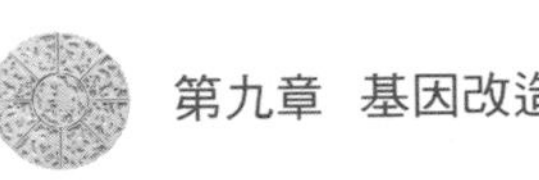

不短的時間了。」

麻燕兒來到角龍身邊採樣，正在採集標本的時候，突然從角龍的腹部鑽出來一隻小雞一樣的生物，麻燕兒嚇了一跳，定睛一看卻是一隻幼年的秀頜龍，那秀頜龍嘶叫了一聲，猛然向麻雀撲了過去。

陸明翔一直都在關注著麻燕兒的周邊狀況，第一時間舉槍射中了那隻幼年秀頜龍。

此時沈鵬飛看到溪水中密密麻麻出現了數十隻水鳥一樣的生物，這些生物全都是幼年秀頜龍，沈鵬飛大呼道：「撤退，撤退，離開那條角龍！」他一邊開槍一邊向後退去。

在後面負責望風的白臉在幾人後退之後，啟動火焰噴射器，在他們的身後劃出一道火線，幼年秀頜龍被火線阻擋，暫時無法前行。

四人一起逃到了空曠地帶，羅獵一組聽到了動靜馬上過來接應，麻燕兒上氣不接下氣道：「秀頜龍，好多秀頜龍……」

羅獵和沈鵬飛負責斷後，護送眾人繼續向山上逃去，還好那些秀頜龍的幼崽沒有繼續追蹤過來，站在角龍屍體上，發出此起彼伏的鳴叫。

麻燕兒道：「趕快離開這裡，牠們應當在呼喚父母。」這些幼崽都那麼難以對付，更不用說成年的秀頜龍了，秀頜龍雖然體型不大，可是牠們喜好群居，捕獵也是集體出動。即便是面對比牠們大得多的生物一樣毫不畏懼。

他們不敢繼續停留，片刻不停地向島嶼的高處行進，十多分鐘後，差不多逃出了這片區域，方才敢駐足回望，沈鵬飛看到剛才發現角龍屍體的地方仍然有白煙冒出，那是因為白臉剛才利用火焰噴射器設立火線阻止秀頜龍追擊點燃了周圍樹木的緣故，不過還好剛剛下過雨，樹木並沒有燃燒起來，雖然如此，仍然產生了不少的煙霧。

羅獵皺了皺眉頭，這煙霧是一個明顯的信號，極有可能暴露他們的行蹤。

此時遠方有烏雲向他們的頭頂移動過來，沒過多久天空就下起了雨，這場雨很快就將尚未燃盡的火焰熄滅，煙霧很快就被雨水籠罩，白臉長舒了一口氣。

沈鵬飛道：「天公作美，看來我們的運氣還算不錯。」

火炮道：「乾脆一把火將這座島燒了。」

林格妮道：「那麼簡單就好了，明華陽老謀深算，他一定會把基地建設在一個極為安全隱蔽的地方。」

驢子道：「天就要黑了，有些餓了，你們說剛才那些秀頜龍好不好吃？」

火炮哈哈大笑起來：「你真是夠饞，你想吃秀頜龍，牠們還想吃你呢。」

白臉也加入了他們討論的行列：「我看那些秀頜龍長得像火雞，牠們的肉可能也像火雞。」

這樣的討論倒不是他們嘴饞，而是他們要通過這種方式來放鬆心情。

雨來得快去得也快，持續了半個小時的暴雨毫無徵兆地結束了，他們的前方出現了一大片空曠地帶，沈鵬飛決定在此露營，休息三個小時之後繼續出發。

火炮和驢子負責紮營，林格妮和麻燕兒被分配在同一營帳，麻燕兒仍然記錄著今天的所見。

林格妮道：「為什麼他們會派你過來？」

麻燕兒道：「是我主動要求來的。」

林格妮道：「這根本不是什麼科學考察，你來沒什麼意義。」

麻燕兒放下手中的筆記，看了看林格妮道：「你是嫌我礙事了？」

林格妮搖了搖頭，輕聲道：「睡吧，補充一下體力，很快又得出發了。」

她已經基本上猜到了麻燕兒加入隊伍的原因，很可能是將軍為了制衡陸劍揚的目的，有麻燕兒和陸明翔在這支隊伍中，陸劍揚就不得不按照將軍的命令辦事。

今晚負責守夜的是羅獵和沈鵬飛，羅獵掏出煙盒，自己抽出一支點上，然後又將煙盒遞給了沈鵬飛。沈鵬飛搖了搖頭笑道：「我不抽煙。」

羅獵將煙盒收了回去，抽了口煙，抬頭望著星光璀璨的夜空，從這裡看上去，夜空和外面的世界並沒有什麼不同。

沈鵬飛道：「我們離目的地應該不遠了，最遲明天上午就能夠抵達。」

羅獵道：「龍天心給你們提供的消息？」

沈鵬飛猶豫了一下，終於點了點頭。他問道：「龍天心是個怎樣的人？」

羅獵道：「她最常用的手段就是聲東擊西。」

沈鵬飛道：「聲東擊西？你是說她可能在這件事上撒了謊？」

羅獵道：「未必吧。」他向周圍的營帳看了一眼，低聲道：「以我們目前的戰鬥力可能還不是天蠍會的對手。」

沈鵬飛也承認這一點，他並不服輸，歎了口氣道：「主要是我們的武器多半都失靈了，只能用這些落後的裝備去對敵，不過我也有備用的計畫，我們未必要正面應敵，完全可以在找到實驗基地之後，在周圍佈置炸藥，將基地摧毀。」

羅獵道：「你們攜帶的炸藥夠用嗎？」

沈鵬飛充滿信心道：「沒有任何問題。」

羅獵道：「最瞭解明華陽的應該是龍天心，她對伏魔島也應該是非常瞭解的，在你們行動之前，難道沒有向你們提供伏魔島的資訊？」

沈鵬飛搖了搖頭：「沒有！你懷疑什麼？」

羅獵道：「我擔心她只是利用我們當誘餌。」

沈鵬飛道：「她真有那麼厲害？」

羅獵道：「我只是說有這種可能，總之我們還是小心為上。」

沈鵬飛起身去營地周圍噴霧，利用這種植物性噴劑阻隔他們的氣息，最大限度地避免來自野獸的風險。工作完成之後，他拿起望遠鏡向周圍觀察，卻看到山坡下一頭野豬正在沒命奔跑著，後方兩頭迅猛龍不慌不忙地左右夾擊。

以迅猛龍本身的速度追上這頭野豬並不需要花費太大力氣，不過牠們明顯是在戲弄這頭野豬，時而一左一右，時而一前一後的圍追堵截，逼迫得那頭野豬不停改變方向，累得暈頭轉向，一時剎不住腳步，腦袋蓬地撞在了前方的樹幹上。

野豬宛如醉酒般原地蹣跚著，兩頭迅猛龍向後撤了一步，準備向獵物發動致命一擊。

可突然從樹林中探出一顆巨大的腦袋，一口就將野豬咬住拖了進去，野豬掙扎著發出嘶鳴聲。

兩頭迅猛龍眼看著到手的獵物被中途奪走，頸後的長毛都立了起來，牠們張開嘴巴露出銳利的牙齒，嘶吼著向林中衝去。

山下野豬的慘叫聲也驚醒了營地中的同伴，麻燕兒從營帳中探出頭來，驚聲道：「發生了什麼事？」

羅獵站起身來：「自然法則！」優勝劣汰，適者生存。

沈鵬飛看了看時間，距離他們約定的啟程時間還差五十分鐘，他決定馬上離開，剛才從林中探出的頭顱，一口將野豬咬住拖了進去，因為那巨獸的速度太快，所以他沒有完全看清，無法判斷究竟是什麼生物，不過他憑感覺判斷應當是霸王龍之類的龐大食肉類生物，也就是說，雖然距離他們的營地還有三公里左右，又位於山坡下，可這樣的距離對一隻大型生物而言根本算不上什麼。

眾人接到命令之後，馬上開始準備行裝，五分鐘內已經全部收拾停當，他們繼續向山頂出發。

麻燕兒來到沈鵬飛身邊好奇地問道：「沈隊長，剛才是什麼？」

沈鵬飛道：「應該是兩頭迅猛龍在追逐一頭野豬，不過中途殺出了一個體型巨大的傢伙，把獵物搶走了。」

麻燕兒雙目生光道：「是霸王龍嗎？」

沈鵬飛道：「我沒有看清，牠只探出來一顆腦袋，而且速度太快。」

麻燕兒充滿期待道：「真希望親眼看到。」

陸明翔道：「還是不要看到的好。」

白臉跟著點了點頭道：「菩薩保佑，希望這些怪物離我們越遠越好。」

沈鵬飛笑道：「你什麼時候開始信佛了？你不是無神論者嗎？」

白臉道：「我就那麼一說。」

麻燕兒道：「牠們不是怪物，都是地球上真實存在過的生物，在人類出現之前，牠們才是地球的主人。」

陸明翔道：「可屬於牠們的時代過去了，既然已經進入了歷史的塵埃，就不應當再出來嚇人。」

言者無心聽者有意，走在隊伍後方的羅獵表情有些無奈，自己也是一個應當進入歷史塵埃的怪物。和他並肩行走的林格妮悄悄握住了他的手，向他眨了眨眼睛，她猜到羅獵心中怎麼想。

他們每個人都保持著高度的警惕，畢竟他們目前的戰鬥力大打折扣，只能用傳統的常規武器進行戰鬥，別說是對付異能者，就算是一頭霸王龍都可能給他們造成慘重的損失，所以他們的行動必須要慎之又慎。

凌晨三點，他們已經順利來到了峰頂，天還沒有亮，整個島嶼仍然籠罩在一片黑暗中，沈鵬飛舉起望遠鏡向下眺望，看到島嶼的中心有一面湖泊，剛好位於兩座山峰之間的谷口，而湖水的三分之一處又攔了一道大壩，這道大壩將島嶼分成了東西兩部分，他們現在位於東側，在大壩的東側沒有任何的建築，可是在另外一邊座落著一些建築物。

沈鵬飛欣慰道：「那裡有建築物，應當是天蠍會的秘密基地。」

林格妮道：「這裡居然還藏著一座水電站。」

羅獵道：「不僅僅是水電站，大壩還是一道天然的圍牆，這裡的大型猛獸應該無法越過大壩進入另外一半。」

火炮道：「早知如此，咱們應當直接從另外一側登陸，也省得走那麼多的冤枉路。」

驢子道：「雖然可能少走一些路，可暴露的風險也會增大不少。」

火炮道：「你怎麼知道我們現在沒有暴露？」

驢子道：「應該不會，咱們這一路走來沒有看到任何的文明痕跡，水庫大壩以東全都保持著原始風貌。」

麻燕兒道：「你們有沒有覺得這裡就像是一個大大的野生動物園？」

林格妮道：「試驗場才對，雖然這裡面積不小，可仍然無法形成一個完整的生態環境，你們有沒有留意那隻山羊，應該是人工投餵。」

麻燕兒道：「你是說他們會定時過來投餵？」

林格妮點了點頭道：「應該是這樣。」

沈鵬飛道：「大家原地休息十五分鐘，我們必須要加快步伐，在天亮之前爭取到達下方的湖畔。」他估算了一下距離，以他們的行軍速度，估計兩個小時內完全可以抵達下方的湖泊，五點左右應當不會天亮。

麻燕兒道：「不用休息了，現在就走。」

其他人也是這個意思，雖然他們之間的談話非常輕鬆，可每個人的心裡都非常緊張，畢竟他們正處在一個危機四伏的環境中，保不齊什麼時候就會跳出來一頭遠古猛獸。

於是眾人繼續前進，在密林中長時間行軍需要消耗大量的體力，不過他們這群人都是經過精挑細選的專業軍人，麻燕兒雖然是個例外，不過她本身體質優秀，來此之前又經過專業訓練，再加上目睹的新奇景象讓她異常興奮，甚至感覺不到疲憊。

羅獵最擔心的就是林格妮的身體，畢竟她此前已經有過一次發作的先例，時刻關注林格妮的狀況，不過直到現在林格妮一切正常。

天濛濛亮的時候，他們已經來到了山谷中，距離前方的湖泊還有不到一公里的距離，他們並沒有急於走出叢林，因為聽到了空中的轟鳴聲，看到一架直升機正越過大壩，朝他們的方向飛來，眾人慌忙分散隱蔽。

沈鵬飛抬頭張望，發現那直升機算不上什麼先進型號，在直升機的底部還懸掛著一頭公牛，顯然是要前往他們昨晚經過的叢林去投食。

麻燕兒朝林格妮看了一眼，果然被林格妮說中了，這裡的環境仍然無法形成一個完整的生態系統，那些遠古猛獸還需要人工投餵才能生存下去。

負責投餵的飛機不止一架，他們數了一下，一共有五架飛機陸續從大壩的另外一側飛出。

陸明翔迷惑道：「為何他們的飛機能夠操縱自如，而我們的飛機和船隻會發生失靈現象？」

白臉道：「就像對講機的頻段，他們符合這裡的頻段。」

火炮道：「這樣說來，咱們只要搶奪他們的飛機和武器就一樣可以使用。」

驢子唱道：「沒有槍沒有炮，敵人給我們造……」

火炮照著他後腦勺拍了一巴掌：「小聲點，別把怪獸給招來。」

哞！一聲宛如悶雷般的吼叫響徹在空中，眾人都被嚇了一跳，那聲音從湖泊傳來，舉目望去，只見湖面上一條巨蟒探伸而起，隨著那龐然大物越來越多露出水面，方才看出那是一頭蛇頸龍。

麻燕兒欣喜非常，趕緊拿出相機對準湖面拍攝。

火炮傻呆呆長大了嘴巴，沒想到真讓他給說準了，他用手肘搗了搗驢子道：「就說讓你別唱，你把大龍給招來了。」

驢子笑道：「這叫蛇頸龍，食草類，不吃人。」

火炮道：「不吃人？那是頭龍又不是驢子，有種你去試試。」

驢子被他搶白了一通，急忙向麻燕兒求援：「博士，你說，你說，蛇頸龍是不是不吃人？」

麻燕兒點了點頭道：「不吃人，的確是食草類生物。」

羅獵道：「大家還是小心為妙，畢竟這些生物的基因都稱不上純淨，也許牠們的基因都有不同程度的變異。」

驢子愕然道：「什麼意思？」

火炮笑道：「這還不明白？就是說這些遠古生物的口味可能變了，過去吃素現在改吃肉了。」

又一頭蛇頸龍浮出湖面，隨著牠的脖子一仰，一條大魚被拋向天空，那頭率先出現的蛇頸龍揚起小腦袋，一口就將那條大魚叼在了嘴裡。驢子看到眼前的一幕，不由自主地向後縮了縮腦袋，愕然道：「牠……牠們居然吃肉……」

火炮道：「不但吃肉，而且吃肉不吐骨頭。」

眾人看到眼前發生的一幕心情變得越發沉重，果然被羅獵說準了，這些複製出來的遠古生物果然和古生物學記載的不同，牠們或多或少產生了變異。

他們耐心等待了半個小時左右，看到前往空投食物的直升機一個個返回。

藏身的樹林已經到了盡頭，想要前往大壩，就必須經過大片的開闊地，如果他們在通過前方開闊地帶的時候，直升機剛好飛回，很容易發現他們的蹤影，他們可不想那麼早的暴露。

沈鵬飛用筆在隨身攜帶的筆記本上畫出了前方的草圖，示意眾人圍攏過來，他低聲道：「這是我畫的地圖，我們想要進入他們的核心就必須要到大壩的另外一邊，中間這一段比較開闊，相對容易被發現，這是我剛才發現的兩個隱蔽地點，大家要注意防備空中的警戒，同時還要注意周圍有無猛獸出沒，儘量遠離湖泊，千萬別招惹蛇頸龍。」

眾人傳閱了一下沈鵬飛的筆記本，每個人都將路線牢記在心。

因為對講設備全都處於失效的狀態，所以他們不可以分隔太遠，就算是分頭行動，也需要嚴格約定時間。

這次仍然是沈鵬飛一組打頭陣，他們按照既定路線，迅速向大壩奔去，兩組人馬統一行動，並沒有分開。

他們快速進入空曠地帶的時候，突然地面震動了一下，卻是一頭巨大的蛇頸龍從湖泊中爬了出來，只是一隻腳落在岸邊，就讓地面為之一震。眾人不敢停下腳步，全速向大壩奔去，又一頭蛇頸龍上了岸，牠悠閒自得地邁著步子，雖然步幅的節奏很慢，可畢竟體型龐大，移動的速度遠超人類，麻煩的是，牠封住了沈鵬飛預先制訂的路線。

沈鵬飛舉起了衝鋒槍，瞄準蛇頸龍的頭部，如果兩頭蛇頸龍對他們發動進攻，他們也只能硬著頭皮迎戰了。火炮舉起了火箭筒，只要這吃肉的蛇頸龍膽敢張開牠們的嘴巴，就一發火箭將牠的小腦袋轟個稀巴爛。

羅獵提醒眾人道：「別急，穩住，穩住，牠們動作緩慢，不要急於開火。」開火就意味著暴露。

一頭蛇頸龍長長的脖子彎曲了一下，低頭緩緩向麻燕兒靠近，陸明翔拉著麻燕兒的手臂，將她擋在自己的身後，那蛇頸龍並沒有發動攻擊，而是又抬起了頭，此時空中再度傳來直升機的轟鳴聲。

又有直升機向他們的位置飛來，羅獵做出了一個大膽的決定，他指了指蛇頸龍的肚皮下面：「大家快藏進去！」羅獵說完第一個來到了蛇頸龍的身下，其他人看到羅獵這麼做了，也只能硬著頭皮跟在他身後來到了蛇頸龍的身下。

他們周圍全都是空曠地帶，沒有可供他們藏身的地方，利用蛇頸龍龐大的身軀作掩護成了他們唯一的選擇。

直升機很快就從上空掠過。

眾人藏身在蛇頸龍的身下，那蛇頸龍居然沒有對他們發動攻擊，麻燕兒驚喜道：「原來牠們的性情還是比較溫順的。」說話間，蛇頸龍突然叫了一聲，在如此近的距離下這聲吼叫如同一個悶雷炸響在他們的耳邊，一個個都被震得耳膜嗡嗡作響。

蛇頸龍的兩條前肢離地而起，他們慌忙向外逃去，剛剛逃離蛇頸龍身下，蛇頸龍的兩條前肢就重重落在了地下，沈鵬飛道：「跳！」眾人慌忙躍起，這是為了防止被蛇頸龍落地的震動波震傷。

不遠處的一塊岩石因為這次強大的震動而從地面上彈跳起來，足見蛇頸龍這次動作的殺傷力。

他們迅速向大壩奔去，前方還有一頭蛇頸龍，那頭蛇頸龍自從上岸之後，就在那裡埋頭吃草，倒是懂得葷素搭配。眾人無意招惹這頭埋頭吃草的龐然大物，選擇從牠的後方繞行。

此時他們聽到林中傳來一聲吼叫，兩頭蛇頸龍聽到叫聲嚇得掉頭向湖中逃去。

羅獵回身望去，只見，三頭紅色的迅猛龍從林中竄出，牠們奔跑的速度快如閃電，迅猛龍雖然體型不大，可是牠們卻擁有著遠古生物中超群的智慧和過人的戰鬥力，被稱為侏羅紀天生的獵手。

三頭迅猛龍將目標鎖定在剛才他們藏身的那頭蛇頸龍的身上。

蛇頸龍的雙腿和牠細長的脖子相比實在是太過短粗了，蛇頸龍就算是逃命仍然是慢慢悠悠的。

一頭迅猛龍已經追到了牠的身後，一口就咬住了蛇頸龍的尾巴，蛇頸龍巨痛，揚起粗壯的長尾，狠狠橫掃了出去，試圖將迅猛龍從身上甩出去，可迅猛龍如同跗骨之蛆，死死咬住牠的尾巴不放，另外兩頭迅猛龍也已經來到蛇頸龍的旁邊，一頭騰空躍起，直接爬上了蛇頸龍的背脊，沿著背脊飛速攀爬，一口就咬住了蛇頸龍的頸部。

蛇頸龍發出哀鳴，竭力掙脫著，可惜牠的掙扎並沒有起到任何作用。牠的那名同伴已經率先衝入了湖泊之中，在死亡的威脅下，顯然已經將牠放棄。

的迅猛龍。

蛇頭龍絕望哀嚎著，牠的長頸扭轉過來，試圖咬住那隻死死咬住牠頸部要害的地方。

一直在旁邊等待機會的迅猛龍在此時騰空躍起，一口咬住了蛇頭龍頭頸交接的地方。

蛇頭龍再也無法承受住三頭凶猛捕食者的聯合攻擊，鮮血從牠的身上不停噴射出來，蛇頭龍已經放棄了反抗，宛如小山一般龐大的身軀轟然倒地。

羅獵一行在三頭迅猛龍獵食蛇頭龍時已經快速通過了前方空曠地帶，因為有了剛才的經歷，他們知道蛇頭龍應該不會主動攻擊人類，更何況現在岸上正在上演著一齣血腥屠殺，湖裡的巨獸只怕都嚇得龜縮入水底，誰也不敢在此時現身。

他們來到大壩的邊緣，麻燕兒回身望去，看到那蛇頭龍的身軀仍然在不斷抽搐著，三頭迅猛龍正在大口大口享用著牠們的戰利品，也有不少形如火雞的秀頜龍從林中奔出，因為迅猛龍的存在，牠們暫時不敢靠近，只等著迅猛龍吃飽離開，牠們才會靠近去享受蛇頭龍的內臟。

麻燕兒眼中泛起了淚光，她歎了口氣道：「好殘忍。」

陸明翔道：「這就是自然法則。」

驢子找到了通往大壩的台階，台階應該有很長一段時間沒有人使用了，他們拾階而上，誰也不想繼續看那血腥殘忍的場景，當然他們也存在另外一個顧慮，如果迅猛龍吃飽之後，會不會開始新的一輪捕獵行動？

大壩的高度超過了五十米，他們順利登上大壩，無論是途中還是大壩的頂部都沒有發現任何的警衛。他們很快就發現了原因，這座大壩過去應該有水電設施，可現在水電已經廢棄，僅僅起到攔水洩洪的作用，他們剛才通過的階梯，大型猛獸應當是無法攀爬下來的。

幾人進入了一座廢棄的房間內，這裡過去應當是個瞭望室。

沈鵬飛利用望遠鏡觀察周圍的狀況，他有些納悶道：「看情形基地應該還要翻過前面的山頭，那些直升機就是從那邊飛來的。」

羅獵道：「你們有沒有覺得這裡有些古怪？」

「哪裡古怪？」

羅獵道：「大壩將湖泊分成了兩部分，這裡大概占了三分之二，蛇頸龍活動的地方占了三分之一，可是下面的湖泊周圍植被豐富，還有不少的古生物，但是這部分的湖泊周圍卻是寸草不生。」

經他提醒，所有人方才注意到了這一點，大壩以西的湖泊周圍果然沒有植被，岸上佈滿黑色的鵝卵石。

林格妮道：「應該是人為。」

此時突然聽到鳴響聲，原本平靜的湖面突然泛起了波瀾，他們本以為湖中又要出現什麼遠古巨獸，可很快就看到一個直徑達百米大得驚人的天線從湖底緩緩升起。

陸明翔道：「這天線應該可以吸收能量。」

他們潛伏在室內不敢妄動，沈鵬飛向火炮道：「驢子、火炮，你去大壩上佈置炸藥，必要的時候，我們可以將大壩炸毀。」如果大壩被毀，上方湖泊中的蓄水就會狂湧而下，藏在湖泊中的秘密就會全部暴露出來。

兩人點了點頭，拿起裝備準備去佈置，可是他們還沒有出發，就聽到一聲驚天動地的爆炸聲，整個大壩地動山搖，這猝不及防的爆炸讓他們多半都立足不穩，不少人摔倒在了地上。

羅獵大吼道：「快逃！」他指了指大壩的北段，爆炸從南側傳來，而且還在繼續發生著。

所有人都反應了過來，他們按照羅獵所指的方向沒命狂奔著。

爆炸從大壩的南部開始，向北段蔓延，爆炸在大壩上炸開了一個又一個的豁口，在他們即將離開大壩的時候，來自於大壩中心的劇烈爆炸被引發了，這次的爆炸，讓大壩的中心上下撕開了一條長達十多米的裂縫。

湖泊中的水從裂縫中湧出，強大的水壓進一步對大壩造成了損害，平靜的湖泊突然找到了宣洩的出口，摧毀大壩，從五十米的高度奔流之下。

正在進食的迅猛龍也被來自於頭頂的爆炸聲驚動，牠們抬頭看了看，然後馬上放棄了牠們的獵物。

貪婪的秀頜龍依依不捨地望著地上的美味，不過牠們也不敢久留，一個個轉身向山上奔去。

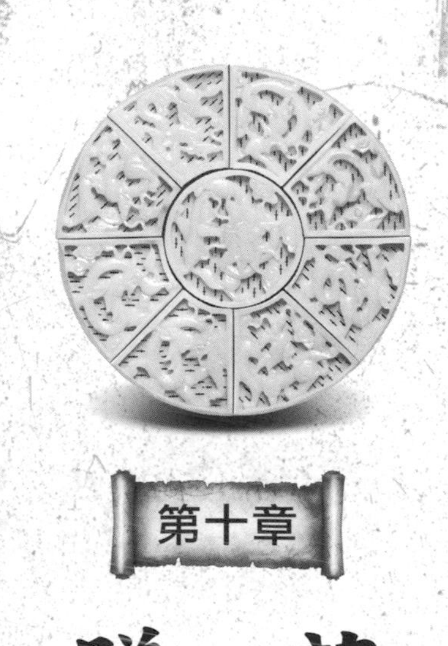

第十章

墜落

羅獵凌空飛躍，陸明翔和沈鵬飛同時向他伸出手去，
可是兩人都沒有能夠成功抓住羅獵的手腕，
只差毫釐，眼看著羅獵身體向下墜落。
林格妮尖叫道：「羅獵！」她不顧一切地向斷裂處衝去，
麻燕兒將她一把抱住生怕她也隨同羅獵一起掉落下去。

羅獵雖然是最早做出決定的那個，卻是最後離開的，在他的身後大壩不停斷裂坍塌，其他人已經來到了安全地帶，陸明翔大吼道：「快！快！跳起來！」

羅獵不敢回頭，此時只能相信陸明翔的判斷，他騰空躍起，越是在生死關頭，他越是能夠爆發出自身的潛力，羅獵的雙腳剛剛離開地面，腳下的大壩就坍塌了下去。

羅獵凌空飛躍，陸明翔和沈鵬飛同時向他伸出手去，可是兩人都沒有能夠成功抓住羅獵的手腕，只差毫釐，眼看著羅獵身體向下墜落。

林格妮尖叫道：「羅獵！」她不顧一切地向斷裂處衝去，麻燕兒將她一把抱住，生怕她也隨同羅獵一起掉落下去。

火炮趴下身去，他看到羅獵單手抓住了斷裂的邊緣，剛好在下方一米處有一個不規則的凸起，羅獵雖然沒有抓住同伴的手，卻在千鈞一髮的時候抓住了那個凸起。

火炮大笑著向羅獵伸出手去，沈鵬飛也趕了過來，他們一起將羅獵從下方拉了上來。

林格妮看到羅獵無恙，顧不上眾人還在身邊，不顧一切地撲入羅獵的懷中緊緊抱著他，淚水無可抑制地流下。

羅獵笑道：「好多人看著呢。」

林格妮這才意識到，慌忙放開了羅獵，再看眾人早已識趣地把臉轉了過去。

林格妮紅著臉道：「我們還是儘快找個隱蔽點。」

沈鵬飛指了指前方，唯有進入前方的山林才能隱蔽。這裡發生的爆炸肯定很快就會引起注意，敵人的武裝短時間內就會抵達這裡。

他們迅速向山林逃去，剛剛進入山林，就有直升機飛臨到了爆炸的現場。

所有人進入戰鬥狀態，陸明翔道：「圈套，全都是圈套。」

明華陽不可能自己炸毀自己的大壩，沈鵬飛雖然準備這樣做，可是他剛剛作出佈置，他們還沒有來得及安放炸藥，也就是說這場爆炸的製造者另有其人，這個策劃者不難想到，一定是龍天心，也只能是龍天心。

羅獵道：「龍天心將我們引到這裡，然後製造爆炸，接下來天蠍會應該會動用他們全部的力量來搜索這一帶，我們等於成功地幫她吸引了天蠍會的注意力。」

沈鵬飛點了點頭：「所以我們只能逃亡。」

羅獵道：「先佔據有利地形。」

沈鵬飛指了指峰頂道：「我們先到頂峰。」

羅獵道：「所有人如果集中在一起目標反而更大，我提議分頭行動。」

沈鵬飛道：「分頭行動？」

羅獵的目光投向不遠處的湖水，雖然水位在迅速下降，可是仍然可以利用湖水來隱蔽，他低聲道：「天蠍會必然會重點搜索這座山，想要轉移他們的注意力，就必須在其他的地方製造混亂。」

陸明翔道：「不錯，可是誰來負責分散他們的注意力？」

羅獵道：「我！」

林格妮道：「還有我，如果你們信得過的話。」畢竟他們並不屬於同一個團隊，林格妮始終對沈鵬飛一行抱有戒心，她知道沈鵬飛同樣也在提防著他們。

沈鵬飛猶豫了一下，可是他目前也沒有更好的選擇：「那好，我們上山負責吸引他們的注意力，你們負責在其他地方製造混亂，火炮，你和他們一起。」

林格妮知道沈鵬飛還是不相信他們。

沈鵬飛解釋道：「火炮是爆破專家，他和你們一起應該幫得上忙。」

羅獵道：「好！」

他們三人迅速向湖泊的方向接近，其餘五人則選擇上山，他們爭取佔據有利地形，只有佔據了有利地形方才能夠最大限度地保住性命。剛才發生的這場爆炸已經明確了他們陷入了龍天心佈局的圈套，他們暫時已經無法考慮如何完成任務，首先要考慮的是，如何能夠保住自己的生命。

將軍的表情很不好看，他的內心是極其沮喪的，在陸劍揚前來提醒他之前，他已經授權陸劍揚接觸秘密檔案，現在他明白，剛才的陸劍揚是別人偽裝的。

陸劍揚沒有主動提及這個話題，可並不代表著他不知道這件事會引發的後果和嚴重性。

將軍的拳頭重重砸在了桌面上：「就算將基地掀個底朝天，我也要將她找出來！」

陸劍揚沒有說話，他對結果並不樂觀，其實將軍也明白，秘密檔案已經被人拷貝，秘密資料庫被植入病毒損壞，這次的損失不可估量，甚至可以稱得上是基地自建立以來最大的一次。

將軍的手緩緩張開，平貼在桌面上：「特遣小隊有沒有消息？」

陸劍揚搖了搖頭：「現在已能初步判斷這是一個圈套，龍天心利用合作的謊言潛入基地內部，盜走我們的機密，我懷疑特遣小隊也只是她的一個誘餌。」

將軍的內心非常沉重，他知道陸劍揚也是一樣，特遣小隊中有他們的親人。

將軍道：「龍天心沒有提供給我們準確的情報。」

陸劍揚道：「也許進入基地的那個人根本就不是龍天心。」

將軍抿了抿嘴唇：「劍揚，他們還有沒有機會完成任務？」

陸劍揚搖了搖頭，將軍的心中其實早有答案，可看到陸劍揚搖頭，他的心情變得越發沉重。

陸劍揚道：「羅獵和林格妮應該也會去，如果他們能夠合作，或許還有機會。」

將軍歎了口氣，望著陸劍揚道：「我會承擔所有的責任，這次行動結束之後……我會向上級檢討並選擇退休。」

陸劍揚愕然道：「將軍！」

將軍道：「劍揚，無論結果如何，基地這副重擔以後都要交給你了，我在許多關鍵問題上出現了誤判。」

陸劍揚道：「龍天心實在是太狡詐了，我懷疑她不是要毀掉伏魔島，而是要佔有，她的目的應該是剷除明華陽，然後取而代之。」

羅獵和林格妮三人已經進入了湖泊，雖然水位短時間內下降了不少，可是在湖泊中找到隱蔽的地方還算不難。果然不出所料，敵人將搜索的重點放在了相鄰的山上。

直升機在湖泊周圍盤旋了一陣就去了山頂，他們看到有兩支數十人的地面部隊沿著山坡展開搜索。相對來說，這片湖泊反倒並不是那麼引人注意。

巨大的天線已經無所遁形，就這樣暴露在天空下，天線下方的基座上停著兩架直升機，從直升機上下來了兩支二十人的黑衣武裝小隊，他們在天線周圍進行搜索排查。

羅獵三人潛伏在陰影中，眼前的所見讓他們確信那座天線非常重要，火炮低聲道：「找到機會，我炸掉天線。」話雖然如此，想要靠近天線並不容易，水面還在不停地下降，不知什麼時候，才會停止，根據他們初步的估計，水深至少要下降二十米左右，在水流停止之前，想要橫渡到中心的天線位置難度很大，萬一進入潛流之中，就會被潛流沖入下方的湖泊中。

而且還有直升機不停在周圍盤旋，如果他們離開了現在的隱蔽地點，很容易被發現。

羅獵低聲道：「等待！」

火炮道：「等到什麼時候？別忘了咱們還有同伴在山上。」他擔心同伴的安危，如果不能儘快分散敵人的注意力，也就意味著山上的同伴所承受的壓力會越來越大。

林格妮道：「我們的主要任務是找到明華陽剷除天蠍會。」

火炮怒視林格妮，她冷冰冰的話意味著根本不會在乎同伴的死活，可這也怪不得林格妮，在目前的狀況下，如果為了儘快吸引敵人的注意力而選擇蠻幹，只會讓他們陷入危險中，或許他們還未成功就會被敵人幹掉。

羅獵道：「多給他們一些信心。」

沈鵬飛五人在前進的途中遇到了第一道網，這道鐵絲網應該是用來阻攔猛獸的，原本上面充滿了高壓電，可因為大壩的被毀，部分電路產生了問題，電網也斷電了，這對他們來說算得上一件好事。

在確信斷電之後，驢子利用鋼絲鉗將鐵絲網破開一個大洞，他們從洞口鑽了進去。頭頂不停傳來直升機的轟鳴，不過他們周圍的樹林茂密，直升機的視線也無法清晰觀察到林中的情景。

白臉一不小心踩到了一大坨糞便，他噁心地將腳從糞便中拔出來，麻燕兒看了看那堆糞便，馬上判斷出這糞便應當是霸王龍留下的，顫聲道：「霸王龍！」

陸明翔安慰道：「一坨屎而已。」

沈鵬飛舉起衝鋒槍，做了個手勢，四人組隊將麻燕兒護在核心，此時他們看到在不遠處正有一頭迅猛龍盯著他們，那頭迅猛龍應該已經潛伏了一段時間了，牠耐得住性子，望著這五人，並沒有急於進攻。

沈鵬飛示意隊員不要急於開槍，他們護著麻燕兒向右邊撤退。

迅猛龍似乎知道他們手中有武器，眼看著他們離開，沒有挪動腳步。

白臉忽然感覺有東西落在了頭頂，他抬起頭來，看到樹上有一頭幼年迅猛龍，剛剛滴落在他頭頂的應該是口水，幼年迅猛龍意識到藏身處被發現之後，馬上從樹枝上跳了下來撲向白臉。

陸明翔舉槍瞄準迅猛龍的頭部就是一梭子，幼年迅猛龍的頭部被打得稀巴爛，一隻成年獵狗般大小的幼年迅猛龍屍體砸在了白臉的身上，白臉也被砸倒在了地上。

那頭剛才靜立不動的迅猛龍爆發出一聲嘶吼，牠向沈鵬飛衝去，沈鵬飛瞄準了迅猛龍的頭部突突突開始射擊，迅猛龍移動的速度奇快，沈鵬飛射出的子彈竟然沒有一顆射中牠的身體，牠進入樹林中瞬間消失了身影。

陸明翔伸手將白臉從地上拉了起來，白臉嚇得臉色更白了。

驢子笑道：「沒事，狗一樣大小的東西，我用手就能擰斷牠的脖子。」

沈鵬飛道：「回去！」

幾人都是一怔，沈鵬飛道：「退回去！」這時候，他們聽到林中傳來枝葉抖動的聲音，沈鵬飛大吼道：「快！」眾人慌忙向他們剛才進入的缺口逃去。

一個巨大的頭顱從林中顯現出來，這是一頭成年霸王龍，牠接連跨出幾步就已經來到了幼年迅猛龍的屍體旁邊，低下頭去，一口將迅猛龍吞了下去。正是因為這個舉動減緩了牠行動的速度。

沈鵬飛幾人已經來到了電網的破洞處，可是讓他們絕望的是，那頭迅猛龍已經提前繞行到了這裡，迅猛龍守住洞口。幾人同時向迅猛龍射擊，逼迫迅猛龍從電網的破洞離開。

迅猛龍憑藉著敏捷的行動躲避著子彈，陸明翔掩護麻燕兒率先從洞口鑽了回去，沈鵬飛大吼道：「白臉，用火擋住牠們！」白臉啟動了火焰噴射器，一道火焰向前方延展，此時已經顧不上是否會引起森林火災，他們首先想到的是活命。

驢子和沈鵬飛一左一右掩護著白臉。

火焰噴射器在他們的面前形成一道火牆，三人正準備撤退的時候，霸王龍巨大的頭顱突然就衝破了火牆，一口就將白臉的上半身咬住。

沈鵬飛和驢子同時發出一聲悲吼，他們知道已經來不及營救白臉了。

陸明翔大叫道：「快回來，趕快回來！」

沈鵬飛和驢子先後逃入電網的破洞，霸王龍將白臉已經吞了下去，白臉的火焰噴射器掉到了地上，霸王龍向前踏出一步，大吼著向電網的破洞衝去，牠的腦袋有一半進入了鐵絲網內，正在霸王龍準備衝破電網的時候，剛剛斷電的電網此時通電了，藍色的電光佈滿了霸王龍的身體，霸王龍慘叫著向後退去。

兩頭紫色的迅猛龍此時出現在了霸王龍的身後，牠們看準機會向霸王龍撲了上去，這兩頭迅猛龍是剛才那頭幼年迅猛龍的父母，牠們是來尋仇，霸王龍剛剛吞下了他們的幼崽。

四人利用樹幹掩護身體，他們顧不上悼念死去的白臉，因為山下有一支七人的隊伍正朝著他們的藏身處逼近。

沈鵬飛做了個手勢，陸明翔明白了他的意思，貼著電網向右側移動，他選擇了一處高地，利用岩石藏身，迅速將狙擊槍組合完畢，瞄準了一名敵人。

陸明翔在這支特遣小隊中還充當著狙擊手的角色，槍法是小隊中最好的一個，扣動扳機，一槍射中一名敵人的面罩，子彈穿透對方的面罩直接射入了面門，陸明翔在射殺這名敵人之後馬上瞄準了另外一個，他瞄準射擊的速度很快，乾脆且利索。

接連射殺兩名敵人之後，對方的全部注意力都被陸明翔吸引，集中火力向陸明翔發動攻擊，如同暴風驟雨般密集的子彈傾斜了過去，陸明翔藏身在岩石後，子彈不停射擊在岩石上，激起粉屑和揚塵。

沈鵬飛、驢子和麻燕兒趁陸明翔吸引敵方注意力的時候從側方發動攻擊，他們三人又幹掉了四個，僅剩的那名敵人右臂被陸明翔擊中，衝鋒槍落在了地上。

他慌忙去拔手槍，如同猛虎出閘的沈鵬飛第一時間衝了上去，一拳將他打翻在地，不等那名敵人爬起，又用軍刀抵住了他的咽喉。

驢子跟上來摘下他的頭盔，那人的面孔如同被火燒過一樣，醜陋猙獰，把幾人嚇了一跳。

沈鵬飛低聲道：「說，明華陽在不在島上？」

那俘虜呵呵笑了起來，突然他表情古怪，周身抽搐不停，口吐白沫而亡。

陸明翔從隱蔽處回來，他來到一具屍體前迅速將衣服扒了下來，沈鵬飛幾人也同時開始行動，他們換上了這些敵人的制服，沈鵬飛檢查了一下這些人的武器，發現他們使用的武器也是常規武器，不過他們隨身攜帶的對講機可以使用，這算得上一個意外的驚喜。

四人統一了對講機的頻段，留下其中一個監聽其他小隊的動向。

霸王龍的怒吼仍然不停從身後傳來，麻燕兒向身後電網的破洞看了一眼，有些擔心道：「那些恐龍會不會跟過來？」

陸明翔道：「這島上，恐怖的不是恐龍。」

百慕達的天氣說變就變，剛才還是晴空萬里，一轉眼又變成了烏雲密佈，臨近中午的時候下起雨來，羅獵三人已經在水中待了兩個小時，這場雨來得正是時候，水位下降了許多，天線的基座都完全暴露出來，原本在天線周圍駐守的警衛開始撤離。

火炮心中暗喜，終於等到了機會，他提議去炸毀天線，盡可能吸引敵人的注意力，通過這種方式減輕戰友的壓力，如果羅獵和林格妮再不同意，他會選擇單獨行動。

羅獵道：「再等等。」

火炮已經按捺不住脾氣，低聲道：「你知不知道他們的處境多麼危險？」

其實所有人的處境都不樂觀，羅獵欣賞火炮捨己為人的勇氣，但是很多時候不能蠻幹，他指了指天線的方向。

火炮舉目望去，卻見空中閃電不停躍動，猶如千萬條舞動的紫色小蛇，迅速向湖泊上方的天空聚集，千萬條小蛇最後彙聚成一條大蟒般的紫色長電，從空中斜劈而下，擊打在天線的中心，整個天線瞬間變得明亮起來，他們可以看到紫色的電光進入了天線的中心，然後沿著天線的中心進入基座。

火炮目瞪口呆，他此時方才明白這天線的作用，應該說這裝置只是類似於天線的形狀，實際上卻是一個巨大的雷暴收集器，竟然可以收集天上的雷電。

蓬！一個震徹天地的悶雷在他們的頭頂炸響，內心不由得為之一振。閃電強烈而且頻繁，羅獵回想了一下，自從進入百慕達的核心區，這裡的雷暴天氣頻發，明華陽在湖泊中製造出這樣的裝置，其目的就是為了搜集能量。

不得不承認明華陽的厲害，他掌握的科技就算是在當今世界也可排名前列。難怪那些警衛會緊急撤離，在天線搜集雷電的時候，整個平台就會變得異常危險。

林格妮道：「炸毀天線是不現實的，如果強行去做，可能引發能量洩露，十有八九會毀掉整座島嶼。」

火炮此時已經無法辯駁了，林格妮所說的都是事實。雖然他們最終可能要炸毀這座島嶼，但是如果這樣一來無法確保任務完成，畢竟他們此行的最主要目的是剷除明華陽，直到現在都沒有確定明華陽身在何處。

羅獵道：「我們兵分兩路，你們在大壩上安放炸藥，繼續擴大大壩的缺口，同時也能分散敵人的注意力，我去天線佈置炸藥，做好最壞的打算。最壞的打算就是炸掉整座伏魔島。當然不到最後一步，是不會啟動這樣的毀滅程式。」

林格妮心中的意願是和羅獵一起，但是羅獵這樣安排一定有他的道理，林格妮認為羅獵對這支特遣小隊也不敢掉以輕心，這樣的安排主要是讓自己對火炮的行為進行監督，當然從這裡潛游到湖心的天線附近直線距離超過了三公里，其中還可能遭遇潛流，風險極大。

火炮道：「為何不一起行動？」

羅獵道：「時間來不及。」他低聲道：「兩個小時後，我們在原地會合。」

林格妮道：「你小心一些。」

羅獵道：「希望這場雨持續得更久一些。」

沈鵬飛示意大家分散隱蔽，在他們前方二百米處，一支隊伍正在搜查。陸明翔向沈鵬飛做出了一個手勢，示意對方有八個人。沈鵬飛藏身在樹幹後做出手勢，他的意思是每人負責兩個，十秒之後統一發動攻擊。

時間在這種狀況下走得格外緩慢，在倒數計時結束之後，所有人同時舉槍射擊，沈鵬飛和陸明翔的槍法最好，他們乾脆俐落地射殺了兩個目標。

麻燕兒也射殺了一個，只是出手的速度稍慢，驢子的一槍打偏了，打中了目標的肩膀，倖存的三名敵人第一時間躲在了樹幹後，利用樹幹的掩護進行反擊。

沈鵬飛朝陸明翔做了個手勢，他將一顆閃光彈向敵方陣營扔了過去，閃光彈可以讓敵方的視力短暫失明，己方已經提前做好了防護，陸明翔在閃光彈亮起的剎那衝了出去，連續三槍擊斃三人。

兩人配合默契，陸明翔彈無虛發，在清剿敵人之後，他們迅速檢查戰場，沈鵬飛朝著仍未完全斷氣的敵人又補上一槍，身處險境，半點都不能冒險。

驢子從地上撿起了一個探測儀，驚喜道：「這探測儀能用！」

沈鵬飛湊了過去，探測儀的螢幕上顯示他們附近沒有敵人，其實這種探測儀他們都隨身帶著，只是在進入百慕達核心區之後，全部失靈，在現代戰爭中，缺少了這些高科技裝備，一個戰士等於失去了眼睛和耳朵，戰鬥力自然大打折扣。

擁有了這件東西，他們的反偵查能力也就增強了數倍。

林格妮和火炮利用這場暴風驟雨的掩護向已經炸毀的大壩游去，他們距離大壩並不算遠，隨著水位的不斷下降，水流的速度也開始減緩，大壩爆炸之後，反倒成為警戒最為薄弱的地方，敵方認為這裡既然已經損毀就沒有了太大的價值，他們沒有顧及到還會有人過來進行二次破壞。

兩人確信周圍沒有敵人，火炮來到大壩旁邊開始佈置炸藥。

林格妮看了看天線的方向，已經看不到羅獵的身影，烏雲越積越多，雷電不停在雲層之間躍動，她從未見過如此強烈的雷暴天氣，閃電和雷暴幾乎就沒有平息過，一個接著一個，震耳欲聾的雷聲讓人驚心動魄。

湖心巨大的天線對閃電和雷暴擁有著強大的吸引作用，閃電明顯被天線所吸引，發生在上方雲層的閃電全都因為天線的吸引而改變軌跡，最終彙集於天線的中心。

林格妮內心中充滿了擔憂，這巨大的天線可以收集天空中的雷暴，其蘊含的能量可想而知，羅獵所面臨的風險實則是比所有人都要大。

空中一頭灰色的翼龍在低空盤旋著，林格妮警惕地望著翼龍，翼龍也發現了他們，在低空盤旋了三周之後，突然俯衝下去，又長又尖的嘴喙如同一柄長劍徑直向火炮刺去。

負責掩護的林格妮舉槍瞄準翼龍就射，子彈接連射中了翼龍的身體，翼龍雖然多處受傷，可是仍然沒有放棄進攻的打算，牠的身體在空中轉折迴旋，試圖躲過子彈射中牠的要害。

火炮也加入了阻擊的陣營，子彈形成的兩道火線穿透了翼龍的身體，翼龍張開的一雙肉翅被打得千瘡百孔，終於一個倒栽蔥向下落去。

林格妮長舒了一口氣，翼龍即將墜入湖面的時候，突然從水底躥出了一條透著紫色光芒的鱷龍，牠一口叼住了從天而降的獵物。凶殘的小眼盯住了火炮，火炮沒敢射擊，這頭鱷龍顯然要比翼龍凶殘得多，外甲堅韌，恐怕普通的子彈都無法將之穿透。

林格妮道：「快，快離開這裡！」

火炮道：「馬上！」他仍然堅持去把炸彈安置好。

鱷龍顯然沒有將他們放在眼裡，不慌不忙地啃噬著翼龍，翼龍的血已經將周圍的湖水染紅。

林格妮瞄準了鱷龍的眼睛，看來看去，只有眼睛才可能是鱷龍的弱點。

火炮終於完成了裝置，他向林格妮游去。

在火炮開始游動的時候，鱷龍突然放棄了那頭被牠啃了大半的翼龍，向火炮游去，牠的速度不緊不慢，腦袋浮在水面上，身長大概有六米以上。

火炮已經意識到鱷龍正在追逐著他，不由得加快了划水的節奏，鱷龍也隨之加快了速度。

林格妮瞄準鱷龍的左眼扣動扳機，狡猾的鱷龍卻在她扣動扳機的剎那閉上了眼睛，子彈射在鱷龍的眼瞼上，竟然被堅硬的外皮彈開。這一槍徹底激怒了鱷龍，牠宛如一道閃電般向火炮追去。

林格妮尖叫道：「爆炸，爆炸！」

火炮明白了她的意思，摁下了爆炸的啟動開關。

蓬！驚天動地的爆炸在殘缺的大壩上再次響起，鱷龍被這聲爆炸嚇了一下，這次的爆炸將原本就破損的大壩再次炸出了一個巨大的缺口，湖水洶湧向擴大的缺口流出。

一股強大潛流沖向缺口，原本追逐火炮的鱷龍剛好處於這道潛流之中，隨著這股洪流一直沖到了大壩的缺口，然後又隨著磅礡噴湧的水流向下方湖面墜落。

林格妮一手抓住岸邊，一手將繩索拋給火炮，火炮在啟動爆炸的剎那成功抓住了繩索，兩人的身體被水流衝擊得和水面平行，奔湧的水流讓他們幾乎就要透不過氣來，林格妮的手再也無法抓住岸邊的石壁，被這股潛流帶著向下方漂去。

火炮和林格妮如同兩片風中的落葉，在這股狂潮的面前，他們根本沒有半點的抗拒能力，此時他們方才認識到自然的力量何其強大。

眼看就要被水流沖出大壩的缺口，聯繫兩人的繩索極其幸運地掛在了大壩的殘壁之上，兩人死死抓住繩索，火炮率先抓住了岩壁，濕淋淋地爬到了相對安全的地方，然後又拖著繩索將林格妮拉了上去。

洪流在他們的身邊奔行，急速流動的湖水在他們的身邊形成了一陣陣的狂風，他們緊貼著大壩，小心翼翼地向不遠處的檢修通道移動，而此時，一個新的裂縫又在他們的頭頂形成。

時間就是生命，用不了太久時間這一段大壩就會崩塌，缺口會變得更大，兩人已經顧不上多想，他們只能盡力而為，將自己的生命交給上天去左右。

潛游水底的羅獵也感到了爆炸引發的震動，在他們預定的計畫中，是要等到他們再次會合之後才啟動大壩爆炸的，現在提前引爆證明有了新的狀況。

羅獵竭盡全力向天線的基座位置游去，而且他盡可能地下潛，下潛越深，遭遇潛流的可能性相對越小，這次的爆炸一定會讓原本損毀的大壩雪上加霜，進而會形成新一輪的湖水外泄，如果他不巧正處於潛流之中，肯定會隨著潛流沖出缺口落入下方的湖泊中。

羅獵還算幸運，他並沒有遭遇到強大的潛流，其實他已經距離中心位置不遠，而火炮爆炸的位置形成新的潛流距離他有相當長的距離。

羅獵看到水下一個忽明忽暗的巨大光柱，知道這光柱就是天線位於水下的部分，隨著湖水的不斷流失，天線原本位於水下的部分還會不斷暴露出來。他向著那光柱不停游去。

天線的外部必然是用絕緣的材料組成，否則搜集到的電能早已遍佈整個湖泊，雖然明白這個道理，可是看到那恢弘雄偉的光柱的時候，內心仍然不免感到極大的震撼。

羅獵提前就已經帶上了護目泳鏡，即便是如此他也不敢直視光柱的強光，閉上雙目憑藉感覺向光柱接近，隨著他距離光柱越來越近，內心中感覺到水溫似乎提升了一些，他認為這是來自於心理的暗示，光容易讓人產生溫度的錯覺。

羅獵終於來到了光柱邊緣，其實光柱的外面擁有著幾層結構，最外層應當是某種合金，排列成蜂巢般格柵，起到防護罩的作用。羅獵從蜂巢的空隙游入，炸彈吸附在裡面一層類陶瓷材質的表面，他圍繞光柱游了一周，將十二枚炸彈均勻排列在合金的表面，這種炸彈是基地特製，威力巨大，一旦觸發爆炸，足以將這巨大的天線徹底摧毀。

在羅獵即將完成任務的時候，光芒突然黯淡了下去，這是因為短時間內空中沒有閃電，沒有電能吸收並傳輸的緣故。羅獵將最後一顆炸彈裝置完成，準備離開的時候，發現遠處一個光點迅速向他接近。

羅獵頓時警覺起來，他抽出軍刀，身體靠在天線的基座上，那亮光閃爍的物體來得極快，轉瞬之間就來到了近前，羅獵定睛望去，卻是一頭碩大的鱷龍。

羅獵內心一驚，以他的能力根本無法和鱷龍抗衡，他從蜂巢格柵中鑽了回去。

羅獵的身體剛剛進入合金防護罩內部，那頭巨大的鱷龍就高速衝了過來，大嘴試圖撕咬羅獵，牠的嘴巴雖然很長，可是頭部太大，被合金蜂巢阻隔。鱷龍的頭部撞擊在合金防護罩上，震得水流滌蕩。

羅獵被牠捲起的水流衝擊，後背撞在後面的陶瓷板上，鱷龍邪惡的小眼睛宛如燈泡，死死鎖定羅獵，羅獵現在反倒沒那麼害怕了，畢竟他和鱷龍之間隔著合金防護罩，鱷龍這麼大的身軀是不可能進入防護罩內部的，羅獵圍繞著天線的基座向遠處游去，鱷龍不肯輕易放棄這個獵物，緩緩在合金防護罩的外層游動，小眼睛死死盯住羅獵。

羅獵暗自苦笑，自己現在的狀況如同甕中之鱉，鱷龍已經將他看成了到手的肥肉，是不會輕易讓自己離開的。羅獵忽然意識到自己已經長時間在水中潛游，很久沒有換氣，在過去應該算不上什麼，可自從來到當今的時代，他還從未有過這樣的經歷。

羅獵不由得想起吳傑留下的兩個字，「忘我」。看來唯有忘記方才能夠讓自己找回昔日的狀態。頭頂水波蕩動，羅獵抬頭望去，暗叫不妙，因為那巨大的天線正在緩緩降落。

隨著天線的下降，水流會加速外排，更麻煩的是，在天線下降的過程中，不時有藍色的光波在合金防護網上流動。

羅獵不知這種藍色的光波是不是電弧，一旦有電弧波及到他的身體，其後果可想而知，現在藍色的光波還僅限於上方，隨著天線的下降，用不了太久，這光波就會把他包圍。

羅獵停了下來，在他停止游動之後，那頭鱷龍也停下，一人一獸在水中對視著，羅獵凝神屏氣，全神貫注，他的意識通過鱷龍的眼睛進入牠的腦域。

鱷龍的體型雖然龐大，可是牠的大腦卻並不發達，但是鱷龍的腦域中充滿了殘暴和嗜血的意識，這種意識大都出自本能，如果不是走投無路，羅獵不會做出這樣大膽的嘗試，入侵腦域進行思維控制其實是一把雙刃劍，在控制他人的同時也難免受到他人的影響。

龍玉公主的意志力如此強大，在她佔據顏天心的身體之後，也不免受到了顏天心的影響，那還是在顏天心的本我意識被雄獅王破碎之後。

羅獵侵入鱷龍的腦域，仿若一頭灰色的孤狼走入一片波浪翻滾的血海中，殷紅色的海面上漂浮著無數人的殘肢碎肉，灰狼緩緩前行著，牠孤傲地望著前方。

血海中一條小小的蜥蜴望著孤狼，這是鱷龍自身意識在腦域中的投影。

孤狼爆發出一聲狂吼，蜥蜴因為孤狼的這聲怒吼而嚇得瑟瑟發抖。

鱷龍眼中的光芒變得暗淡，暴戾之氣頃刻間消失於無形。

天線下沉著，藍色電光遍佈在上方的湖面，羅獵從蜂巢防護網的空隙中果斷游了出去，在他游出空隙的剎那，一道強烈的電光順著防護網延伸而下，劈在了他的背後，羅獵感到後心如同被人重擊了一拳，不過他應該沒有觸電，肢體也沒有感到麻木，他只是停頓了一下，然後繼續向外游去。鱷龍就這樣看著他，沒有任何的動作，接下來羅獵做了一個更為大膽的決定，他游到鱷龍的背後，跨在了鱷龍的身上，抓住鱷龍堅硬的外皮。

鱷龍沒有反抗，在羅獵的身下溫柔地就像是一頭羔羊，孤狼在血海中指給蜥蜴方向，鱷龍在湖底舒展龐大的身軀，向遠方迅速游去。

林格妮和火炮兩人終於趕在大壩再次崩裂之前回到了原來的藏身地點，爆炸引起的崩塌，讓湖水外泄加劇，他們看到有三架直升機先後飛臨大壩的缺口處，盤旋了幾周，又迅速離去。

雨不停地下，天空中的閃電已經不多，蜂鳴器響起，那巨大的天線開始緩緩下沉，先後兩次爆炸，讓大壩破損嚴重，湖泊的出水量至少下降了一半。

林格妮擔心地望著不斷下沉的天線，羅獵還沒回來，希望他沒有遇到麻煩。

「鱷龍！」火炮驚呼道。

林格妮順著他所指的方向望去，卻見一頭泛著藍色幽光的鱷龍從湖底浮起，更讓他們驚奇的是，鱷龍的背上還有一個人，從身形上看那人分明就是羅獵。

火炮不可思議地揉了揉自己的眼睛，如果不是親眼看到，他根本無法相信這樣的事實，羅獵難道懂得巫術？竟然可以操縱這龐大的生物？要知道就在剛才，他和林格妮還差點成為了一頭鱷龍的點心，如果不是他提前將大壩引爆，兩人誰都無法逃過鱷龍的魔爪。人比人氣死人啊，他們費勁千辛萬苦方才擺脫了一條鱷龍，看看人家羅獵，居然把鱷龍當成了坐騎。

羅獵騎著鱷龍來到了藏身處，他從鱷龍身上跳了下去，拍了拍鱷龍的腦袋，鱷龍調轉身軀向水下潛去。

火炮仍然大張著嘴巴：「我沒看錯吧？」

羅獵道：「你當然沒看錯。」

林格妮道：「這裡不宜久留，剛才有直升機在大壩搜索，我估計很快就會派出地面武裝。」

羅獵點了點頭道：「走，上山去跟他們會合。」

趁著天黑雨大，他們上了岸，迅速進入樹林中。羅獵走在前方，林格妮走在中間，火炮負責斷後。林格妮這才發現羅獵的背包被燒出了一個大洞，她提醒著羅獵。

羅獵慌忙將戰術背包解了下來，這個燒灼的大洞顯然是在水中被閃電擊中留下的，當時他感覺有人在自己的後心重重捶了一拳，不過因為身體沒有觸電，所以羅獵也沒有提起足夠的重視。

他慌忙拉開戰術背包，檢查裡面的東西，戰術背包內最重要的要數紫府玉匣，一直以來他都將玉匣帶在身邊，雖然羅獵並不清楚這玉匣有什麼作用，可畢竟這件東西是除了雪獒之外唯一他從過去的時代帶來的紀念品。

幸好東西還在，羅獵鬆了口氣，將紫府玉匣換了個位置，裝在前胸口袋中。

火炮有些好奇地觀望著，忍不住問道：「什麼東西？」

「魔方！」羅獵回答道。

火炮撇了撇嘴，嘴上沒說，可心裡卻感歎，都什麼時候了還玩心不減，他當然不會知道這魔方對羅獵的真正意義。

沈鵬飛他們聽到了來自於下方的爆炸，不用問這爆炸應當是羅獵三人為了轉移敵人注意力而製造的動靜，他們看到有不少人已經向大壩的方向趕了過去，可以預見他們面臨的壓力會減輕不少。

驢子用探測儀確定，在他們周圍三百米的範圍內暫時沒有敵人，他們已經處於長時間的緊張逃亡狀態，途中還經歷了連場戰鬥，每個人都感到精疲力竭。

沈鵬飛決定暫時原地休息一會兒，他負責警戒。

麻燕兒疲憊地坐了下去，靠著樹幹，素來愛潔的她也顧不上地面佈滿了泥濘。

陸明翔利用望遠鏡觀察著下方水庫的狀況，雖然隔著一段距離仍然可以明顯看出水位在下降。他低聲道：「希望他們沒事。」

沈鵬飛道：「不會有事。」

麻燕兒望著山上的電網，突然發現電網上用來警示的黃燈突然熄滅了，她驚聲道：「電網好像又斷電了！」

陸明翔轉過身去，當他看到熄滅的黃燈，一顆心頓時沉了下去，這道電網將猛獸區和這裡隔離起來，剛才他們就是因為在停電期間誤入猛獸區，所以才損失了一名同伴，白臉的慘死仍然讓他們記憶猶新。

沈鵬飛道：「趕緊離開這裡，離開電網越遠越好。」

驢子手中的探測儀已經發現了一個紅色的目標，那東西移動奇快，其實已經不用探測儀了，一頭迅猛龍出現在他們前方五十米左右的地方。

沈鵬飛和陸明翔同時舉槍射擊，迅猛龍速度驚人，閃電般在樹叢中穿梭，他們的子彈大都落空，即便有幾顆擊中了迅猛龍，也無法對迅猛龍造成致命傷害。

麻燕兒指著他們的身後道：「還有一頭……」

請續看《替天行盜》第二輯卷七　黑煞檔案

替天行盜 II 卷6 再造強者

作者：石章魚
發行人：陳曉林
出版所：風雲時代出版股份有限公司
地址：10576台北市民生東路五段178號7樓之3
電話：(02) 2756-0949
傳真：(02) 2765-3799
執行主編：劉宇青
美術設計：許惠芳
行銷企劃：林安莉
業務總監：張瑋鳳

初版日期：2022年5月
版權授權：閱文集團
ISBN ：978-626-7025-61-1
風雲書網：http://www.eastbooks.com.tw
官方部落格：http://eastbooks.pixnet.net/blog
Facebook：http://www.facebook.com/h7560949
E-mail：h7560949@ms15.hinet.net
劃撥帳號：12043291
戶名：風雲時代出版股份有限公司

風雲發行所：33373桃園市龜山區公西村2鄰復興街304巷96號
電話：(03) 318-1378
傳真：(03) 318-1378
法律顧問：永然法律事務所 李永然律師
北辰著作權事務所 蕭雄淋律師

行政院新聞局局版台業字第3595號 營利事業統一編號22759935

定價：290元

國家圖書館出版品預行編目資料

替天行盜 第二輯 ／石章魚 著. -- 臺北市：風雲時代出版股份有限公司，2022.02- 冊；公分

ISBN 978-626-7025-61-1（第6冊；平裝）

857.7 110022741